仁木英之

鉄舟《てっしゅう》の剣

幕末三舟青雲録

実業之日本社

実業之日本社文庫

鉄舟の剣　幕末三舟青雲録／目次

第一章　天下の風　13
第二章　黒き刀　85
第三章　葛城《かつらぎ》　138
第四章　乱の男　172
第五章　不撓《ふとう》の槍　237
第六章　不動の剣　281
第七章　三舟、出帆《しゅっぱん》　321
解　説　末國善己　374

※

明治二十一（一八八八）年、夏七月。

山岡鉄舟《やまおかてっしゅう》はふと夢から覚めて、体を起こした。若い頃の夢を見ていた。万丈《ばんじょう》の山を行くような険しい道のりを共にした友と、誰よりも敬愛した師と過ごした時のことを思い出し、鉄舟は久方ぶりに愉快な気持ちになった。

外はまだ暗いが夜明けが近いことはわかる。少し前までなら、そのまま起き上がって口を漱《すす》ぎ、道場に出て朝の稽古《けいこ》を始めるところだ。六尺を超える巨軀《きょく》は、もう思い通りには動かない。

屋敷の中に人の気配が充満している。道場があるので人の出入りは多いが、これほどまでに人が満ちているのは珍しい。皆さわさわと落ち着かず、時に話し声も聞こえてくる。

「あなた……」

障子が静かに開いて妻の英子《ふさこ》が入ってきた。

「お前に悟られるとは、俺の起居も随分と騒がしくなった。衰えるとは、こういうこ驚いて見せる。

「ずっとわかっていましたよ」

英子は昔と変わらぬ、大きな黒い瞳をくるりと回して言った。鉄舟は目を見開いて

とだな」

「我が修行も最後まで成らず、だな」

骨を絞るような激痛が脇腹のあたりに走って、鉄舟はしばらく動きを止めた。大きなしこりと痛みが肉体と魂を切り離そうとしていることは、しばらく前からわかっていた。だが、鉄舟が動じることはない。表情すら動かさない。

異変を察知したのか、門弟たちが次々に部屋に入ってきた。数は見る間に増え、百人を超える者が病床を取り囲む形になった。襖《ふすま》は取り払われ、大広間のようになった病室には、入りきれないほどの男たちがひしめいている。

「先生……」

弟子たちの中には、既に涙を浮かべている者もいる。その一つ一つの顔に、思い出がある。いつも叱咤《しった》し、打ち据えて、それでもついてきてくれた愛弟子《まなでし》たちだ。これまで弟子の迫力に気圧《けお》されたことはなかったが、さすがに死を前にして多くの弟子に向き合うと疲れる。

その時、

「貴様ら、何をしておるか！」

屋敷が揺れるような一喝が轟《とどろ》いた。

「出来の悪い弟子どもめ。愚かだけならまだしも、人の臨終すら穢《けが》すつもりか！」

激烈な罵声《ばせい》である。英子が静かに鉄舟の枕元に膝《ひざ》をつき、

「人払いをしますね」

と囁《ささや》いて立ち上がる。罵声の主は、勝海舟《かつかいしゅう》である。小柄《こがら》ながら、その気魄《きはく》は一瞬で百人を超える弟子たちの陰鬱《いんうつ》な空気を吹き飛ばし、隣室へと追い払ってしまった。

「障子を戻していけ！　この馬鹿者ども！」

数人の門弟が慌てふためいて障子を戻し、師とその親友に一礼してさがっていった。しばらくがたがたとしていた周囲が静かになる。鉄舟は横になってその様子を見ていると、何とも言えずおかしな気分になった。

「麟太郎《りんたろう》さんといると、いつも周りが騒がしい気がしますよ」

「俺の周りが騒がしいのではなくて、騒がしい中に俺が踏み入っていくからだよ。それを鉄太郎《てつたろう》と謙三郎《けんざぶろう》が踏みしめて、静かにさせていく。いつもそうだった……。謙三郎は来たか？」

「いえ……」

「あいつらしいな。ここは淀橋《よどばし》、あいつは矢来町《やらいちょう》でそれほど遠くないというのに」

山岡鉄舟と勝海舟、そして謙三郎と呼ばれた高橋泥舟《たかはしでいしゅう》は、江戸と明治の狭間《はざま》を共に駆け抜けた友であった。徳川の幕府がいよいよ傾こうという頃、彼らが果たした役割は大きい。

往時、海舟は海軍の創設、諸侯と将軍家が連携して政治を行う公議政体論を主張するなど、幕府を内側から強くしようとして果たせず、政《まつりごと》の中心から外されていた。鉄舟は武芸がありながら野に埋もれている才能を発掘すべく、浪士組を結成するも挫折していた。

「あの時、謙三郎が上様の傍《そば》にいてくれなければ、どうなっていたか……」

幕府槍術《そうじゅつ》師範であり、徳川慶喜《とくがわよしのぶ》の側近でもあった高橋泥舟はその誠実無比を愛され、全幅の信頼を将軍から得ていた。彼は二人に何も言わないが、薩長が大軍を動かして東上を始めた際、逼塞《ひっそく》していた二人を幕府の中枢に呼び戻したのは、泥舟の力によるものだった。

その直後、海舟と鉄舟は西郷隆盛《さいごうたかもり》ら討幕軍とのぎりぎりの交渉を成功させ、江戸を大流血から救ったのである。そして最終的に、慶喜に降伏を決断させたのも、この泥舟であった。

「麟太郎さんは、あれから謙三郎さんに会っていないのですか」

「二度ほど、骨董《こっとう》のことで話したかな。ちょっと政の方にも誘ってみたんだが、それがよくなかったのか、それから会ってくれないんだ」

「決めたことは絶対に曲げないのは、若い頃から変わりませんね」

「あんたもな」

「麟太郎さんもでしょう」

二人は顔を見合わせ、笑い合った。ひとしきり談笑すると、麟太郎はふと表情を改めた。

「なあ、鉄さんは本当に俺より先に逝くのか」

「もはやこちらにやり残したことはないですね」

「味なことを言う。人が未練なく死ねるなど、俺はあまり信じたくないね。未練を抱えて、それに向かって最後まで足掻《あが》くから、人は美しいんだよ」

「宇宙無双日《うちゅうむそうじつ》、乾坤只一人《けんこんただいちにん》、と思っています」

「余計なおせっかいというわけか。俺は昔からこうでいけねえな」

麟太郎は筆と紙を求めた。

「味なことを言われちまったから、俺も味なことを書き残していくよ。もし間違って地獄へ落とされたら、閻魔《えんま》に見せてやれ」

そう言うと、軽やかに筆を走らせた。

横行塵世《じんせい》　天下を自在に押し歩き
磅礴《ほうはく》精気　精気に満ち溢《あふ》れていた
残月如弦　残月は弦《つる》のようになってしまったが
光芒《こうぼう》照地　その光は地を照らしている

「鉄さん、持っていきな」

鉄舟は礼を言って押し戴《いただ》く。二人がしばらく黙っていると、英子が障子の前に膝をついた。入ってきた英子は、

「借金のことで」

と言いにくそうに口を開いた。

門弟を何百人も抱える一流の主でありながら、山岡家は常に貧しかった。金銭に無欲な上に、己の名を騙《かた》った詐欺の責めすら負うのが、鉄舟という男であった。

「借金があるのはわかっている。俺が死んだ後は苦労をかけるが」

「そうではなく……」

「お英さん」

海舟が顔をしかめた。

「こんな時に何だい」

「先ほど兄が来て、借財の証文を全て持っていったのです」

英子は高橋泥舟の妹である。

「証文を？」

「あとは自分が返すからって」

海舟と鉄舟は顔を見合わせた。

「返すって、謙三郎にもそんな金はないだろ」

趣味に生き、隠棲《いんせい》している泥舟が裕福とはいえない暮らしを送っていることくらいは、二人も知っていた。

「それが、貸主たちのところへ行って、この顔が質草でござると頭を下げて回ったらしくて」

「顔が質草になるかよ」

海舟は呆《あき》れた表情で腕を組んでいたが、やがてため息をついた。

「鉄さん、謙三郎の供養を受けるかね」

「受けない、と言っても受けるまで供養し続けるのが謙三郎さんですよ」

鉄舟の脳裏には、今朝見た夢が甦《よみがえ》っていた。後に幕末の三舟《さんしゅう》と呼ばれる男たちが出会った頃の物語だ。彼は昔語りをあまりする方ではなかったが、今は無性にあの頃の話をしておきたかった。

「いいぜ」

海舟は楽に座り直した。

「気のすむまで話そうよ」

鉄舟はゆったりと、思い出話を始めた。

第一章　天下の風

一

雪には軽重がある。音もなく天から降り積もり、等しく白く万物を覆っていく存在を雪と呼ぶ。だが、近づいて詳《つまび》らかに見てみれば、その形も大小も全て異なっている。手のひらに載せた刹那《せつな》に消えてなくなるものもあれば、肌の熱に耐えるかのように、その形を保とうとするものもある。

飛騨《ひだ》の郡代《ぐんだい》屋敷に降る雪を思うことで、若者は込み上げてくる感情と戦おうとしていた。目の前に横たわる父の瞼《まぶた》はもう数日、開かれていない。医者からは数日前に、お覚悟を、と告げられていた。

「鉄太郎」

そう名を呼ばれた気がして、十七歳になる小野《おの》鉄太郎は顔を上げた。後に山岡鉄舟として幕末の風雲を駆け抜ける剣士も、この時はまだ少年の面影を残している。

鉄太郎の父である小野朝右衛門《ちょうえもん》は、嘉永《かえい》五（一八五二）年のこの時、齢《よわい》七十九である。

小野家は幕府草創期の剣豪、神子上典膳《みこがみてんぜん》の流れをくむ旗本だ。世が文弱に流れても、代々、武で名を成してきた一族であった。小野朝右衛門は小野家の庶流で、直伝の小野派一刀流の武と兵法で名を知られた。

蔵奉行《くらぶぎょう》から高山《たかやま》郡代へと転身しているので文の人かと思われがちだが、異国船が度々日本に接近していることに危惧《きぐ》を抱いていた幕府は、彼に烽火《のろし》や陣立ての演習をさせている。

朝右衛門は生涯で三人の妻を娶《めと》った。鉄太郎は三番目の妻、磯《いそ》との間に生まれた最初の男児で、朝右衛門の子としては四男にあたる。磯との間にはその後五人の子が生まれ、それぞれ金五郎《きんごろう》、忠福《ただよし》、駒之助《こまのすけ》、飛馬吉《ひめきち》、務《つとむ》という。末子の務が生まれた時、朝右衛門は七十八歳であった。

磯は鹿島《かしま》神宮神官の一族に生まれ、姓は塚原《つかはら》であった。剣の達人であった剣聖、塚原卜伝《ぼくでん》の子孫であり、磯も家伝の剣を修め、実に凜《りん》としたところのある女性であった。

だが、夫の枕頭《ちんとう》にその姿はない。

朝右衛門に先立つこと一年、磯は四十二歳で世を去った。鉄太郎の大きな背中に隠れるように座っている子どもたちは、多くがまだ幼い。

家を継ぐことになっていた異母兄で嫡子の小野鶴次郎《つるじろう》は既に江戸へと戻っており、他の兄たちは他家に養子に入っている。

雪を踏む音を、鉄太郎の耳は捉《とら》えていた。いつもながら乱れがないが、今日は心持ち速いように思える。

「兄上」

弟の一人である駒之助が鉄太郎に呼び掛けた。幼い二人を除く四人は共に同じ師について剣を学んでいる。井上八郎清虎《いのうえはちろうきよとら》という北辰《ほくしん》一刀流の剣士がそうで、子どもたちの修練のために朝右衛門がわざわざ江戸から呼び寄せたものである。

兄弟の中でもっとも剣の天分に恵まれているのは鉄太郎であったが、小柄ながら兄によく喰《く》らいついているのが同腹の三番目の弟、駒之助であった。駒の名の通り、若駒のように俊敏で勇敢であった。

「どなたかいらっしゃいます」

頷《うなず》いた鉄太郎は、自ら立って師を迎えに出た。足音を聞けば、姿を見ずとも来訪者が清虎であることはわかる。

「朝右衛門どのは」

清虎は鉄太郎の顔を見るなり訊《たず》ねた。

「眠っています」

「そうか」

父の寝室に入る前に、清虎は息を整えるように肩を上下させた。珍しいことである。

井上清虎は北辰《ほくしん》一刀流、玄武館《げんぶかん》千葉周作《ちばしゅうさく》の高弟でこの時三十七歳。流派の免許皆伝を許され、飛騨に剣の師を送ってほしいという朝右衛門に、周作が自信を持って送り出した気鋭の剣士である。

日向国《ひゅうがのくに》臼杵《うすき》生まれの清虎の落ち着き、威厳は三十代半ばとは思えない。高山では剣でも槍《やり》でも、彼に打ち勝てる侍はいなかった。泰然として揺るがず、いつも穏やかな無表情の中にいる清虎を、

「石仏《せきぶつ》さま」

と鉄太郎たちは呼んで敬愛していた。その石仏が、表情をわずかに硬くして枕元に座った。

鉄太郎はこれまで、厳しい師について剣の修行をしてきた。初めの師である神陰流《しんかげりゅう》

の久須美閑適斎《くすみかんてきさい》は鉄太郎の素質を見込み、玄武館の教えを受けるよう朝右衛門に勧めたこともあり、清虎の教えを受けるようになった。書も大師流《だいしりゅう》の岩佐一亭《いわさいってい》に流派五十二世の免状をもらうまでに己を厳しく鍛え上げた。

剣も書も技を鍛えるだけではない。体も心も鍛えてこそで、鉄太郎はそれなりに修練を積んだ自信はある。何が起きようとそれを受け止めて揺るがない境地に至っている誇りもあった。

自分は生死というものが理解できていない、ということに気付いたのはこの二年ほどである。母の死を前にしても、ついにわからなかった。どれほど強くなっても、そこだけがやはりわからない。

人を斬《き》ったことがあるか、ある日の稽古後、師にそう訊ねたことがある。

「ないよ」

涼しい顔で清虎は答えた。

「剣を修めているのにですか」

「抜く必要がないからな」

「人と争ったり戦ったり、ということになれば抜きますか」

「必要があれば抜くさ。そのための剣だろう」

何かに納得したように頷いた清虎は、鉄太郎を見上げた。清虎も決して小柄な方ではないが、鉄太郎は六尺以上の上背に三十貫の分厚い体を誇っている。

「鉄は遠くを見すぎなのだ」

「遠くを？」

「そう。足下を見ろ。お前は思案の真ん中に穴でも開いているような心地なのだろうが、穴など最初からないのだ」

「わかりません」

「わからぬのなら剣を振れ」

剣には全てがあると師は言う。

一度信じれば疑わないのが鉄太郎という男であった。師が朝まで剣を振って考えよと言えば、雨風構わずそのようにしてきた。今も、剣を振りたい気分だった。

二

「悲しむにはおよばない」

磯が世を去った直後、朝右衛門は子どもたちに言った。

「人はいつか死ぬ。必ず死ぬ。それが早い者もいれば遅い者もいる。それだけの話だ」

父は嘘《うそ》をつかない人だ、と鉄太郎はその誠実なところを尊敬していた。郡代として飛騨の地に住み、誠と実をもって任地に対していた。子に対しても決して、口から出まかせを言うようなことはなかった。

堅苦しくて嫌になることもあったが、年が大人に近付いてくるにつれて、父の仕事や師の腕前の凄味《すごみ》が実感をもって理解できるようになってからは見方が変わった。

だが、磯が死んだあと父は鉄太郎に初めての嘘をついた。

「わしは磯の死も悲しくない。何の憂いもない世へ旅立った者に対して悲しみを抱く理由などないのだ」

三十以上も年の違う妻を、父は大切にしていた。ただ女性として愛していたのではない。剣聖卜伝の血を伝える貴種として、尊崇していたようにも思える。

鉄太郎は母の剣や槍を見たことがあるわけではない。だが、幼い頃、剣の修行や日々の生活において怖かったのは、父よりもむしろ母であった。何かをしでかしても怒鳴るわけでもなく、ただ膝をかがめ、じっと見つめてくるのである。逸《そ》らすことは許さない強い視線で瞳の奥を覗《のぞ》き込まれると、反省し、罪を認めるしかないのだ。

子どもたちにとって、物ごころがついた時には既に老いていた朝右衛門よりも、若々しい母こそが不滅の存在であった。

だから、磯が病に倒れてあっという間に逝ってしまった時、子どもたちは当然のことながらとてつもない悲しみの中に突き落とされた。だが、朝右衛門は涙も見せず、泰然とし続けた。

日々の仕事が途切れることもなく、弔問を受けてもただ一言礼を述べて返すのみであった。男とはそうでなければならないのか、と十六歳の鉄太郎は思った。

「武士とはこうあるべき」

と朝右衛門が説教をしたことはない。久須美閑適斎にしても、井上清虎にしても、あれこれせよと言うこともなかった。だが、鉄太郎は、武士とは、男とは、彼らのことを言うのだろうし、こうならねばならんのだろう、と信じている。

だから、母が死んでも悲しまぬのが道だと父が言えば、そうなのだ、と信じた。だが、溢れる涙は止まらない。こんなことではもののふの道は歩めぬ。鉄太郎は己の頬《ほお》を歯が欠けそうなほどに殴りつけ、痛みで悲しみを抑えつけようとした。

しかし、どうにもならない。

母の使っていた衣を見ても、まだ幼い弟たちが母を恋しがって泣き叫んでも、涙が溢れてくるのだ。

「剣を振れ」

清虎はやはりそう言った。

「剣に全てがある」

そうなのだ、と鉄太郎は信じた。夜明け前から剣を振り、昼も夜も、次の朝が来ても修練を続けた。確かに、母の死を忘れた瞬間はあった。やはり師の言う通りだ。剣は全ての心の動きを収めてくれる。

剣を握れば己の中の無へと没入するだけの鍛錬は積んでいた。剣の先にはただ倒すべき相手と、そしてさらに向こう側には己一人しかない。

乾坤只一人《けんこんただいちにん》

鉄太郎が師から与えられた言葉だ。鉄太郎は難しく考えることが苦手だ。苦手だが、逃げることも大嫌いだ。だから、ただ頭の中に置いておく。剣を振っている間に、こうかな、と答えが見つかったように思うことは多々あるが、そのまま放っておけば消えている。

消えているということは、それが求められる答えでないことを示しているから、消えることは気にしていない。稽古の間は束《つか》の間、剣と己のみを感じることができた。だが、稽古はもうおしまいだと思った瞬間に、胸が塞《ふさ》がる。

塞がって、どうしようもない胸を開くために鉄太郎はまた刀を振り、翌朝まで稽古を続けるのだ。

そうして母が亡くなって数夜が過ぎた。朦朧《もうろう》とした鉄太郎はよろめきつつ自室へ戻ろうとした。その時、朝右衛門の姿が見えた。夏の夜明けは早いが、それでもまだ明け切らぬ払暁《ふつぎょう》のことである。

父がこの時間に起きていることは珍しくない。年老いても体の具合が悪くとも、剣を握る。それは小野家の男子の日課でもあった。清虎が来てからは父に稽古をつけてもらうこともなくなったが、それでも、父は自らの鍛錬を欠かしていなかった。

だが、稽古にしてはおかしい。父は脇差を一本差したまま、稽古着を着ているわけでもなかった。いつも背筋を伸ばして凜としている父にしては珍しく、小さく疲れて見えた。

何かを大切に抱きかかえ、どこかへ向かっている。

飛驒の郡代屋敷はかつて高山城のあった丘の西に建てられている。元禄《げんろく》五（一六九二）年までこの地を治めていた金森《かなもり》氏は、出羽《でわ》へ去った。六代目の頼旹《よりとき》は徳川綱吉《とくがわつなよし》の側用人《そばようにん》まで務めたが、不興を買って国替えさせられたという。幕府が飛驒の森林を直轄地にすることを望んだという説もあるが定かではない。

ともかく、天領となってしばらくして城は破却され、高山一帯の政は八軒町《はちけんまち》にある郡代屋敷で行われている。

代官所とも呼ばれる郡代屋敷は城ほどの規模はない。だが、飛驒三万八千七百石の貢租を集めるため、屋敷の規模にしては巨大な蔵がいくつも建てられている。

その壁際を、朝右衛門は人目を忍ぶように歩いていた。鉄太郎は訝《いぶか》しみつつ、その後をつける。もちろん、老いたとはいえ剣客としても名を知られた父のことである。用心は怠らないだろう、と慎重に尾行を続けた。

朝右衛門は屋敷の東に聳《そび》える城山へと向かっている。

低い丘のように見えるが、頂に向かって傾斜がきつくなり、かつては垂直に近い石垣が高く築かれた上に天守がおかれ、攻めるに難しい城とされていた。攻め口となる城の西北に二の丸、北に三の丸、山の深い西側には搦《から》め手、出丸《でまる》があって鉄壁の守りである。

飛驒が直轄地になるにあたって、幕府はこの城の徹底的な破壊を命じた。石垣も残さずに姿を消して百六十年近く経《た》つ山には雑木が生い茂り、もはや城のあったことすら忘れられてしまったようでもある。

それでも、時折役人を派して山の検分をするのも郡代の役割であり、鉄太郎も父に命じられて城山の見回りをしたことがあった。

道は険しいが、下草は刈られていて歩きづらいわけではない。だが、父は時折よろめきながら山を登っていく。両手で何かを持っているのは変わらないが、それでよろめくような父ではないはずだ。

やがて、山の頂に近くなる。かつては石垣と天守があり、その上からは高山の町が一望できたという。しかし、背の高い木々に囲まれて眺望はない。

父が足を止めるのを見て、鉄太郎も木陰に身を潜めた。

何かを切り株の上に置いた。目を凝らして見ると、それは母の遺骨が入っている白木の箱であった。

「……！」

呻《うめ》き声が聞こえた。父が箱を前に膝をつき、伏し拝んでいるような姿勢をとっている。このような所で拝まずとも、とも思ったがそれは違っていた。父の体は震えていた。震えながら呻いているそれは、獣の咆哮《ほうこう》のようにも聞こえた。

父が泣いている、と気付くまでにしばらく時間がかかった。間違いなく父から聞こえる慟哭《どうこく》の声なのに、心が納得しなかったのだ。悲しまぬ、と言っていた父が見苦しいまでに泣き叫び、母の名を呼んでいる。

屋敷や町から離れた古い城の跡で、悲しみを露《あら》わにしている。

父も悲しむのだ。

どこかほっとして、落胆もしていた。俺だって悲しい。弟たちだって悲しい。同じだ。だったら、おおっぴらに悲しんでもいいと思う一方で、父がこうして人目に隠れて泣く理由を考えていた。

何も見なかったことにしよう。ただ、そう思った。父がこうして泣いていることの理由について、剣や書の師に訊ねることは憚《はばか》られた。それは父がこれまで築いたものを崩してしまうような気がしたのである。

その日を境にして、父には老いが一気に訪れた。ごく最近子をなしたとは思えぬほど、老いた。

三

父はあらゆる苦痛や懊悩《おうのう》から解き放たれたような顔をして、目の前で眠っている。父が世を去ろうとしている。あの清虎が肩を震わせている。何が起きても、全力を籠《こ》めて打ち込んでも平然としている師が、父の最期を前に、己を保てないでいる。剣の達人である彼も、やはり悲しむのだろうか。

やがて、江戸から呼んでいた医者がやってきた。名を小野田歩庵という。腕のいい医者で、幕閣の高官からもお呼びがかかるほどであるが、同時に朝右衛門の武友で、柔術の達人でもある。年は朝右衛門よりいくつか若いくらいの老人であるが、組打ちでは鉄太郎も敵《かな》わない。

歩庵は黙って脈をとり、そのまま鉄太郎に向き直る。

「どうにもなりませぬか」

そう訊ねたのは清虎の方であった。道場でも、普段の所作でも見せないしぐさを見せている。なんと、苛立《いらだ》たし気に体を小刻みに揺らしているのである。歩庵は静かに清虎に顔を向けた。

「あとは、朝右衛門どのの生きる力にのみかかっております」

郡代の朝右衛門は、高山では殿と呼ばれて敬されているが、友人でもある歩庵は名で呼んだ。

「他《ほか》に……他にどうにかやりようはあるでしょう！」

清虎が声を荒《あら》らげた。剣士の放つ殺気に似た圧力にも、医者は怯《ひる》まない。

「どうにかなるところまでは手を尽くすのが医の道。だが、医術にも入り込めぬ領分がある」

「というと？」

「命の瀬戸際である。井上どのは剣士であろう。では、剣で命のせめぎ合いをする際に、そこに他者が入り込めるか」

清虎ははっと何かを悟ったように目を見開き、

「乾坤、只一人……」

と呟《つぶや》くと体を揺さぶることも止《や》めた。雪の音が一際激しくなる。風も吹いてきた。

朝右衛門の胸が一度大きく膨らんだ。鉄太郎ははっとその様子を見守る。医者の言う命の瀬戸際から戻ってくるのか、わからない。

母は二度戻ってきた。最期の眠りについてから、二度、息を止めかけて戻り、三度目に旅立った。

「望みを持たせるわけではありませんが、ここから目覚める方もいないではない」

だが、鉄太郎は既に父が逝くことを確信していた。胸の中に、城山で見た父の慟哭を思い出す。その日を境に父は変わったと鉄太郎は感じていたが、何が変わったのかはわからないままでいた。だが突然、わかった気がする。

父はあそこで、あの慟哭と共に命を吐き出した。

鉄太郎が崩れ落ちそうな体を懸命に支えていると、朝右衛門がわずかにくちびるを震わせた。

「父上……」

朝右衛門は体を起こそうとする。歩庵がそっと手を添えると、筋力の落ち切った肉体がするりと起き上がってきた。柔《やわら》の術であった。

「この手は……歩庵か」

「もう見えておらんか」

「美しい、春の野を見てきた」

「極楽まで行ったなら、何故《なぜ》戻ってきた」

「往生する前に、未練を片付けておこうと思ってな。江戸での……江戸での仕儀はどうなっている」

「案ずるな。諸々滞りなく動いておるよ。後は若い者に任せておけ」

「さっさとあの世に行けと言わんばかりだな」

朝右衛門が笑うと、歩庵も笑った。二人とも笑いながら、泣いていた。

「鉄太郎はいるか」

呼ばれて膝を進める。朝右衛門にはそれが見えていないようであった。歩庵は朝右衛門と鉄太郎の手を取り、重ね合わせる。父の手を握るなど、幼い頃の記憶にもないことである。だが、もう二度と剣を握れぬその手に、力を籠めることで思いを伝えようとした。

「うむ」

嬉《うれ》しそうに頷いた朝右衛門は、

「大きな……大きな剣を振るえよ」

鉄太郎は頷くことしかできない。

「天下の剣、救世の剣だ。お前なら、できる……」

うわごとのように繰り返す。そのようなことを父が口にするのは、初めてであった。

父の最期の言葉を理解しなければ、とは思うが戸惑いも強い。そのうちに、父の手がするりと鉄太郎の手から落ちていった。

四

郡代の死を受けて代官所は慌ただしい空気に包まれた。天領の郡代は世襲ではない。朝右衛門の死後すぐに後任の郡代が手配され、鉄太郎たちは江戸へ戻ることとなった。江戸の小野家は兄の鶴次郎が継ぐことが決まっており、旗本としての務めを果たし始めている。まずはそこへ戻ることが、鉄太郎たち高山に残っていた者たちのすべきこととなる。

師の清虎は一足先に江戸に帰っていった。

「千葉先生から、一段落したら急ぎ戻るように使いが来たのだ」

「どうされたのです?」

鉄太郎が訊ねると、一瞬ためらいを見せた。

「どうやら曲者《くせもの》が出ているらしいのだ」

「曲者?」

「旗本や御家人の子弟を唆《そそのか》して、良からぬことを企《たくら》んでいる者がいるらしい。できるだけ内々に、ということらしく、うちの道場に話が回ってきたようだ。まあそんなことはお前たちには関わりのないことだ。鉄太郎、江戸に戻っても玄武館に稽古に来いよ」

最後は明るく言ってくれたが、それも兄弟たちの行く先が決まってからのことである。もっとも幼い弟の務は鉄太郎が背負い、兄弟六人は中間《ちゅうげん》数人を伴ったのみで飛騨の国を後にした。一台の大八車を兄弟が囲むようにして街道を進む。

峠に入ればまだ雪が深く、道もぬかるんでいる場所が多く残っている。鉄太郎は剛力で知られていたし、兄弟たちも幼いながらそれぞれに鍛錬を積んでいる。

それでもぬかるんだ登り道になると、全員が力を尽くさねば大八車はびくとも動かなかった。

「何が入っているのですか」

小柄な駒之助は額に汗を光らせつつ訊ねてきた。

「銭、ですか」

駒之助は稽古道具や雑貨の入った葛籠《つづら》の下に目をやった。

「父上にそんな蓄財の趣味があったとは」

「旗本の主《あるじ》としては当然のたしなみだ」

鉄太郎は父が意識を失う数日前、ひとり部屋に呼ばれていた。

「三の蔵の米俵の下に、箱がある」

父は弱くなった声で言った。

「何が入っているのですか」

「お前たち六人が住まう家を得るための金だ」

それで鉄太郎は察した。

「やはり、小野の家を出ねばなりませんか」

「いてもよいが、つらいぞ」

確かに、そうなのだ。後を継いだ鶴次郎と鉄太郎の関係は決して悪いものではない。

母が体調を崩す前の年、二人伊勢《いせ》へ参り、その際は互いの健脚を競いあったほどだ。

「もはや鶴次郎が小野家の主で、お前は家臣として振る舞わねばならん」

「それは別に構いませぬが……」

「お前がよくても鶴は嫌だろう」

兄との仲が悪いわけではないが、後を継ぐでもない図体《ずうたい》の大きな弟が家にいるのは、世間体が悪いと父は言いたいようであった。

「鶴はお前を好もしく思っているわけではない。お前が兄を侮らず、陽気でいるから親しく付き合ってくれているようだが、やはり母が違うことはやつのわだかまりとなっている」

「左様ですか……」

楽しかった旅を思い出して、鉄太郎は少し寂しくなった。

「それに、お前の方がはるかに強い」

剣の腕は話にならないほどに差がついていた。それは鍛錬にかける情熱と天分の差としか言いようがない。足の速さでは兄弟互いに譲らなかったが、剣の腕だけは誰が見ても差があった。

「兄上は剣に向いていないのですよ。その代わり算勘《さんかん》の才はずっと上です」

「家を任せるにはそちらの方が都合が良い。だが、男としてはつらいところだぞ。自分よりはるかに腕の立つ男が家にごろごろしているのだ」

「そこは家臣として使ってもらえれば」

鉄太郎にこだわりはない。兄の前で手をつき、殿と呼ぶことが嫌なわけではない。

「お前はまだ人の心持を忖度《そんたく》するところまではいかんなぁ」

ため息をついて笑う父の横顔の皺《しわ》は、随分深くなっていた。父は文箱《ふばこ》を取り出し、数通の書状を鉄太郎に手渡した。

「これは遺《のこ》すものの目録と、弟たちの行き先だ」

目録を開いて鉄太郎は驚いた。

「三千両……」

かなりの金額である。

「ひとりあたり五百両ある。これをつけて、他家へ出せ」

父らしい心遣いだ、と鉄太郎は頭が下がる思いだった。家を継ぐ男子がいて家を存続させることが、この時代何よりも大切だ。男子のいない家にとっては世継ぎは必要だ。だが、男子が多く生まれた家ではかえって邪魔にもなる。

そこで、世継ぎ以下は他家に出すことになる。養子に出される男子の方が多いので、もちろん買い手が有利となる。なので子を出す側は、家柄を誇れるものでもないかぎりは持参金を付けてやらねばならなかった。

「五百両もあればどの家も嫌とは言わぬだろう。あらかた話はつけてある」

数通の書状には、それぞれ弟たちが行くであろう旗本家の名が記されていた。どこも小野家と同じで貧しいか、豊かであってもやや低い家柄である。抜かりのない選び方、と言ってよかった。

「それにしても、いつの間にこれほどの蓄財を……」

鉄太郎は素直に驚いた。一般に江戸期の郡代は廉吏《れんり》が多いのだが、朝右衛門もその例に漏れない。袖の下を出入りの商人から取るわけでもなく、百姓たちから搾り取って私腹を肥やすわけでもなかった。

「財はな、貯《た》めようと思えばできるのだ。我が家は六百石も知行をいただいている。父祖も貯《たくわ》えこそ遺さなかったが、借財もなかった。それにわしは算勘と兵法で身を立てているのだ。貯まらぬ道理がないだろう」

珍しく自慢げに言ったものだ。

ただ、鉄太郎には一つだけ気になることがあった。五百両をつけて養子に入る先の目途《めど》を、弟たちについてはつけてくれている。そのための書状もある。だが、鉄太郎のための紹介状はない。

「お前は剣も書も一人前だ。わしが決めるより、自ら行く先を考えた方がよかろう」

続いてじっと息子の顔を見た朝右衛門は、

「いや、天下の風が、お前の行く末を決めるのかもしれぬな」

そう言って笑って見せたものであった。

五

駒之助は鉄太郎から話を聞いて、意外そうに目をしばたたいた。

「俺も父上から聞いた時は、そんな顔をしたものよ」

車ががたりと石に乗り上げ、そして落ちる。ぬかるみだけでなく、雪もまだ所々に残っていて車の進みはどうしても遅くなる。

「東海道《とうかいどう》に出れば道もよくなる」

鉄太郎は率先して車を引きながら、弟たちを励ました。

飛騨高山から江戸は、はるかな道のりである。雪のない時分であれば、野麦峠《のむぎとうげ》を越えて信州松本《まつもと》へ出て、中山道《なかせんどう》を経由して江戸へ向かう。だが、旧暦の二月末といえば信濃《しなの》と飛騨の境は雪に閉ざされている。

「もうすぐ下呂《げろ》だ。温泉があるぞ」

高山を発《た》って二日目、そう弟たちを励ます。日が陰ってくると、一気に冷え込みがきつくなった。暗くなるにつれて、川を挟んで左右にある山が急に迫ってくるように思える。

鉄太郎は恐怖をある程度は克服している。

「恐れは己の中にしかない」

そう師が教えてくれていた。

「己の中にあるのだから、己で何とかしろ」

どうすれば？　と訊ねる鉄太郎に、師はやはり剣を振れと教えたのであった。そして剣を振りまくっているうちに、怖いと思うことが減っていくのだ。だが、弟たちはそうはいかない。

背中で眠っていた金五郎がまず泣きだした。

「おうおう、腹が減ったか。そうかそうか」

鉄太郎は剽《ひょう》げた声であやすが、泣き声は大きくなるばかりである。そのうち、弟たちは下から順にぐずり出した。

「情けない。それでも武士の子か！」

勇ましく駒之助が叱咤しているが、声が震えている。

「肝試しだと思え」

剣の修行は胆力を鍛えることだ、と教えられているし、そう信じてもいる。信じていれば怖くない。

「怖くありません」

弟たちは口々に言うが、まだ己を信じるには至っていないようであった。山の気配に禍々《まがまが》しいものが混じりつつある。もののけの類《たぐい》が出るのはともかく、山賊が出るのではないという恐れもあった。

一人ならいかようにも戦ってみせる。山は深く険しいが、この辺りを住処《すみか》とする者であれば、自在に駆けることができるであろう。鉄太郎も鍛錬の一環として飛騨の山中を駆け回り、その険しさを知っている。

不意に、ひゅ、と高い音が耳をかすめていった。

「な、何?」

弟たちはびくりと身を震わせて足を止める。鳥の声に似て非なるものだ。鉄太郎はそれが人のくちびるから発せられる音であることに気付いていた。

「車の下に隠れろ」

鉄太郎は静かに弟たちに言い渡した。

「兄上！」

頭を出そうとした駒之助の頭に大きな拳骨《げんこつ》を落とす。慌てて引っ込めたところに鏃《やじり》が突き立った。中間たちが悲鳴をあげて逃げ出す。

「太平の世に山賊か……」

鉄太郎は両刀を抜いた。弦音《つるおと》がする。これまで飛んでくる矢を落とす鍛錬をしたことはある。師が放つ矢を居合《いあい》で落とすのだ。その時は先を丸めた木の鏃だった。だが、今度のはどうやら敵を殺せるだけの鋭さを持っているらしい。

弟たちが車の下に隠れたのを確かめて、鉄太郎は走り出した。ひゅうう、と口をすぼめて息を吐く。臍《へそ》の下、丹田《たんでん》に力を溜《た》めていく。

相手は複数いる。だが、四方から押し詰めてくる気配はない。鏃をさらにいくつか叩《たた》き落としたところで、懐の小柄《こづか》を斜め上へと投げた。微《かす》かな呻き声と共に樹上から二人、落ちる物音がする。

ふいに、暗い木立の中にぱっと火が灯《とも》った。煌々《こうこう》と輝く松明《たいまつ》に一瞬、気を取られる。数人の影があると間合いを詰めたところで、鉄太郎は愕然《がくぜん》となった。

近付いても全く動かないそれは、丸太に服を着せただけの人形であった。汗ばむ手のひらを感じながら振り向くと、数人の男が車を取り囲もうとしている。弟たちが幼いながらに刀を抜き、敢然と立ち向かおうとしていた。

「おのれ！」

一つ吠《ほ》えて走り出した鉄太郎の前に、大きな影がぬらりと立った。

「若いな。鏃を叩き落としたところまでは見事だったが」

爽《さわ》やかな声である。

「大したものは積んでいない。賊は捕まれば磔《はりつけ》獄門だ。割に合わぬぞ」

鉄太郎は冷静さを取り戻し、言い返していた。車を囲む者たちも、一度動きを止めている。

「割に合わぬ？　三千両を大したものでないと言い切れるのは、なかなか肝の大きなことだな。確かに、天下の富からすればはした金に過ぎないがね」

男はかなりの腕利きだ、と鉄太郎は警戒した。

「どうだろう、俺の頼みを聞いてくれないか」

男は懐に手を入れている。小刀か、苦無《くない》を握っているかもしれない。殺気はないが、これほどの腕利きなら気配を微塵《みじん》も変えぬまま人を斬ることができるだろう。

「頼みとは？」

時間を稼ぐ必要がある、と鉄太郎は考えた。相手の力量が読めない。道場であっても外で喧嘩《けんか》を売られても、向き合えば相手の強さがわかる。自分より強いかどうかは考えない。上下をつけてしまえば、心がその上下に従ってしまう。だから、相手の力量を測ってどう戦うかのみを考える。

「貸して欲しいのだ。その荷車と、できれば弟たちももらえるかな。人手がいる。純粋で強く、俺の志に共鳴して水火も辞せぬ勇士になれる、若い魂が欲しい」

「あやつらは違うのか」

車を取り囲んでいるのは、浪人ていの姿をしている。

「俺が真に必要としている者とは、少し違う」

少しずつ、鉄太郎は膝を沈め始めていた。間合いはやや遠い。だが、踏み込めば刃《やいば》は届く。男は戦う体勢をとっていなかった。こちらを侮っているのか、とも思ったがそうであれば好都合だ。

「お前にはこの風音が聞こえるか」

男はふと空を見上げた。無防備だ。男は戦う気がないどころか、防ぐ気もない。斬らば斬れ、という自暴自棄になっているわけでもない。鉄太郎は踏み込む代わりに、その意を自問した。

「聞こえぬのか？」

山を越え谷を下りてくる風の音は時折強い。だが、それがどうした、と鉄太郎は気を抜かぬまま男を見つめていた。

「天下の風だ。人動けば地が揺らぎ、天が感応して風を吹かせる。風は永劫《えいごう》不変と皆が信じてやまぬものを動かし、そして変えていく。俺はその風になるのだ」

何を言っているのか、と鉄太郎は内心首を傾《かし》げた。山賊の頭《かしら》はこの男らしいが、どこか詩でも吟じているような風情でもある。

「天下の風となるには、元手がいる」

男は奇妙な髪形をしていた。いやしくも両刀を差すのであれば結っているはずの髷《まげ》がない。総髪でもない。ただ無造作に髪を伸ばし、耳のあたりにかけていたが、癖が強いようで狼《おおかみ》のたてがみのように四方に散っている。

「小野朝右衛門どのは勤めに励み、財を貯えた。それを子どもたちに使うのは、至極もっともなことであろう。だが、貴殿には十分腕がある。己の腕で生きる糧《かて》を稼ぎ、身を立てていけるだろう。そこの三千両、おとなしく渡せばそのうち十倍にもして返して進ぜよう」

ふざけている、と思ったが、奇妙なことに男はごく真剣に言っているようであった。

「この通りだ」

なんと頭まで下げてみせたのだ。

「天下のためにその金、貸してくれ。貴殿には無用なものだ。父君の志にもかなう」

「過分なお言葉だが、そちらの決めることではあるまい。それに、父があなたのようならず者と交わっていたと耳にしたことはない」

　鉄太郎は怯まずに言った。

「天下のことはいずれ俺が決するようになる」

「不遜《ふそん》な」

　口調は真剣なままだが、やはりからかわれているようだ。鉄太郎は戦って道を開くと決めた。弟たちを囲む男たちも抜刀している。

「仕方あるまい。小野鉄太郎は若いながらなかなかの傑物と聞いていたのだがな」

「聞いていた？　誰にだ」

「誰でもよかろう。ともかく、談判ならぬ時は力の出番だ」

　男はすらりと刀を抜いた。

　やはり異相である。柄を摑《つか》む拳《こぶし》が膝のあたりにある。常識外れの長い猿臂《えんぴ》であった。殺気も何もないのに、ためらいもない。その構えを見て鉄太郎は奇妙に思った。やはり、どこかで見たことがあるような気がする。考えてみれば、この男は最初からこちらのことを知っていた。

　剣は人により、一人一人必ず違う。だが、流派ごとに、師によって必ず特色が出る。男の構えは、師である清虎の構えに似ていた。

「もしやあなたは、玄武館門下なのではないか」

男の体がゆらりと揺れた。次の瞬間、猛烈な刃風が頭の上をかすめていく。身を沈めつつ、鉄太郎も抜き放った。

居合の呼吸で踏み込んで胴を薙《な》いだが、その時には男の体は一間先へと跳んでいる。弟たちに賊どもが襲いかかっているのが見えて鉄太郎は駆け寄ろうとするが、今度は男が距離を詰め、突きを入れてきた。

（この攻め……）

間違いなく同門の流れだ、と疑いは確信に変わった。玄武館には多くの剣士がおり、その門弟は各藩にいる。山賊に落ちぶれている者がいるなど、清虎から聞いたことはなかった。だが、強い。

無駄で華やかな動きの多い剣だ。剣においてけれんは命取りとなる。ただ一剣に全てを籠めることを奥義とするのに、派手な見せ技は必要ない。なのに、この男の剣は闇の中でも一瞬見とれそうになるほどに、華麗に閃《ひらめ》いた。

華麗さを増すほど、その強さも増していく。弟たちは懸命に賊たちを防いでいる。だが、駒之助の刀が飛ばされるのが見え、鉄太郎は舌打ちをした。

「まだ心が定まっておらぬな。貴殿の相手はこっちだ」

がっ、と初めて刃が嚙《か》み合った。その衝撃に腕が痺《しび》れる。

「真の大丈夫《だいじょうふ》なら」

斬り込んできながら男は言う。

「たかが三千両で命を捨てるのは情けないことだ」

「何を言うか」

鉄太郎は腹が立ってきた。

「三千両ごときで大丈夫が命を捨てぬと言うなら、三千両ごときで賊に身を落とすのはどうなのだ」

「賊ではない。貸してくれと頼んでいるのだ」

雲が晴れ、星明かりがさし込んできて男を照らした。男はきょとんとしている。そして賊と言われたことがさも心外だと怒り出した。

「我らのどこが賊だと言うのだ。天下のために金を使うから貸してくれ。よきように使ってやるからと好意で言っておるのだぞ」

人を馬鹿にするにも程がある。問答している暇はない。弟たちは刀を飛ばされて喉《のど》元《もと》に刃を突きつけられている。

「な？　もはや勝敗は明らかだ。その金を俺に渡すのだ」

鉄太郎はくちびるを噛んだ。あの車には、父が子どもたちのためにこつこつ貯めた金が積んである。だが、弟たちの命は金と比べるわけにはいかない。頷こうとしたその時、ぶしゅ、と何かが噴き出す音が立て続けに聞こえた。

星明かりが翳《かげ》っている。それは空の雲ではなく、地上から噴き出した霧によるものだった。はじめ、弟たちの誰かが斬られたのか、とも思った。しかし、彼らは抱き合うようにして震え、武器を構えている者はいない。それどころか、倒れた賊の間合いに誰かがいるというわけでもない。

「このような夜更けに街道を歩くものではないよ」

賊の男たちが声のする方に一斉に顔を向けた。その瞬間、何かがきらりと光を放った。うっ、と呻き声を一つ残して賊たちは倒れていく。

倒れた男たちから一間ほど離れた先に、すらりとした長身が立っている。それは、剣の間合いではない。剣では決して届かぬ距離を制する、手持ちの武器の王として君臨する長い得物《えもの》を肩に担いだ影が、血煙の中から現れた。

「このような山道で立ち合うのはもったいない手練《てだ》れだな」

低く静かだが、夜の木立の中にしみわたっていくような声である。

「ふん、天下を動かす風を吹かせようとすれば、色々と邪魔が入るものよ」

男は小さく舌打ちし、仲間たちの死体を一瞥《いちべつ》すると闇の中へ消えた。後を追おうとしたが、助けてくれた槍の男が呼びとめた。

「子どもだけで、いや大人であっても夜の街道を行くのは危ないことだ」

槍の穂先を改めて懐紙で拭き、鞘《さや》をかぶせる。そのしぐさは、流れるように自然で、隙《すき》がなかった。すぐれた武人は、いや一事を究めた者は行住坐臥《ぎょうじゅうざが》、全てに無駄がなくなっていく。

鉄太郎はまだ自分がその境地に至っていないことを重々承知している。目の前の男は、十分に会得しているようであった。男は、星明かりの下で見ると随分若かった。剣の師である井上清虎と同じ年頃に見える。

「その剣筋」

槍を担いだ若者は言った。

「玄武館門下かい？」

「私たちは千葉先生に直接学んでいるわけではありませんが、父の任地である飛驒高山で教えて下さったのは……」

「待て」

若者は右手を上げた。長い指をしているが、奇妙に曲がっているように見える。それは鉄太郎にも見覚えのあるものだった。重い武器を握って長く鍛錬を積んでいくと、手指に大きく固いたこができるのだ。

「構えを見て感じたのだが、井上清虎に教わっている小野家の子弟というのはお前さんたちのことかい？」

鉄太郎は頷いた。

「やはりそうか。随分と大きくなったものだ」

夜の街道だというのに、自分たちのことを知っている者によく会うな、と不思議に思っていた。そしてこちらは二人とも知らない。自分たちの師は確かに清虎であることを告げると、

「いい弟子を育てている。幼い弟たちも勇敢なところを見せたし、お前は心を揺さぶられながらも、最後まで戦を大きく見ていた」

「あなた様は？」

若者は、おや、と首を傾げた。

「もしかして、憶《おぼ》えていないのか。お前さんがまだ赤子だった頃は抱っこしてお守りをしてやったこともあったんだぞ。ほら、山岡の兄ぃだよ」

鉄太郎は記憶をたどり、あっ、と大きな声を上げた。

「山岡の紀一郎《きいちろう》さんだったのですか……」

「謙三郎も会いたがっていたよ。東海道へ出るのだろう？　俺もご一緒させてもらうよ」

そう言うと、にこりと笑った。この紀一郎は後に天下無双の槍と謳《うた》われた山岡静山《せいざん》であり、その弟の謙三郎こそが、後の高橋泥舟である。

紀一郎を加えた一行は下呂で一夜の宿をとり、共に街道を南下することとなった。

六

鉄太郎の最初の師である久須美閑適斎は、鉄太郎から見ても風変わりな男だった。

まず、見た目が強そうではない。顎《あご》と腹が垂れ、腕も足も細い。二刀を差していなければ、武士であることすらわからぬほどに、貧乏くさい風体であった。そして本当に貧しかった。

「私の剣は金のためだよ」

まだ九歳の鉄太郎に向かって、そんなことを口にするのである。朝右衛門に子の鍛錬を頼まれたのは、好きな書を買うためだ、などと言ってのける。

「海の外から来る書を読むのが趣味なのだが、高くてね」

　鉄太郎に剣を振らせている間も、何やら書に没頭していることがあった。かといって、弱いわけではない。小野派一刀流の家の男子としてそれなりに修練を積んでいる兄たちを前にしても、眠っているような顔で叩き伏せているのを目にしたことがあった。

　ある日、

「私が相手をするのは面倒だから、今度適当な者を連れてくるよ。鉄よりも少し弱い。だが気を抜くとすぐに追い越される。そんな子だよ」

　そう言って連れてきたのが、山岡謙三郎であった。

　最初は訳の分からぬ顔をして向き合っていたが、一つ違いの二人はすぐに仲良くなった。確かに、謙三郎は鉄太郎よりも少し弱かった。だが、次の日は必ず工夫してくるので、鉄太郎は同じ手では決して勝つことはできなかった。

「ずるいぞ」

　鉄太郎は思わず言ってしまったことがある。

「こっそり稽古してくるなんて！」

　そこに師の嘲笑《ちょうしょう》が飛んできた。

「お前は俺の前にいる時だけが鍛錬なのか」

かっと顔が熱くなる。

「師や友の見ていない時に、己とどう時を過ごすか。そこで男の価値は決まる」

謙三郎は表情も変えず閑適斎の言葉を聞いていた。その時の、得体の知れない恐怖のようなものを今でも憶えている。ともかく、不屈の強敵でもあった。

「懐かしいね」

紀一郎は目を細める。

このように、小野家と山岡家は、武を通じて付き合いがあった。小野家が神子上典膳を源とする剣の家だとすれば、山岡家は戦国期より伝わる忍心流《にんじんりゅう》槍術を伝える家系である。代々槍に通じ、後に講武所《こうぶしょ》師範を輩出している。

槍は手に持って扱う武器、短兵器としては最強と目されている。修練の段階が同じであれば、剣で槍に勝つのは難しいとされる。だが、太平の世となって槍を振るう機会は少ない。

武士が腰に差しているのは刀であって、槍を持って歩いているわけではない。武芸十八般《じゅうはっぱん》と言うが、腕前はあくまでも剣術で見られがちではあった。

「こちらには武者修行ですか」

そうだよ、と紀一郎は屈託なく頷く。

「飛騨の郡上《ぐじょう》に槍の名人がいると聞いて行ってきたが、思ったほどではなかった。そこは残念だったが鉄たちに会えてよかったよ」

六尺三十貫の巨体を誇る鉄太郎に比べると、随分と細く見えるし、袴《はかま》はつぎはぎだらけだ。

「あと、尾張《おわり》藩の槍術指南に呼ばれているのだ」

「藩には槍の師範はいらっしゃらないのですか」

「いるが、ちょっと腕が足りないのでね。あまりに足りなければ御三家の面目も立たぬ、ということらしい」

いたずらっぽく笑って腕を叩く。清虎や父、江戸の師も滅多なことでは表情を変えなかったが、紀一郎は違った。

半日歩いている間にも、腹が減ったと言っては頰を膨らまし、荷台を押しては重いとくちびるを曲げて見せる。賊に襲われて強張《こわば》っていた弟たちの表情も、紀一郎のくるくる変わる顔や剽げたしぐさを見ているうちに、徐々に和らいできた。

そして、鉄太郎は紀一郎の昔を思い出した。

幼い頃に、時折家に遊びに来て父に槍を教えた後、よく遊んでくれていた。瘦身《そうしん》で腕や足も細く、一見弱々しいとも思える。だが、その四肢には鋼の強さと柳糸のしなやかさがあった。

大槍をもっては自在に父を翻弄《ほんろう》し、父も自分よりはるかに年少の紀一郎を槍の上手と敬って侮るところがなかった。剣をとっては父に転がされるばかりであった幼き日の鉄太郎には、その姿はなんとも眩《まぶ》しく見えたものだ。

「しかし、鉄は大きくなったなぁ」

朝右衛門が高山の郡代となるのが決まり、紀一郎と謙三郎の兄弟と会えなくなるのがつらかった。

「俺の腕の中で涙と鼻水で滝を作っていたり、謙三郎と転げまわって打ち合っていた鉄が、あれほどの戦いぶりを見せるとは、嬉しい限りだ」

「やめて下さい」

照れくさくなって、鉄太郎はごしごしと顔をこする。隣に立てば、鉄太郎は紀一郎を見下ろすほどに背が違う。高山にいる九年間に、鉄太郎の肉体は大きく成長していた。

「それにしても昨夜の男、俺たちのことを知っていたようなのですが」

「……だろうな」

わかりやすいほどに紀一郎の表情が曇った。

「知っているのですか」

「ん？　いや、確たる証《あかし》もないのに人を賊にするわけにはいかんからな。その、なんだ、このことは訴えて出るつもりか」

既に尾張藩の域内に入っている。途上の宿場町の番所に山賊のいることを届け出ておかねば、他の旅人たちが迷惑をこうむる。

「ここは俺に任せてくれないかな」

紀一郎は覗き込むように、鉄太郎を見つめた。

「しかし……」

「あの賊は二度とこの街道に姿を見せることはない」

「どうしてそう言えるのです」

「間違いないことをどうして、と言われても困るが、あの男がこのあたりに来て、誰かに金をせびるということはない。信じてくれ」

そうか、と鉄太郎は納得した。紀一郎が言うなら、そうなのだろう。幸い父の遺した金は無事だった。弟たちも無事だった。江戸へ帰ることが第一で、賊を追うことはどの道できない。

「ですが、次見つけたら斬ります」

「無理だよ」

紀一郎はあっさりと言った。

「あの男を倒すには腕が足りませんか」

「そんなことはないが……」

言いにくそうにくちびるの端を掻《か》く。

「気が足りぬ」

「気？」

「鉄の体は強く、剣も強い。闘志も見ぬうちにけっこうなものとなった。だが、あの男とは手が合わないだろうね」

意図が摑めず、鉄太郎はぐいと眉尻《まゆじり》を上げた。

「鉄の剣は素直すぎる。確かにそれは、新たに何かを学ぶには大切な心だ。だが、学び鍛えることは信じているだけではだめだ。疑ってかからないと」

ますますわからず、鉄太郎は混乱した。これまで信じることで全ての道を切り拓《ひら》いてきたのである。急に疑えと言われてもわからない。

「いいんだ。信じることすらできず、生を終える剣士だっていくらでもいる。そこまで信じて鍛錬に励んだのだから、さらに奥を目指すには疑わなければならん、ということだよ。清虎は言っていなかったかい」

「いえ……」

「そうか、まだその時でないということだな。余計なことを口走ってしまったかもしれん」

足取り軽く街道を行く紀一郎であったが、時によろめくことがあった。

「大丈夫ですか？」

「何でもないよ」

笑顔はあくまでも明るく、声も力強い。ただ、紀一郎は飯時になるとどこかへ姿を消してしまう。

「子どもには見せられぬご馳走《ちそう》を食べているのさ」

と言っていた紀一郎が、下呂を出てから四日目に名古屋に入ったあたりでぱたりと倒れてしまった。慌てたのは鉄太郎である。幼馴染《おさななじ》みで恩人でもある彼を行き倒れにするわけにはいかない。弟に町医者を探させ、自らは奉行所へと飛んで事情を話した。

城の方でも人数を出して紀一郎を見舞いに来てくれたが、医者の言葉に皆は一様に唖然《あぜん》とした。

「腹が減って倒れた、とはどういうことですか」

意識を取り戻した紀一郎はそう鉄太郎になじられて、あはは、とごまかすように笑って見せた。

「ほら、槍は剣よりは金にならぬからな」

自嘲しているわけでもなさそうな爽やかな口調で言う。

「いや、別に己を卑下して言っているわけではないぞ。俺だって槍と剣を併せて名を上げるということも考えた。実際、槍を遣うためには剣を知らねばならん。でもな、家伝ということで教えられた槍術が好きなのだ。好きでたまらぬ」

まるで恋をする乙女のように目を潤ませて紀一郎は言う。

「それは素晴らしいことだと思いますが、せっかく尾張の殿さまが呼んで下さったのですから」

路銀を頼めばいい、とも思ったが、

「これは俺の修行でもあるからな。誰かに銭金を出させるのは嫌なんだ」

と妙な意地を張った。

「ともかく、しっかり飯を食べて薬を飲んでいただかないと」

鉄太郎は医者代などは自分が出そうと心に決めた。折よく大金が手元にある。恩人に使うことは悪いことではない。

紀一郎は、鉄太郎の言葉にこくりと頷くと、粥《かゆ》をする。その時、宿の者が扉の外から声をかけてきた。医者が戸口に立って耳を傾け、頷いた。そして、

「今日はやけにお侍の行き倒れが出る日だ。しかもあなたと同じで、れっきとしたお旗本らしいですよ」

と笑みを噛み殺した顔で言った。鉄太郎と紀一郎は顔を見合わせる。旗本ということは、江戸から来ているに違いない。

「見に行こう」

紀一郎は急に楽しげな表情を浮かべた。

「からかいに行くんじゃないぞ。ご同輩の見舞いに行くのだ」

そんなことを大真面目《おおまじめ》に言うので、後ろの弟たちは噴きだしていた。

「で、その行き倒れたお侍はどこにお泊まりなのだ」

紀一郎が訊ねると、宿の者は壁を指した。

「お隣か。それはなおのことご縁がある」

空腹で倒れていたのが嘘のように元気よく起き上がると、事の成り行きに戸惑っている鉄太郎の襟を引っ張るようにして隣室の前に急いだ。

「起きてらっしゃるらしい」

ぺろりと舌を出した紀一郎は、一つ咳払《せきばら》いをして堂々と名乗った。部屋の中にいる者が立ち上がり、何かにつまずく音がした、舌打ちが一つ聞こえて戸が開く。部屋の中を紀一郎の肩越しに見て、鉄太郎は絶句した。

室内には書が山積みになっており、書き損じの紙が散乱している。行き倒れていたはずの男は紀一郎に比べても小柄であった。鉄太郎よりも頭一つ以上小さい。だが、その錐《きり》のように鋭い眼光に見覚えがあった。

これが後の勝海舟、この年三十歳となる麟太郎であった。

七

「誰かと思ったら小野家の鉄太郎か。上の子らの体は小さかったのに、こんなに大きく育ったのだな。少しは腕を上げたかね。久須美先生に呼ばれて稽古をつけに行って以来のことだ」

まるで家臣に対するような物言いだが、勝麟太郎の家は格で大きく上回っているわけではないし、彼自身も小柄であった。だが、無意識に鉄太郎の体は震えた。

久須美閑適斎は、鉄太郎の修行を半年ほど見た後、一人の小柄な青年を呼んできた。への字口の不機嫌そうな顔をした青年は、当然のことながら九歳の鉄太郎が敵う相手ではない。

力尽きて倒れ込む鉄太郎を一顧だにせずに去っていったその背中を、忘れたことはない。

「修行三年で皆伝に至る男の剣だよ」

閑適斎はたるんだ顎を掻きつつ、楽しげに言ったものだ。

「一流の男に会って叩きのめされるにも、資格がいる。鉄が一流を立てるだけの男になれるかどうかは知らんが、叩きのめされるだけのことは仕込んだよ」

そうして彼を、玄武館に推薦してくれたのである。金のため、と言いながら、閑適斎は職にこだわることは一切なく、そのまま旅に出ていまだ消息が知れないと父に聞いたことがあった。

麟太郎は鉄太郎の顔を睨《にら》むようにじっと見ていたが、小さく頷いた。そして、

「朝右衛門さんが世を去られたそうだな」

書を置いて正対し、悔やみの言葉を述べた。さらに紀一郎の方を向き、

「山岡どのは朝右衛門さんの最期をみとられたのか」

と問うた。

「いや、鉄太郎とは途中で行きあってね。そこで聞いたんだ。それで、これから江戸へ帰るというから道連れになった」

「それで行き倒れになったのか」

麟太郎は鼻で笑う。人のことを言えた義理か、と鉄太郎はおかしくなったが、麟太郎はまるで自分が大金を持って悠々と旅をしているような口調で、旅の心得などを説教し始めた。おかしいのは、紀一郎がまるで父に叱《しか》られているように、はいはいと素直に頷いていることだった。

さらにおかしいのは散々説教した後、

「すまぬが金を貸してくれんか」

しゃあしゃあと鉄太郎に頼んできたことであった。

「この書を江戸まで運ばねばならん。うちの塾の蔵書もさらに充実するだろうよ」

「塾？」

「赤坂田町《あかさかたまち》で私塾を開いているんだよ。氷解塾《ひょうげじゅく》という」

鉄太郎は漢籍は読めるが、書のいくつかには見たことのない文字が書かれてあった。

「ああ、これは蘭語《らんご》だ」

「名古屋に蘭書を扱う店があるのですか」

「あるが江戸や長崎には及ばんよ。どうしても必要なものがあったから、長崎まで行って買ってきたのだ」

その値段を聞いて鉄太郎は仰天した。

「六百両……！」

朝右衛門が鉄太郎たち兄弟に遺した一人あたりの金額以上だ。

「それほどに価値があるのですかな」

紀一郎が何気なく一冊を手にしてすぐにわからんわからんと頭を振って元に戻した。

「これらの蘭書はな、名刀と同じだ」

麟太郎は愛《いと》おしそうにその表紙を撫《な》でる。

「価値がわからぬ者には単なるがらくただよ。だが、眼力とそれを使いこなす腕があれば、己ひとりだけではない。他人を、万人を、ひいては国を救うことができる。俺はな、これを日本の言葉に訳し、使いこなせる人間に売る」

「売るっていかほどで、ですか」

紀一郎の問いに、麟太郎は一つ鼻を鳴らして応じた。安く売る気は毛頭なさそうであった。二人は顔を見合わせ、ふうむと嘆息を漏らした。

麟太郎の勝家は、石高でいえば十石をわずかに超えるほどに過ぎない。六百石の小野家は言うに及ばず、山岡家の百石よりもさらに低い。家としては戦国以来の譜代であるが、無役の小普請組《こぶしんぐみ》に属するというから、旗本の地位としても下の部類である。

ただ、麟太郎の父である小吉《こきち》が生まれた男谷家《おだにけ》はそうではなかった。もともと高利貸しとして才覚を発揮した麟太郎の曾祖父《そうそふ》の銀一《ぎんいち》は、朝廷に大金を献じて検校《けんぎょう》の位を授けられた。そうして己に権威をつけると、困窮していた旗本男谷家に相当な金子《きんす》と共に長男を送り込むことに成功した。

男谷家は、辣腕《らつわん》ともいえる銀一の血がそうさせたのか、何かにつけて尖《とが》った人間を輩出した。『寛政重修諸家譜《かんせいちょうしゅうしょかふ》』などを編纂《へんさん》した儒学者の男谷彦四郎燕斎《ひこしろうえんさい》は麟太郎の伯父にあたり、第十一代将軍家斉《いえなり》の側室のひとりは小吉の父の姉にあたる。

何より天下に名高かったのは、彦四郎の子として、同じく男谷一族の別の家から養子に来ていた男谷精一郎信友《せいいちろうのぶとも》であった。剣だけでなく、槍、弓、兵法と全てにおいて奥義を究めた彼は、後に剣道の祖とも称された。

他流試合が難しく、木刀による型稽古に偏っていた剣の修行に彼は異を唱えた。木刀での実戦練習の危険性の高さから三尺八寸の竹刀《しない》を考案し、実際に打ち合うことを勧めた。

真剣を知る者は竹刀稽古に対して疑いの目を向けていたが、精一郎の強さはあらゆる批判を封じるに十分なものであった。彼の弟子である島田虎之助《しまだとらのすけ》こそが、麟太郎の師である。

男谷家のうちで何より尖っていたのは麟太郎の父、小吉であった。妾腹《しょうふく》の三男坊として生まれた小吉は、大いにやさぐれた。

二年前に既に世を去ったが、幼い頃から強すぎる腕っ節と回りすぎる頭を持てあまして喧嘩と放蕩三昧《ほうとうざんまい》の日々を送った。七歳の頃に数十人を相手に大暴れしたのを皮切りに、十四で江戸を出奔しては詐欺にあって無一文となり、やくざと喧嘩し、やくざの仲間に入って用心棒の真似《まね》をし、江戸に帰っては父に座敷牢《ざしきろう》に放り込まれるという大荒れの人生である。

男谷家の血なのか、小吉は剣をとっては男谷精一郎と五分以上の腕前を見せたという。その弟子の島田虎之助も敵わず、書を読んでは学者をへこませるという才の持ち主で、親類縁者も何とか立身の道を探してやろうとしたが、ともかく人の言うことを聞かない。

これではどうしようもない、と無役の旗本、勝家に押し込めて時の経つのを待つうちに生まれたのが麟太郎であった。

「こいつはまともな子になってもらいたい」

と小吉は金もないのに一流の師につけた。

剣は甥《おい》の弟子である島田虎之助のもとにねじ込んだから安くすませられたが、学問は朱子学はもちろんのこと、兵学や禅、さらには蘭学に至るまで何でもやらせた。

「半端は許さねえぞ」

そう釘《くぎ》は刺したが、麟太郎は小吉の子らしく、何事も師となった人物が呆れるほどに打ち込んだ。

「さすがは男谷の血だな。狂ってやがる」

麟太郎の出来に満足した小吉の放蕩は徐々に収まっていったという。

その学資はどうしたか。十石程度で無役の旗本に出せる金額ではもちろんなかったが、小吉は腕も立つし頭も回る。それに物の真贋《しんがん》を見抜く眼力があった。

太平の世であっても、良い刀剣は高く売れた。高く売れる刀には贋物《にせもの》がつきものである。その真贋を鑑定して高い刀を安く手に入れ、転売する。それだけではなく、博徒や俠客《きょうかく》たちの間で顔が利くことを使って、揉《も》め事の仲裁なども行った。

微禄とはいえ直参旗本であり、当時もっとも勢威をはった俠客、新門辰五郎《しんもんたつごろう》も認める喧嘩の名人であったから、多くの人に頼りにされた。

それでも麟太郎の学資には足りず、勝家はまさに赤貧洗うが如《ごと》しといった風情であったが、麟太郎も小吉もまるで気にする様子を見せなかった。

「金はな、寂しがり屋の犬みたいなもんだ。あっちから温かそうな、うまそうな匂《にお》いを嗅《か》ぎつけるといくらでもやってきやがる。だからな、うまそうな匂いを出すんだ。こいつのとこに集まるとあったけえ、と金に思わせるんだよ」

当時の麟太郎には父の言葉がよく理解できなかったが、匂いはわからないが目に見えればわかるだろう、と考えて全てにおいて飛び抜けることを心掛けた。

剣でも学問でも鍛え抜いたが、残念なことに麟太郎よりもさらに研鑽《けんさん》を積んでいる者たちが多くいた。だが、当時まだ学ぶ人も少なく、深奥を究めている者の数も少ない学問があった。

それが蘭学であった。

八

まるで金を借りるのはこちらのようだ、と鉄太郎は内心思った。駒之助などは、何故金など貸さねばなりませぬ、と怒っていた。

「父上は行き倒れた方のために使うようあの金を遺されたわけではありません」

「義を見てせざるは勇なきなりだ、金はいずれ巡ってくるかもしれないが、人の命と縁は失われたら取り返せないのだ。それに、俺の取り分から出すのだから文句を言うな」

と諭して黙らせた。

そうして十両ほどを包んで勝麟太郎の前に置くと、けろりとした表情で懐に入れる。そして、一言礼を述べただけで後は蘭学の話を延々としているだけである。これには一緒にいた紀一郎が音を上げてしまった。

「勝さんは禅もやってらっしゃるんでしょう？　そっちの話をしましょうよ」

紀一郎も鉄太郎も、しかるべき師について参禅している。だが、

「禅は人とやるもんじゃないし、話をするとしたら師とだけだ」

と一蹴《いっしゅう》された。

「この『ドゥーフハルマ』という書は佐久間《さくま》先生がだな……」

と、また蘭学講義が始まるのだ。

佐久間先生、というのは江戸の神田《かんだ》に蘭学の塾を開いていた佐久間象山《しょうざん》のことであ

る。信州松代《まつしろ》藩士の子として生まれたが、その才覚を藩主の真田幸貫《さなだゆきつら》に認められて江戸での学問を認められていた。

大海に開いた穴のような勢いで象山はあらゆる知識を吸い込み、新たな形にして吐き出した。日本で初の電信やガラスの製造、さらには予防接種の開発までその実践は多岐に及んだ。

麟太郎は師の島田虎之助に勧められて筑前《ちくぜん》福岡の蘭学者、永井青崖《ながいせいがい》について蘭学を学んでいたが、改めて象山についてその学問の新しさと巧みさに驚くことしきりであった。

「これは国を挙げて学び、彼らに肩を並べなければならぬ。今のまま限られた人間だけの学問にしてはならない」

そう決意した彼が出会ったのが、蘭和辞典である『ドゥーフハルマ』であった。

「佐久間先生は全てにおいてはみ出た人だ」

麟太郎は新たに得た蘭学の師をそう表現した。

「学問の枠にも、国の枠にも入りきらぬ。これから世界を相手にするには、我々もそういった人材にならねばならぬし、育てていかねばならん」

そう熱い口調で話した。

「たとえば免許のことだ」

剣術では一流を学び、師から目録、免許と許してもらうのは当然の流れである。それは学問でもそうで、一度弟子になったからにはその教えを受けて軽々しく他人に漏らしてはならず、やはり奥義を口伝で受けてようやく一人前と言えるのである。だが、

「象山先生は自らが学ばれたことを一切お隠しにならぬ」

のである。

自らが会得したことを、これという人材には惜しげもなく教え与える。

「ただ、そこまでは厳しいがな」

と麟太郎は苦笑した。

「先生はまるで牛若丸《うしわかまる》を鍛え上げる天狗《てんぐ》のようでもある。天狗の目にかなわなければ、崖《がけ》から突き落とさんばかりの勢いで怒りなさる」

「天狗ですか」

紀一郎は面白そうに身を乗り出した。

「宙を舞ったり術を使ったりしそうですな」

「そのうちにそのような発明もするかもしれぬ」

麟太郎が大真面目に言ったので、紀一郎はますます興をそそられたようであった。

「そのお方は学問をもっぱらとされているのですか」

「いや、剣をとっては卜伝流《ぼくでんりゅう》の達人で、とにかく喧嘩が強い」

「喧嘩！」

「俺も含め、組打ちで誰一人先生に敵わないのだ」

「ぜひお会いしたい！」

「江戸に帰ったら紹介するよ。山岡どのであれば、きっと佐久間先生も気に入られるだろう。蘭学にご興味はおありか」

「まったくありませんが、そのご仁には会ってみたい。とはいえ、滔々《とうとう》と蘭学のことを申されても私にはさっぱりだ」

　麟太郎は唖然とし、そして笑い出した。

「先生は蘭学にかぶれているわけではないぞ。先生は枠に収まらぬ人だが、枠をはみ出るには枠を満たさねばならぬ。この国の学問を修め、それを土台にしなければ己を見失ってしまうと常々仰《おっしゃ》って、古今の大儒には大かた精通しておられる」

　話はいつまで経っても終わらない。鉄太郎はさすがに閉口して、厠《かわや》に行くふりをして逃げ出すと、しばらくして紀一郎も満足そうな顔でやってきた。

「麟太郎さんはあんな風になっていたのだな」

世代の近い二人はもちろん、面識があった。

「江戸で一緒に稽古をしたこともあったよ。島田道場は他流からの出稽古を大いに歓迎してくれるから、行きやすかった」

もちろん、半端な腕で乗り込めば叩きのめされて放り出される厳しさがあるのは他の道場と変わらない。だが、紀一郎のような腕利きは大いに歓待された。

島田虎之助は人格一流と賞賛された男谷精一郎の弟子だけあって、真面目に修行に取り組んでいる武人に対しては流派がどこであれ親切であったのだ。

「なんというか、親しみを覚える剣だったな」

紀一郎は目を細める。

「紀一郎さんの剣に似ている、ということですか」

人の印象としては随分と違う。だが、鉄太郎も表に出ている人となりは、必ずしもその人全てを表すものではないことも、理解している。人を知るには剣を握らせればいい。さらに魂に触れるには、自分も剣を持って向き合えばいい。

「江戸に帰れば、共に稽古をすることもあろうよ」

嬉しそうに言って頷いた紀一郎は、腹が減った、と腕を振って戻っていった。

翌朝、鉄太郎は夜明け前に眠りから覚めた。それ自体は珍しいことではない。早朝から稽古をすることは剣士の日常である。

太刀のみを差してまだ暗い街へ出る。稽古ができそうな神社はもう目星をつけてある。

「熱田《あつた》神宮か……」

石碑を見て鳥居の前で頭を下げる。中に入ると玉砂利《たまじゃり》が美しく敷き詰めてあり、参拝する人の気配もまだない。鳥居をくぐってしばらく進むと、右手に木立が見えてきた。

そこが良さそうだ、と木立の中に一歩足を踏み入れた瞬間、ぞくりと背筋に冷たいものが走った。この感覚を最近味わった。

下呂の手前で賊に襲われた時に、あの頭目から感じた異様な気配とは異なるものであった。

弟たちと荷のことが気になったが、宿には山岡紀一郎がいる。この気配の持ち主が近くにいて気付かぬはずはなかった。まさか自分を狙って、とも考えたが待ち伏せと言うにはこちらに向けられた殺気を感じない。

鉄太郎は大柄な体をわずかにかがめ、足音を消して進む。春浅き朝の空気はまだ耳たぶを刺すように冷たい。が、心気を凝らすにつれて寒さは感じなくなる。足の裏でそっと地面を包むように歩くと音が立たない。ちち、と小鳥の鳴く声がする。そのさらに向こうで鳩《はと》の声がした。

気配は二つあるが、そのうちの一つは紀一郎に似ていた。鉄太郎が起きた時は、紀一郎は静かな寝息を立てて眠っていたはずだ。

一人は槍を持っている。最初、一間柄の長槍の柄だけが木々の間から見えた。角度を変えると、穂先が見える。

「四尺穂とはまた物騒な……」

さらに角度を変えて鉄太郎は驚いた。

「麟太郎さんか」

麟太郎は二本差している。相手は誰かとゆっくり体の位置を変えると、そこには大きな男が立っていた。鉄太郎に匹敵するほどに体格に秀でている。見たことのない顔だった。

紀一郎に似た気配であったが、間近で感じるそれは全く異なっていた。細身で狼のような気配を持つ紀一郎に対し、麟太郎と対している槍の男は、言うなれば巨大な猿、狒々《ひひ》であった。

鱗太郎は抜いていない。足を微《かす》かに前後に置き、膝をたわめている。

(間合いに飛び込むつもりだ……)

刀で槍を相手にするのであれば、その戦い方は常道である。だが、ようやく二人を視界に納められる場所へと移った鉄太郎は内心唸った。

勝鱗太郎の技量は、恐らく一流の域に達しているだろう。修練はその人の全てに表れる。紀一郎が敬意を表したのも、鱗太郎の積んできた研鑽と実力を理解しているからである。

だが、その鱗太郎が押されていた。何故二人が仕合うことになったのかはわからないが、ここで鱗太郎を死なせるわけにはいかない。鉄太郎は静かに一歩を踏み出そうとして、ぎくりとなった。

いつしか左肩に何者かの手が置かれていたからだ。

「鉄、今ので死んでいたよ」

ため息をついて振り返ると、紀一郎が楽しげな笑みを浮かべていた。

「鉄の稽古を冷やかそうと思って来たんだけど、より面白いものが見えているね」

その肩には得物の大槍が担がれている。

「しかし、あれは誰だい」

同じ槍遣いの紀一郎も知らないようであった。

「随分と見栄えは良いようだが」

確かに、麟太郎や紀一郎に比べても仕立ての良いものを身に着けているようだった。

「鉄、知ってるかい？」

「いえ……」

槍の男が微かに槍先を揺らし始めた。

「どうやら喧嘩を売っているのはあの槍遣いのようだ」

ちょっと行って止めてくる、と鉄太郎の肩から手を離し、すたすたと歩き始めた。

その時になって、鉄太郎は動きが封じられていたことに気付く。

力を感じたわけでもなく、行くなと命じられていたわけでもない。だが、紀一郎は鉄太郎の気を巧みに逸らし、肉体の動きを制していた。飛騨でもそれなりに腕を上げたと自負していたが、とんでもない思い上がりだったようだ。

上には上がいる。麟太郎はわからないが、紀一郎とあの槍遣いに自分は遠く及ばない。その二人が、対峙《たいじ》している。

九

槍を担いだままの紀一郎を見て、男はすっと槍を引いた。ゆっくりとした動きなのに、鉄太郎の目では捉えられない。

「朝早くから元気のいいことですな」

気楽な口調のまま、すいと二人の男の間に入る。

「ここは騒擾《そうじょう》を禁じられている神宮の境内《けいだい》だ。静かに一人稽古している分には問題なかろうが、いきなり白刃を振り回すのは感心しませんよ」

と、静かに諭した。槍の男は体も大きかったが、目も大きかった。ただ、ほとんど瞬《まばた》きをしないし表情も変わらない。

「強いな」

あまり聞いたことのない訛《なま》りで男は言った。

「立ち合え」

「あのね、話聞いてます?」

紀一郎はばりばりと首筋のあたりを掻いた。

「ここでは喧嘩しちゃいけないって言ってるんです」

「喧嘩ではない。尋常な立ち合いだ」

「あんた、どこの誰さまですか。尋常な立ち合いであれば、堂々と名乗ってるんでしょうね？」

　男が眉をぴくりと動かした。

「百姓剣術の道場での立ち合いですら、名乗って礼をする。それが神聖なお社《やしろ》の境内で、しかも名乗りもせずに槍を突きつける。こりゃ一体どこの田舎者だ。いや、それは田舎の皆さんに失礼ですな。どこの山猿だ」

　軽やかに、しかし痛烈に放たれる紀一郎の言葉に鉄太郎は聞き惚《ほ》れてしまった。だが、辛辣《しんらつ》な罵倒《ばとう》を受けている方はそうはいかない。一度引いた槍を再び構えなおした。

「止めておきましょう。理のない喧嘩をこの人に売った時点で、あんたの負けですよ」

「戦場での勝敗は生死のみで決まる」

「あんた、戦国の世の幽霊か何かかい。今は太平の世だよ」

「戦は常に在《あ》る」

　男は胸を指した。

「貴殿も武人なら、得心がいこう」

「わかるわかる。わかるとも」

紀一郎は何とか男を宥《なだ》めようとしているようであった。麟太郎は何か言いかけたが、紀一郎に相手を譲るように、後ろへと下がっていた。

「見ればわかると思うが、俺も槍をやるんだ。名乗ってもいいが、あんたのような恥ずかしがり屋に名乗って倒れられても困るからね。ここは互いに内緒といこう。ともかく、あんたも俺も槍をたしなんでいる」

紀一郎は軽く話してはいるが、腰を微かに落としている。構えとしては相手の攻めを受けて下がらぬ、力戦の構えであった。紀一郎も相手をかなりの強敵と見ている証である。

しかも、肩に担いだ槍の穂先をわざと振って、麟太郎を後ろに下がらせようとしていた。

「貴殿が相手か」

「あまりその気はないね」

「だが、戦う構えに入っている」

「そちらが殺気だっているからさ」

鉄太郎は頰に風を感じた。槍の男が得物を一閃《いっせん》させ、紀一郎へと繰り出す。だが、既にそこに紀一郎の姿はない。

がつ、と柄がぶつかり合い、互いに上をとり合いながら白い穂先が蛇のようにうねって相手の首元を狙う。鉄太郎も槍を学んだことはあるが、紀一郎たちの槍筋は自分が学んだものとは全く別のものであった。

槍の戦い方の基本は、払い、押さえ、そして突きの三挙動だと父に聞いたことがある。そこに全てがあり、この三つを会得した者が名人となる。だが、それがとてつもなく難しいのだ。長い武器を操る難しさは、半端なものではない。なのに、彼らは舞うがごとく槍を操り、互いの急所を狙い、そして防ぎ続けた。

十数合槍先が触れた後、紀一郎が槍先をさっと上げた。

「降参か」

槍の男が勝ち誇ったように言う。

「いや、ここまでにした方がよい」

「腑抜《ふぬ》けめ。戦場でそんな言い訳が通じると思うのか」

「あんたは頭に戦国の亡霊でも取り憑《つ》いているのか。それなら教えてやるがな、今は嘉永五年。太平の世になってもう二百年以上経ってるんだ」

その時である。

「いや、それは違う」

槍男が口を開く前に語気強く否定したのは、麟太郎であった。

「四夷《しい》は神州に迫り、彼らはいつ我らに牙をむくかわからぬ。そうなれば、この世は戦国よりもさらに乱れたものになろう。かの『ドゥーフハルマ』によれば……」

と講釈を始めたので一同は呆気《あっけ》にとられた。

「勝さん、今はそういう話をしている時では」

紀一郎がそう声を掛けても止まることはない。延々と話し続ける麟太郎に、槍の男は呆れたように背を向けた。

「腕で話ができる男だと思ったのだがな」

「腕力に頼るのは、最後の最後だ。できれば頭と心で相手を負かすのがよい」

麟太郎は昂然《こうぜん》と胸を張った。

「人は種子島《たねがしま》の弾を見切ることはできん。大筒《おおづつ》の弾を避けることもかなわぬ。馬よりも速く走れることもなければ、船より速く泳ぐこともできぬ。だが西洋は、砲弾すらも弾《はじ》く仕掛けを、馬や船よりも速いからくりを創《つく》りだすであろう」

「どうしてそんなことがわかるのです？」

紀一郎が呆れるよりも興味津々といった風情で訊ねた。

「学べばその先に光が見える。その光が何を照らし、映し出しているのかを見て、実現させることこそが学徒の使命である」

ほほお、と紀一郎は感心しているが、槍の男は舌打ちをして苦り切っている。

「くだらぬ」

「もう少し聞いていかれませんか。いやあ、実に面白い」

槍の男は紀一郎を見つめた。

「次に会う時までにせいぜい腕を磨いておくことだな」

紀一郎の首筋には赤く細い筋ができている。

「十字槍ならお前は死んでいた」

「そのまま、お返ししますよ」

男の小袖の帯がぱらりと切れた。前がはだけ、筋肉で盛り上がった胸と腹が露わになる。

「争うべきでないところで争ったのですから、多少は恥ずかしい思いをして戻られるといい」

人前で肌をさらすなど、武士としては恥ずべきことである。だが男は小袖を脱ぎ捨てて褌《ふんどし》一丁になった。

「この体は天からいただき、地に還《かえ》すべきものだ。天地から生まれて天地の間にさらすことの何が恥ずかしいか」

と堂々と背を向けて歩き出した。背中にも腿《もも》にも黒く硬そうな毛がびっしりと生えている。

「ありゃ本当に彿々だな」

麟太郎は、肩の力を抜くように上下に揺らした。

「ああいう男は嫌いではないが、さすがに驚いたよ」

「どうしてまた」

鉄太郎が訊ねると、麟太郎は首を傾げた。

「居合の稽古でもしようと思って出てきたら、いきなりあの男が出てきて立ち合えと。槍を遣う人間に挑まれるのも珍しいから相手をしようと思っていたのだが……」

麟太郎の額には汗が浮かんでいる。

「危なかったですね」

紀一郎が言うと、きっと睨みつけたが、

「そうだな」

と素直に頷いた。

「あっちは殺す気だった。刀だろうと槍だろうと、白刃を向けている時点でやる気満々なんだが、こっちが驚いた分、不利になった。まだ俺は未熟だ」

ふん、と鼻を鳴らして宿へと戻っていった。紀一郎はその背中を黙って見送っていたが、

「助けられた、とは思ってらっしゃらないようだ」

「あの男はそれほど腕が立ったのですか」

鉄太郎は麟太郎の腕をすぐれたものとして感じ取っていた。だが、あの槍男の強さがよくわからなくなっていた。桁外《けたはず》れに強いのはよくわかる。だが、粗い。ちょうど、下呂の手前で襲ってきた賊の頭目もそんな感じだった。

「江戸の武と違うものが、天下にはあるんだよ」

紀一郎は言う。

「江戸にいると多くの流派を目にする、実際に手を合わせることもできるから、天下の武を全て見ているような気になる。だが武芸は十八般以外にもいくらでもある。剣術だって陰流《かげりゅう》とそれを源にした流派が隆盛を極めているが、それだけではない」

槍もそうだ、と紀一郎は落とした鞘を拾い、槍の穂先にかぶせる。

「将も兵も近づけば槍で戦う時代が長く続いた。勝利を求める者はその使い方に工夫を凝らし、それが教えとなり、流れとなって各地に根付いた。山岡家に伝わる槍もその一つだ。だから、まだ知られていない槍の術があっても俺は驚かない。むしろ、深く知ってみたい」

「立ち合ってみたい、ということですか?」

「あの男、早朝の誰も見ていないお社よりもふさわしい舞台があろうよ」

爽やかな笑みを、紀一郎は浮かべていた。

「ああそうだ。俺はこの後名古屋のお城で用があるから、江戸のお英《ふさ》に手紙を届けてもらえないか。稽古の後で渡そうと思っていたんだ」

とやけに分厚い手紙の束を鉄太郎に渡した。お英とは紀一郎の妹である。

鉄太郎は記憶を浚《さら》い、山岡家に娘がいたことを思い出した。といっても、鉄太郎が記憶しているのはおくるみの中で真っ赤な顔をして泣いている顔だけである。

第二章　黒き刀

一

江戸は何も変わっていないように思えた。

東海道に入ると、人の往来も増える。飛驒高山から尾張にかけて立て続けに事件が起きたので、鉄太郎もやや身構えているところがあった。だが、江戸に着いてみれば、おおむね平穏な旅でしたと家を継いだ鶴次郎に報告する程度の道行きであった。

小野家の屋敷は現在の千鳥ヶ淵《ちどりがふち》の西、牛込御門《うしごめごもん》内にあり、その辺りには旗本屋敷が多く集まっていた。六百石の小野家は五百坪ほどあり、それなりの結構を持っている。

「江戸は懐かしかろう」

と鶴次郎は言うが、鉄太郎たちが帰ってきても大門《おおもん》近くの長屋をあてがわれただけで、奥に入れてももらえなかった。

「どういうことですか。母は違っても同じ兄弟ではありませんか！」

弟たちは憤っていたが、鉄太郎はこのようなこともあろうと予想していたのでさして落胆もしなかった。それよりも、まだ文句も言えないほどの弟たちを何とかせねばならなかった。養子取組のことである。

「それはお前の勝手にすればよい。父上が算段をされていたのはもう聞いている。持参金も持たせてもらっているのであろう？　家の後継ぎには何も遺さず、出ていく者には金を遺しているのだから、父上も粋なことをなさる」

「何も遺さないとは……」

信じられない、と鉄太郎は驚いた。

「これを見よ」

鶴次郎は文箱を開けると、鉄太郎の前に滑らせた。開けてみると、確かに父の筆跡の証文である。その金額を見て驚いた。

「一万両……」

「あの真面目一徹そうな父上が、まさかの場所に大金を投じていたよ」

証文には伊勢屋清兵衛《いせやせいべえ》という男に一万両の金子を貸し出した、とある。

「この伊勢屋というのは何者ですか」

「岡場所の顔役だ。品川宿《しながわ》にあるという」

貸している先が、なんと遊郭である。しかも吉原《よしわら》などの公認のものではなく、私娼窟《ししょうくつ》である岡場所というから穏やかではない。

「これは本物なのですか」

不審な点がいくつもあった。何より通常あるべき保証人の添え書きがない。

「天下御用の為、敢えて保証人の名を記さず、では返してもらいようがないではないですか」

もう一度借用書に目を落とす。そこには確かに、五月一日にまず七百両を返すと記され、相手の血判まで押されている。

「だが、返しには来なかった」

「直談判はされたのですか」

「岡場所の主に、天下の旗本が父から借りた金を返せと押しかけていくのか？　世間は俺を、小野家を見て何と言うと思う。父の妙な行いのせいで、我が家は素寒貧《すかんぴん》だ」

鶴次郎はじっと鉄太郎を見ていた。

「それよりも素性の確かな金のあることも知っている。家のために使うのは道理だと思うが？」

鉄太郎は即答を避けた。あの三千両は、父が子どもたちの行く先を思って遺してくれたものだ。持参金がなければ養子取組は一気に難しくなる。

弟たちが待つ屋敷内の長屋に、鉄太郎は一度戻った。

「兄上、どうでしたか」

金五郎が駆け寄ってくる。他の弟たちも不安そうだ。一番幼い務はかわいらしい寝息を立てて眠っている。その後ろに菰《こも》を掛けられているのが、三千両の入ったいくつかの木箱である。鉄太郎たちはこの木箱を中心に護《まも》るようにして眠るのが常であった。

「それがな……」

父が貸した金のことを言うべきか、鉄太郎は迷った。

「いずれこの家を出ていくのだから、しばらく長屋暮らしを我慢して欲しい、ということだ。鶴兄はもう奥方を娶られて、間もなく子が生まれるという。そういう大切な時に奥を騒がせて欲しくない、ということらしい」

「俺たちも家の中で騒ぎ回るというわけではないのに」

と金五郎が怒っている後ろで駒之助と飛馬吉が転げ回って遊んでいた。

「ともかく、しばらくは堪《こら》えてくれ。できるだけ早く、お前たちの行く先が決まるように俺が話をつけるから」

　とは言ったものの、鉄太郎たちはその日から困窮するようになった。自分たちはこれまで恵まれていたのだ、と鉄太郎は苦笑するしかなかった。高山郡代の御曹司《おんぞうし》から、無役の旗本の部屋住みとなった途端に自身でも、想像もつかないほどの転落ぶりであった。父からの金に手をつけないとなると、鉄太郎たちは無一文である。

　寝転がって高楊枝《たかようじ》ともいかず、仕事はないかと探してみたが、内職などの口利き屋を訪ねてみても、同じように食うに困った武士や浪人たちでいっぱいだ。

　鉄太郎は腹を決めた。鶴次郎が金に困っているというのなら、俺の五百両をくれてやろう。家が救われるなら、それでいい。自分はどうせ家を継ぐような立場でもない。それで兄の機嫌をよくして、弟たちをまず何とかしてやらねばならない。

　だが、気になることがある。

　あの父が岡場所に金を貸したことがどうしても信じられない。このようなことを相談できる人間は剣の師である井上清虎くらいしか思いつかなかったが、道場に行く前に別の顔が頭に思い浮かび、赤坂田町に向かった。

「返す金ならないぞ」

　折よく屋敷にいた勝麟太郎は、鉄太郎の顔を見てにやりと笑った。

「その金の相談に来ました」

「返す金もない人間に金を借りようというのか」

と麟太郎は目を剝《む》いたが、鉄太郎の顔を見て表情をあらためた。

「ありえねえことではないな」

鉄太郎から話を聞くなりそう断じた。

「謹厳実直な人が、腹の底までその見た目通りかなんて、決して他人にわかるもんじゃねえ」

「ですが、俺が見ている限り遊郭に繰り出して遊んでいるところなど、思いもつかないのです」

「鉄よ、あんたは朝右衛門さんが生まれてから死ぬまで、その行いをずっと見ていたのかい？　あの人は八十近くまで生きてきた。確かに、この二十年三十年は真面目に生きていらっしゃったかもしれねえ。だが、その前はどうかな。それにさ、人には必ず表と裏がある。子どもに裏を見せないのも親心ってもんだよ」

ですが、と鉄太郎は書状を麟太郎に見せた。

「貸した日付は去年の夏とあるが、お父上はその頃江戸に戻られていたのか」

「去年の貢租を集める前に、ご老中阿部伊勢守《あべいせのかみ》さまから呼び出されて留守にしていました」

「なるほど、その時ということだな。その時には何か兆しはあったのか？」

「特に……」

と言いつつ、父の変化は確かにあった。妻を亡くしてから剣を振らなくなっていたし、城址《じょうし》で慟哭《どうこく》していた姿も忘れられない。

「いえ、やはり変化はありました」

妻を亡くしてからのことを話すと、そうだろう、と頷いた。

「朝右衛門さんは嫡子の鶴次郎さんには家督を継がせたが財を遺さず、磯さんの子どもたちには財産を遺した。なかなかの親心だと思うぜ。最後に愛した人の子には自分の裏の顔を見られたくなかったってのは、男の見栄としてはよくわかるな」

そうだろうか、と鉄太郎はやはり得心がいかなかった。彼はひとたび信じれば、何が起きようと疑うことを忘れて信じきることができる。だが、納得できなければ信じない。信じる必要がないと考えていた。父の心はうかがい知れぬまでも、麟太郎の言葉も腑に落ちなかった。

「俺の話、全く響いてねえな」

麟太郎はため息をついた。

「じゃあこの伊勢屋にじかに会って訊《き》いてみればいい。もっとも、これだけかっちりした借用書があるのに、本当に金貸しなんてしてたんですかなんて訊くのは喧嘩を売ってるようなものだから、気をつけなよ」

「確かに……」

鉄太郎が礼を言って辞去すると、麟太郎もついてきた。

「一人で行けます」

「鉄さんよ、あんた岡場所に行ったことがあるのかい」

「いえ、幼い頃に高山に移り住んだので、そういう所があるのは知っているのですが」

「高山にも遊郭くらいあるだろう」

「剣と学問でそんな暇はありませんでした」

麟太郎は、はっ、と笑った。

「人間の修行は何も剣と学問ばかりじゃねえぞ」

「他に必要なのですか？」

「さっきも言ったが、人間には表裏がある。そして表裏がなくちゃならねえ。表だけでも裏だけでも、倒れちまうもんなんだよ」

これにも鉄太郎は納得がいかなかった。だが、それは今考えるべきことではない。

「まあいいや。ともかく、気をつけて行こう」

連れだって品川宿へ向かう。東海道をさかのぼって江戸へ戻ってきた際にも通った場所であったが、まだ日が高かったために素通りした。高山にも、もちろん廓街《くるわ》があった。代官所で働く者たちが騒ぎを起こして朝右衛門が叱りつける、という場を見たこともあったが鉄太郎が行ったことはない。

もちろん、彼にも若い男なりの体の滾《たぎ》りはある。

「そういう時は剣を振れ」

と師は言った。稽古に励めば体の滾りは収まり、心の昂《たかぶ》りも穏やかになる。皆剣を振ればいいのに、何故遊郭に行ってうたかたの恋に励むのかがわからない。

「鉄さんはあれか。女を知らぬのか」

麟太郎がどこか遠慮がちに訊いた。

「ええ。妻を娶ればいずれすることですから」

「部屋住みに嫁のなり手はないぜ」

一瞬呼吸を忘れそうになるような衝撃があった。

「だからああいう場所を知っておくのはいいことだ」

「剣を振るから無用です」

「男には剣では慰められない無聊《ぶりょう》があるんだよ」

二

鱗太郎は数歩先を歩んでいた。富士見《ふじみ》の屋敷街から品川への街道筋に出ると、今日も多くの旅人が東西に往来している。

「岡場所というのは、吉原よりも気取ったところがない。逆に、気取れるところに吉原の強みはある。女は男を振れるし、男は高嶺《たかね》の花を抱く喜びを与えられる。だが、何にしても金がかかりすぎる」

江戸は広がり続ける街だ。働き手は主に男で、彼らの欲を吐き出す場所が吉原だけ、というわけにはいかなくなった。寺院の門前町に、新たに開かれた街に、色街は次々に拓かれていった。

「明暦《めいれき》の大火事で吉原が焼けてから、これから向かう品川や深川《ふかがわ》、内藤新宿《ないとうしんじゅく》など何カ所も岡場所ができた。吉原は御免色里《ごめんいろさと》として、ご公儀に岡場所を潰《つぶ》すように願うことができる。これをけいどうと言って、吉原が岡場所にかける殴り込みのことだよ。それで何度も岡場所は潰されてきた。だが、潰されるたびに強《したた》かに立ち上がってきた。もっとも盛んな時には八十カ所を数えたんだが……」

先だっての水野忠邦《みずのただくに》の改革によって、本格的に根絶やしにされたのだという。

「そりゃ男たちの怨嗟《えんさ》の声は巷《ちまた》に渦巻いたさ」

「麟太郎さん、その時のこと知ってるんですか」

鉄太郎よりも十歳以上年上だが、水野の改革をその目で見ているとは信じがたい。

「親父《おやじ》に聞いた。あのご仁はやくざ渡世とも縁が深くてな。当然、色街にも通いつめて、妻を捨ててある遊女と駆け落ちしようとしたこともある。親父はどうしようもないところもあったが、人の心というのはよくわかっていた。色街が江戸にある意味を、侍の中では一番よくわかっていたのかもしれないな」

やがて水野忠邦は失脚し、厳しすぎる改革はやや緩んだ。

「博打《ばくち》うちでもあったから、そのあたりの潮目の変わりばなは見逃さないんだ」

岡場所の人々の総意をまとめ、小吉が様々なつてを使って幕閣を動かして、岡場所への締め付けを緩めさせたのだという。

「大したものですね……」

「政を動かすのは人だ。人である限り、必ず望みもあって欲もある。貧乏な旗本にできることは限りがあるが、だからこそできることもあるということらしい」

品川に近付くと、潮の匂いが強くなってきた。

「もう一度さっきの借用書を見せてくれないか」

言われるままに見せると、麟太郎は首をひねった。

「品川で遊女を置いてる旅籠《はたご》屋の名は大抵知ってるんだが、伊勢屋清兵衛は聞いたことがないな。まずは馴染みのところで話を聞いてみるとしようか」

宿場町に入っても、色街らしき気配は感じられなかった。

「そりゃそうだよ」

麟太郎は丹波屋《たんばや》という古く大きな旅籠の前で足を止めた。

「色街に見えぬようにする、というのがご公儀と岡場所の者たちの話の落とし所だ」

「じゃあ、どうやって遊ぶのですか」

「鉄さんは訊ねるばかりじゃなくて、実際に遊んでみればいい」

「今はいいです」

「そう言うだろうと思ったよ」

麟太郎が戸をくぐると、すぐに手代らしき男が出てきて膝をつく。

「今日はお早いおこしで」

「いや、遊びに来たわけじゃねえんだ。主人はいるかい？」

「出かけておりますが、すぐに戻ってまいります。ささ、奥へ」

先に立ちつつ、酒は、妓《おんな》は、と柔らかな口調で訊いている。

「用が終わったら遊ばせてもらうよ」

「あと、つけが溜《た》まっておりまして」

「心配いらぬ。ここにいる小野うじは六百石のご令息でいらっしゃってな」

「ちょっと勝さん……」

いいから、と麟太郎は鉄太郎を黙らせ、

「こういう所では見栄を張るんだ」

と囁いた。四半刻（三十分）ほど経って、ようやく丹波屋の主が戻ってきた。

「これは勝の若さま」

廊下で膝をついて平伏すると、二人を上座に据えた。麟太郎が鉄太郎を紹介すると、

「もしや、高山のお代官さまの……」

「おや、朝右衛門どのを知っているのか？」

「いえ」

慌てた表情で丹波屋の主人、嘉助《かすけ》は手を振った。

「いや、知っていることがあったら教えて欲しい。俺たちは、まさにそのお代官さまだった人のことで来ているのだ」

嘉助は鉄太郎から借用書を受け取ると、ふうむ、と腕組みをした。

「弱みを握られた、ということですかな」

「俺もそう思った。しかし一万両は多すぎる」

麟太郎が同意したので、鉄太郎は思わず抗議の声を上げた。

「小野の若さま、お気持ちはよくわかります。ですがここは色里。男の本性が転がり出る場です。私は小野のお殿さまの噂《うわさ》を聞いたことがありませんが、表に出る全てを隠し、普段決して表に出せぬ本性を吐き出しに、皆様いらっしゃるのです。もし、そのような本性を全て受け止めてくれる女子《おなご》がいたとしたら、どうでしょうか。全てを捧《ささ》げようと思うかもしれない」

どうでしょうかと言われても鉄太郎は戸惑うばかりである。剣と書と禅以外のことは、よくわからないのだ。

「して、この伊勢屋はどんな男なのだ」

「それがよくわからぬのです。品川宿に信濃屋という古い店がありまして、勝のお父上さまにも随分とご贔屓《ひいき》いただいていたのですが、先年揉め事がありまして潰れたのです」

「揉め事とな」

「何やら、店の主に狐《きつね》が憑《つ》いて、使っている妓《おんな》に斬りつけたとか。そのうちの一人が捨て身で主人を止めたのですが、その際に信濃屋は死にました。街に虚《うつ》ろな建物があるのも良くない、ということで株を売りに出したところ、入ったのが伊勢屋だったのです」

「しかし、色街の仲間になろうというのなら身元は洗ったのだろう？」

「いえ、それが」

と嘉助は天を指した。

「お上《かみ》からねじ込まれた？　そんなことがあり得るのか」

麟太郎が首を傾げた。

「私どもの間でも随分と議論になりました。ただ、伊勢屋の連中は特に私どもに迷惑をかけるわけでもなく、色街の掟《おきて》も守って商いなどは至極まっとうにやっておるのです。妓たちの評判も上々だ」

ただ、不審な点がないでもなかった、と言う。

「やたらと用心棒を集めていたのです」

「用心棒を？」

「腕の立ちそうな貧乏侍を。店の構えからすると多かったですな」

鉄太郎たちは顔を見合わせた。

「で、こうして高山郡代奉行から大金を借りていることは？」

「つけがあったのかもしれませんな。つけを形にするかしないかはその店次第です。私どもは勝さまのところのつけを書きつけにしておりませんでしょう？」

「耳が痛いことを言う」

ともかく行こう、と三人は伊勢屋へ向かった。伊勢屋の建物は街の西の端に建っていた。かなり大きな建物だが、戸がしっかりと閉められている。

「おかしいですな」

戸を叩いても返答がない。だが、押すと開いた。その時、鉄太郎と麟太郎は顔を見合わせた。異様な臭気が漂っている。

「俺が踏み込みます。勝さんは番所へ」

「承知」

鉄太郎は嘉助に建物の結構を訊ねると、ゆっくりと体をすべり入らせる。表は旅籠のつくりだが、外から見えないように見世がしつらえてある。だが美しい女たちも胸が躍るような音曲も聞こえず、ただ暗闇の中に沈んでいる。

店主は普通、帳場で店を仕切っているか、奥座敷にいるという。帳場に人の気配はなく、そのまま廊下を進むと、奥の庭があり、妓や勤め人の長屋があった。

いきなり手前の離れの障子が倒れ、その上に死体が乗っているのが見えた。次の瞬間、鉄太郎は身を沈め、振り向きざまに刀を抜く。

重い手ごたえと共に、男が一人倒れる。鉄太郎の意識がすうと澄んでいく。暗い母屋から手槍が飛んでくるのも叩き落とすと、鉄太郎は一気に間合いを詰めて槍を飛ばした男の肩口から叩き割った。

五人を斬り捨てるのとほぼ同時に、番所の同心たちと飛び込んできた麟太郎が雨戸を蹴り倒して光を入れるのが見えた。

「すさまじい剣だな」

麟太郎は感心しつつ、奥座敷の障子の上で白目を剝いて死んでいる男を見下ろした。後から来た嘉助が、彼が伊勢屋清兵衛だと教えてくれた。

「一万両、返ってこねえな」

麟太郎に言われても返す言葉も思いつかない。鉄太郎は微かに手の震えを感じつつ太刀を拭《ぬぐ》って鞘に収めると、視線を感じた。目を上げると、清兵衛の死体が転がり落ちてきた奥座敷の中に、白い顔が浮かんでいる。

細く形の良い眉の下で妖しく光る黒目がちの瞳がこちらをじっと見つめている。何かを訴えようとしているようで、それでいて何かを伝えることを拒んでいるような、冷たさも湛《たた》えていた。

白粉《おしろい》で塗られた顔と毒々しいほどに鮮やかな紅が引かれた小さなくちびるが、儚《はかな》げな細い輪郭と相まって、体の奥底が震えるほどの艶《あで》やかさがあった。

「何者だ」

「岩橋《いわばし》の夜の契《ちぎ》りも絶えぬべし明くる侘《わび》しき……」

そのくちびるが微かに動き、そして鉄太郎の視界から消えていった。

三

鉄太郎が初めて見る、白昼の修羅場であった。

何人もの男が頭を割られ、急所を突かれ、腹を裂かれて倒れている。凄惨《せいさん》だとは思ったが、恐ろしくはなかった。ただ、心のどこかがひどく揺れていた。飛騨の山中で賊に襲われた時とも、また違う心の揺らぎだった。

「刀を持つとはそういうことだ」

常に師の井上清虎に教えられていた。剣を学ぶことは人を殺《あや》める技を高めること。これを忘れてはならない。

「だから、技と力だけを鍛えても意味はない。危急の場において動じず、心静かに己を保つ鍛錬も併せて行わなければ、それは本当の剣の道とは言えない。一たび剣を抜けば、彼我のいずれかが死ぬかもしれない。そして、互いに相手の命を奪うために、その剣は振るわれねばならない」

だから、争わぬ努力を怠ってはならない、と。争わぬ努力をする前から襲いかかられるのは勘弁して欲しいものだ、と鉄太郎はため息をついた。

その時、庭先から何者かが飛び出してきた。

「コクトウグミ、覚悟せよ」

覆面をかぶった小さな人影が鉄太郎に槍を突きつける。そして、何者だ、と鋭く誰《すい》何《か》してきた。若い娘の声に虚を衝《つ》かれた。先程の妓女の低く響くような声とは全く異なる軽く明るい声だ。

「お前こそ何者だ」

覆面の奥から鉄太郎を見つめていた人物は首を傾げると、地面に転がった浪人たち

の死体を見下ろし、

「また間に合わなかった！」

と叫ぶなり脱兎《だっと》の勢いで駆け出した。待てと言い終わる前にその姿はもう消えている。これ以上ややこしくしないでくれ、と鉄太郎は内心うんざりしつつ廓の方を振り返ると、麟太郎が丹波屋の主人、嘉助を連れてやってきた。

「派手にやったな」

腰に手を当てて麟太郎は首を回した。江戸の市中で斬り合いになればそれなりの手続きを踏まなければならない。

「そこは任せておけ」

と麟太郎が胸を叩いた。

「いえ、自分も何人か斬っていますから」

「そうじゃない。やくざの道にはそれなりの火の収め方があるってことだ」

「やくざの道？」

「ここは尋常な街じゃない。宿場のていをとっているが、色街だ。色街には色街の掟があるんだよ」

はあ、と鉄太郎は頷くしかない。いつの間にか十人ほどの男が姿を現し、数人が見張りにつき、残りが場の片付けにかかっていた。

振り向くと丹波屋の嘉助が頭を下げた。

「小野さまには大変なご無礼をいたしました」

「別に無礼をかけられたわけではない」

「ともあれ、私の店でしばらくお待ち下さい」

「適当な妓でもあてがってもらえ」

麟太郎が気軽な口調で言って表へと早足で向かう。

「勝さん……」

「色街に入ったら、その流儀に身を任せて見事に楽しんで見せてこそ粋ってもんだよ」

屈強そうな男たちは、転がっていた浪人の死体を手早く運んで行った。どれも遊び人風情なのに、その身のこなしや目付きからは、かなりの手練れであることが見てとれる。

「ここではこんなことがしょっちゅう起こるのか」

鉄太郎が訊ねると、嘉助はゆっくりと首を振った。

「ここは穏やかな場所でございますよ」

「とてもそうは思えないが……」

「穏やかでない場所で、男たちがくつろぐことができましょうか。色街に来る方々は、どこか猛《たけ》っていたりお疲れであったりする。そんな殿方の心を癒《いや》すには、極楽のように華やかでなければならず、浄土のように静かでなければなりません」

その後に現れた数人の老人が、水をまいて襤褸《ぼろ》に吸わせ、血だまりを綺麗《きれい》に清めていった。

「極楽浄土を清く美しく保つためには、修羅の力も持たねばならぬ、というわけか……」

「左様にございます」

嘉助は出ましょう、と鉄太郎を促した。伊勢屋の外からは、中でこのような事件が起こっている気配は全く感じられなかった。街道では、旅人が柔らかな春の日を浴びて、めいめいの歩調で東西へと向かっていく。

「ささ、中へ」

丹波屋の表はごく普通の旅籠のつくりで、奥が廓となっているのは伊勢屋と同じである。だが、先ほどよりも、華やいだ雰囲気に満たされ始めていた。

「妓たちが夜に備えているのです」

嘉助に促されるように廓の中央へと歩を進める。管弦の稽古をしている者がいる。今宵《こよい》の衣を品定めしている者もいる。

きりりとした表情でくちびるに載せた紅を確かめている妓女《ぎじょ》が鉄太郎の視線に気付いた。目が合った瞬間に、にこりと笑みを浮かべる。

鉄太郎は呆然《ぼうぜん》となった。美しさに負けたわけではない。一瞬、魂を引き込まれて己を見失ったことに驚いたのである。

「これが廓の技ですよ。瞬き一つで相手を恋に落とし、決して放さない。一瞬の変わり身に男はついていくことができない。その駆け引きの鮮やかさに、男は抗《あらが》えない」

先ほど鉄太郎に笑みを送った妓女は、もう手鏡の中の己に視線を戻していた。そして、鉄太郎などいなかったかのように衣を翻して立ち上がり、部屋の中へと入ってしまった。

「粋と張りは吉原だけのものではありません。江戸には吉原に負けぬ女たちがいくらでもいるのですよ」

「それほど吉原というのは凄《すご》いところなのですか」

「江戸を一人の男として考えるのなら」

首を振った嘉助は面白いたとえをした。

「もはや彼の心は吉原にはない。たとえ美しくとも気位ばかりが高く、さらには気難しく他の女の悪口ばかり言っている。そんな女が男の心をとらえることができましょうか」

ふと、鉄太郎の頭に先ほど幻のように現れて消えた娘が思い浮かんだ。

「伊勢屋の妓女のことですか……。それがよくわからぬのです」

鉄太郎が訊ねると嘉助は首を捻《ひね》った。

「岡場所といえどもご公儀から許されて店を開いております。もちろん、いる妓についても、元はどこの誰の娘であったかは届けられています。ですが、他の店の娘についてはよくわからない、というのが本当のところです。事情も色々ですからね」

興味を惹《ひ》かれたように、嘉助は鉄太郎からその娘のことを聞きたがった。小野さまの心をそこまでとらえたのなら、ぜひうちで引き取りたい、と言いだしたのである。

「どうでしょう。その娘を見つけ出す助けをしていただけませぬか」

そう頼まれて鉄太郎は困惑した。

「この街の娘なのだからあなたの方が詳しいでしょう。麟太郎さんだったらまだしも……」

答える彼の頭に、再びあの娘の姿が浮かぶ。それはあまりに鮮烈で、儚い印象を彼の中に残していた。その後に出てきた覆面も気になったが、やはりあの霧のように消えた娘のことを、もっと知りたかった。

「自分も調べてみましょう」

と言ってしまっていた。

「それはありがたいことです」

嘉助は手を叩いて店の者を呼ぶと、三方《さんぼう》の上に小判を十数枚載せ、捧げるようにして鉄太郎の方へと押し出した。

「小野さまの力をお借りするのですから、当然の礼儀でございます」

「そのような礼儀は知らぬから、下げてもらいたい」

驚いたように嘉助は目を見開いていたが、逆らわず三方を下げた。

「重ねてご無礼を」

「無礼ではない。あなたが人に物事を頼む時はそうするのが作法なのであろうし、それを喜ばぬ者もいなかったということだろう。他の饗応《きょうおう》もいらぬよ」

そう言って、鉄太郎は障子の方へと目を向けた。外に聞き覚えのある足音が近づいてきている。

「鉄さん、後始末はあらかた済んだ」

鱗太郎がすっきりした顔で入ってきた。

「これからお城へ？」

と訊ねると鱗太郎は顔をしかめた。

「どうして城に行くんだ」

「人を斬ったのですよ」

「あんたは俺の話を聞いていなかったのか。往来で堂々と喧嘩を売られたのならともかく、色街の奥でいきなり斬りかかられ、それに応じただけ」

「しかしすぐそこに番所が……」

江戸の各町に置かれた番所は、何か変事があれば目付に報告し、西の丸の若年寄がそれを掌握する。直参の旗本が市中で刀を抜けば、それなりに面倒な手続きを踏まなければならない、と鉄太郎は考えていた。

「もしそうなら、俺の親父どのは始終お城参りをしなければならなかったろうな」

鱗太郎はにやりと笑った。

「だが、一度も行ったことはない」

「またどうして」

「相手によって喧嘩の仕方はいくらでもある、ということさ。罵《ののし》ってすむならそうするし、刀を抜いて相手が退くなら抜いて見せる。そして、抜いてはならぬ場所や相手となら、またやりようがあるってことよ。ともかく、ここでの揉め事は終わった。鉄さんの父上から万両をせしめていた男は死んだ、ということだよ」

さて、と麟太郎は大きく伸びをした。

「嘉助、今日は遊んでいくぞ」

「この前のつけが……」

「今日の働き代だ。この鉄頭はどの道断ったのだろう？　その分遊ばせてくれ。何せ一万両の貸し主だ」

嘉助は苦笑して頷いた。

四

折角だから一緒に遊んでいけ、という誘いを断り、鉄太郎は品川を後にした。

「山岡の紀一郎さんからことづかっているものがあるのです」

そうか、と麟太郎は特にこだわりを見せず、部屋から出ていった。

「勝さまの父子にはいつも感心させられます」

特に気を悪くした様子も見せず、嘉助は言った。

「常にあんな感じなのですか」

「金があってもなくても遊んでいかれますよ。父上の小吉さまもいつもそうでした。豪快に遊んで、妓もかむろも幇間《ほうかん》も、そして私どもも皆楽しませて、金は無ければ払わないのです」

「それが許されるのですか」

「とんでもない。他の者であれば袋叩きにして、必ずいただくものはいただきます。だが、小吉さまも麟太郎さまもその代金以上のことをして下さるので」

それが旗本の地位と喧嘩の腕を使った揉め事の仲裁、ということらしい。

「何せかなり上の方に繋《つな》がりがおありのようで」

そう言って天井を指した。

「たしか一橋《ひとつばし》さまご子息の学友だったとか。しかしその方は夭逝《ようせい》されたはず」

「ですが、お歴々はそこで勝さまの才覚を知りました。放っておくとは思えませんな。ともかく、私ども色街の者は、誰かに命じられたりするのを好まぬのですが、あの方は命じないのです。あくまでも間をとる。ぎりぎりまで双方の顔を立てるようにして下さる。それがわかっているから、私どもも従うのですよ」

廓の上からどっと笑い声が聞こえてきた。

「麟太郎さまの遊びは明るくていい」

嘉助は目を細めた。

「小野さまもいつでもお越し下さい」

礼を言って鉄太郎は丹波屋を辞去しようとし、一つ気になっていたことを訊ねた。

「コクトウグミ、ですか」

「最後に出てきた者が口走っていた言葉ですが」

「いえ……。私どもでも調べておきます」

あまり表情の動かない男の気配が微妙に揺れ動いたのを感じつつ、鉄太郎は廓を後にした。

紀一郎の山岡家は小石川《こいしかわ》の鷹匠町《たかじょうちょう》にあるから、牛込の小野家とはほど近いが、鉄太郎は山岡家の人々は知っていても家を訪れたことはない。

旗本屋敷とはいっても、上は千石以上、下は十石にも満たないわけだから、その差は大きい。小石川に入ると、小さな屋敷が軒を連ねている一画に差し掛かった。

紀一郎から託されている手紙の包みに、おおよその場所は記されている。普段あまり訪れない場所で、なかなかたどり着けない。だが、ある門の前を通りかかった時に、ひゅう、と何かが風を切る音を耳にした。

刀ではない、長物の音である。小さな門の向こうで、槍の鍛錬をしている者がいる。紀一郎の大槍よりは細いものであるようだった。

「ここか……」

目を上げると表札には山岡、と記されている。鍛錬の最中に邪魔をするのは憚《はばか》られたので、門の前でしばらく待つことにした。ぼんやりと立っている間は、立禅の良い機会である。

鉄太郎は剣を学び始めるのとほぼ同時に、禅の修行も始めている。禅は思惟《しい》を究めて無念無想の境地を得ることであり、それは剣の奥義にも通じる。禅は座るだけが修行ではなく、日常の暮らしや剣の鍛錬の中にも常にある。

門を目の前にして、己の中に没入していく。鉄太郎はまだ無念無想の大悟の域に達しているわけではない。だが、一人で無へ手を伸ばすのは嫌いではなかった。無へ至ろうとすると、心の中で騒いでいるものが邪魔をする。

槍の音が紀一郎のことを思い出させる。麟太郎が熱田神宮で槍の男に挑まれている時の、肩に置かれた紀一郎の手の感触が甦ってきた。ぞくりと背筋が寒くなる。

背後に近付く気配がして鉄太郎は振り向いた。細身、細面の青年が立っている。紺《こん》絣《がすり》の小袖が何とも地味であったが、差料《さしりょう》の鞘が目を射るような真紅であった。

「こちらに何か御用ですか」

山岡家の人かと思った鉄太郎は名乗る。

「おお、鉄さんか！」

謙三郎だよ、と青年は名乗った。生まれは謙三郎の方が一年先輩だが、丁寧な口調であった。だが、共に剣を学んだ幼馴染みのことでもある。二人ともすぐに砕けた口調になった。

「そうそう。紀一郎さんからこれを預かって……」

と懐から手紙を出そうとすると、手を振って止めた。

「それは私宛《あ》てか」

「いや、家の人に渡して欲しいと頼まれているんだ」

「では受け取るわけにはいかない」

「謙さん、山岡家の人だろ？」

「今は高橋謙三郎となっているんだよ」

そう言って隣の家を指した。

「お隣の養子に入ったのか」

謙三郎と紀一郎の母は高橋家の出であり、そこに男子がなかったことから謙三郎が入ることになったという。

「家には兄上がいるから」

母方の家に入るのは、ままあることではあった。

「まあ隣だし、他家に入ったという気はあまりしないね」

謙三郎は両家の境を見るよう鉄太郎に言う。見てみると、そこには塀がない。

「これで庭でも槍の鍛錬ができるようになったんだ」

山岡家で育ち、無双の槍術家を兄に持つ謙三郎も、槍の遣い手なのだろう。背後から近付いてくる気配が紀一郎によく似ていた。

「では、庭で槍を稽古しているのは？」

「お英だよ」

「槍を学んでいるのか」

女性が学ぶ武術は薙刀《なぎなた》か小太刀《こだち》が一般的である。

「山岡の家伝だからね」

「あの風を切る音、かなりの腕前とお見受けした」

「だろう？」

謙三郎は嬉しそうな顔をした。

「あの子が男子であったら、自分を超える槍の遣い手になったに違いない。そう兄は言ってる。俺もそう思うよ。ともかく、外で立ち話をさせて悪かった。上がっていいか訊いてくる」

謙三郎が門を叩き、客が来たことを告げる。しばらくして、勝手口が開いて、満面汗に濡《ぬ》れた少女が顔を出した。この娘がお英らしい。

「小野家の鉄太郎さんが、兄上からの手紙を預かってきたんだそうだ」

「かたじけのうございます」

お英は若き侍のようにきびきびした動きで礼を言い、手紙を受け取ろうと近付いてきた。

春の日に額の汗が光り、若い肌がその汗を弾いている。ふわりと若い女性の香りがして、鉄太郎は思わず身を反らせた。その時、お英も何かに驚いたかのように仰《の》け反《ぞ》った。

「二人とも立ったままで何をしているんだ」

慌てて手紙を渡し、辞去しようとすると謙三郎に止められた。

「せっかくだから茶でも飲んでいくといい。高山の話も聞かせてくれ」

「そう言ってもらえるなら、遠慮なく」

山岡家の門から入り、高橋家の母屋に入るのは妙な感じもしたが、謙三郎は慣れているのか気軽に庭を横切っていく。そして、

「お英も後でおいで。義母上《ははうえ》がぼた餅《もち》を作ったというから」

だが返事がない。

「聞こえなかったかな」

山岡家の庭の縁側から身を乗り出すようにしてもう一度大声で言うと、山岡家の障子ががらりと開いた。

「お英……」

と見上げた謙三郎は絶句している。稽古着のままのお英はきっと眉を上げ、鉄太郎を見つめていた。そして、二本の槍を左右の腕に抱えている。

「小野どの、一手お教えを！」

凜とした声で鉄太郎に挑んできた。

「故《ゆえ》を申されよ」

投げ渡された槍を地面に突き立て、鉄太郎は跳びさがる。

「兄の命にございます」

「紀一郎さんが？」

左様、と声を上げつつお英は槍を突き込んできた。だが鉄太郎には戦う理由がない。いたずら好きの紀一郎にしても、やりすぎである。それにしても、と鉄太郎は感心していた。お英の踏み込みはそこらの男よりもよほどしっかりしている。

「何故逃げるのです」

「故もなく女性と戦うことはできない」

呆気にとられていた謙三郎が割って入った。

「お英、失礼だろう」

「これは山岡家のことです。放っておいて下さい」

「何を言うか！」

叱りつけられてもお英は全く怯む様子を見せなかった。道場によっては、女子に稽古をつける道場もあるにはあった。しかし、鉄太郎はこれまで女性と剣を交えたことはない。

お英の槍は、紀一郎が使うものよりも一回り柄が細かった。そして、長い。お英は柄の石突《いしづき》に近い方を持って構えている。

柳でも使っているのか、随分としなっている。これでは戦いになるまい、と鉄太郎は気の毒に思った。恐らくは紀一郎が少女の膂力《りょりょく》でも使えるような槍を工夫したのであろうが、これでは槍の基本である、払い、押さえ、突きのいずれもができなくなる。

「謙さん、この槍……」

使えないのではないか、と言いかけたが、何を思ったのか彼は高橋家の母屋へすたすたと歩いていってしまった。お英は巧みに間合いを詰めてくる。庭木や石が鉄太郎の足どりを邪魔する。

さらに、お英の槍先がしなることでその行き先が実に読みづらい。蛇のようにうねりながらも、体に当たる瞬間は鋭く直線となって突きが入ってくる。

これは槍に似て槍とは異なる武器だ、と気付いた時には、その穂先を斬り飛ばしていた。

「抜きましたね」

にこりと笑ってお英は槍を引いた。

「私の勝ちです」

「どうしてそうなる」

「そう兄からの手紙に書いてありました。それと……」

さらに顔を近付けると、品川で私を見たことはくれぐれもご内密に、と囁いた。

「あなた、まさか……」

問いたいことが山ほどあるのに何も言えないでいるうちに、

「お茶を淹《い》れてきますね。ぼた餅が来るそうですから」

と上機嫌で山岡家の母屋に入っていった。鉄太郎が唖然とその後ろ姿を見送ってい
ると、謙三郎が高橋家の敷地から戻ってきた。

「おや、もう終わったのか」

「もう終わったのかじゃないよ。いきなり突きかかってきて」

謙三郎は庭に落ちた槍先を拾い上げ、目を細めて検分した。

「大した剣だな、鉄さん」

「まだまだ」

刀を鞘に収めて鉄太郎はため息をつく。女相手に刀を抜くとは何事だ、と自分をど
やしつけたいくらいだった。

「女子相手に抜いたのがそんなに口惜《くや》しいかい？」

「口惜しいというか、信じられない」

「俺はずっとお英の稽古相手を務めていたから、あの子の強さを知っている。男それ

ぞれに戦い方があるように、女にも戦い方がある。武を志すなら己に合った修練を積めば良いだけだ。お英はそうして腕を磨いてきた。武に男も女もないよ」

そういうものなのか、と鉄太郎が思っているうちに、障子が開いた。

「お茶をお持ちしました」

今度は娘の形《なり》に作り、黒く質朴な小袖姿で膝をつく。髪を結い直している時間はなかったらしく、ぬめらかなほどに黒い輝きを放つ長い髪を頭頂に近いところで結んでいる。

「謙三郎さま」

兄に向かってしとやかに声を掛ける。先ほどの闘気に満ちた気配とは打って変わって、静かな表情となっていた。

「さあぼた餅も茶も揃《そろ》った。鉄さん、一緒に食おう」

もちろん、と鉄太郎も腰を下ろした。

五

日はすっかり暮れ落ち、牛込の小野家に帰ってきた時には真っ暗になっていた。門

を開けてもらうのも癪《しゃく》なので塀を飛び越えて長屋へと戻ると、

「ご無事でよかったです」

と金五郎たちが涙を浮かべながら飛びついてきた。

「無事も何も、ちょっと用を済ませに行っていただけだよ」

「それが……」

鶴次郎が弟たちの長屋を見に来たのだという。そして、

「鶴兄が仰るには、あの千両箱がここにあっては危ない。庭には頑丈な鍵のついた蔵もあるから、そちらに移したらどうだ、と。でも俺たちは、鉄兄が帰るまで待って下さいって必死でお願いして……」

これは急いで自分の金を譲ろうと考えていることを伝えねばならない。鉄太郎が母屋の方へと歩んでいくと、縁側の障子が開いた。

燭台《しょくだい》を持った鶴次郎が立っている。どこか不機嫌そうに、肩を怒らせていた。上がろうとすると、

「そこにおれ」

と厳しい声で命じられた。

「首尾は？」

「父上が金を貸していたとされる岡場所の店主は殺されておりました」

「お前が斬ったのか？」

「店を訪れた時には既に息絶えておりました」

そうか、と言っただけで、鶴次郎は背中を向けて部屋に戻ろうとした。ねぎらいの言葉が欲しかったわけではないが、先ほどの弟たちの言葉といい、どうにも引っかかる。

「兄上」

引き止めるように声を張る。

「早々に弟たちを養子に出そうと思案しております」

「それは鉄に任せているのだから、好きにすればよい」

あくまでも冷たい声だった。

鉄太郎は数日手はずを整えてから、五人の弟たちのために、それぞれの行き先とされていた家々を回ることにした。兄の様子から考えて、一日も早く彼らを小野家から出した方がいいと考えたのである。

だが、その返答は芳しいものではなかった。すぐ下の金五郎を養子にとってくれるはずの酒井《さかい》家の主、一郎兵衛《いちろべえ》勝治《かつはる》は渋い顔であった。

「大変ありがたいお話ではある」

酒井といえば三河《みかわ》伝来の大名で若狭《わかさ》小浜《おばま》で十万石を領しているが、その酒井とは流れが異なる。もともと上総《かずさ》の国衆《くにしゅう》であったものが、家康に従って旗本となった流れである。

「武勇の誉れ高い小野家から男子を迎えるのは、後継ぎのいない我らにとっては救いだ。だが、養子を迎えるには元の家の承諾を得なければならない」

「承諾ならこの通りです」

勝治は鉄太郎から受け取った書状にもう一度目を通した。

「確かに、朝右衛門どのの手によるものだ。それについてはわしも同意している。だが今の当主である鶴次郎どのの副《そ》え状がない」

と言い出したのである。

「父との間で話がついているのなら、何も障《さわ》りはないのではありませんか」

だが、勝治は鉄太郎の視線を受けず、黙っている。

「何か障りがあるのであれば、お教え下さい」

そう言ってもやはり何も答えてもらえない。鉄太郎は不審に思いつつも、次の家へと向かった。

次に向かうことにしたのは、駒之助が入ることになっている、小野の分家であった。石高は鉄太郎の家よりも低いが、それでも百石はある。酒井家は格も高く、何か気に入らぬことがあったのかもしれない、と鉄太郎は気を取り直す。

本所界隈《かいわい》には旗本屋敷が多く集まっているが、その多くは質素で、むしろ貧しいと言っていい。禄が少なく、役もなければ大貧乏、役がついてもやはり貧乏というのが相場であった。屋敷の中には、人の気配がしないものもある。気配があっても、壁や門が朽ち果てているものもある。

借金ができる者はまだいい。金貸しさえ見放すような極貧の中にいるのだ。手先が器用なら内職をし、腕が立てば剣を教え、顔が利くなら勝の父子のように街の顔役になったりする。

我が家はまだましなのだ、と鉄太郎は思おうとした。役がつけば郡の代官で、なくてもそれなりの石高がある。父が節制をしてくれたおかげで、子どもたちにはそれぞれ持参金が付けられたほどだ。

その持参金のおかげで、養子の引き取り先にも歓迎してもらえるはずであった。だが、自分を奮い立たせて訪れた駒之助が入るはずの小野家でも、やはり落胆を味わわされた。

「理由をお聞かせ願えねば、帰れませぬ」

鉄太郎の血相が変わったのを見て、分家の当主は青ざめた。

「いや、決して話を壊そうというのではないのだ。それだけはわかってくれ」

「わかりませぬ」

鉄太郎はここで退くわけにはいかなかった。これは勝負だ、と鉄太郎は膝を進めた。

「ら、乱暴はするな」

武で聞こえた小野家も、分家の全てまで腕利きというわけではない。叔父にあたる幸兵衛《こうべえ》は、ひたすら何もせず無事に時を過ごすのみで生きてきた男である。

「乱暴などいたしませぬ。ただ、弟の行く末を案じるあまりに、この手足が静かにしておれぬかもしれませぬな」

と拳を握って見せる。人なみ外れて大きな体にふさわしい巨大な拳を突きつけられて、幸兵衛は震えあがった。

「わ、わかったわかった。教えるから、何かあったらわしらを守ると約束してくれ」

「もちろんです」

鉄太郎の目を初めて見た幸兵衛は、こくこくと何かに怯《おび》えているかのような表情で頷いた。そして、文箱から一通の書状を取り出して鉄太郎に見せる。

「もちろん、朝右衛門さんとの約束を忘れたわけではない。だが、こういうのが屋敷の中に放り込まれていた」

鉄太郎は書状の中身を検《あらた》めて、思わず唸《うな》った。そこには朝右衛門が高山で苛政《かせい》を敷いたことを責め、

「小野家の子を養子に取れば天誅《てんちゅう》を下す」

とあり、差し出し人の名は書かれていない。

「父が苛政を……。あり得ません」

「わかっている。だがわしはお前ほど腕が立ちはせんのだ」

恥じたように俯《うつむ》く。鉄太郎は気の毒になって再度書状に目を落とした。

そこには、黒刀組、とのみ記されている。鉄太郎の目はそこに釘づけになった。品川の岡場所で突っかけてきた者が、確か「コクトウグミ」と口走っていた。

「幸兵衛さん、この黒刀組というのに何か心当たりはありますか」

「ないない」

幸兵衛は激しく頭《かぶり》を振った。こんな頼りない男が弟の父になるかと思うと、鉄太郎は暗澹《あんたん》たる気持ちになる。だが、何者かに脅されているのなら何とかせねばならない。他の家にも同じ脅しが行っていると思って間違いなさそうであった。

念のため、ともう一軒、縁戚で弟をもらってくれる家を不意に訪ねてみたら、気の毒なほどの狼狽《ろうばい》のしようである。

彼は一計を案じて、もう一度小野幸兵衛の屋敷へと戻った。

六

鉄太郎の話を聞いて、幸兵衛は顔をしかめた。

「形だけでもいいから養子取組を成立させて欲しい？　いや、だからそれは勘弁してくれと申したばかりではないか」

「俺も申しました。叔父上は必ず守ってみせる、と。あなたは誰とも知らぬ脅迫者と目の前の縁者のどちらに信をおかれるのですか」

その言葉に幸兵衛はぐうの音も出ない。

「だが、鉄太郎一人でどうする。相手の人数も明らかでないのだぞ」

「俺一人で十分です。むしろ、人数を恃《たの》む方が相手の尻尾《しっぽ》を摑み損ねる恐れがあります」

「そうだが……」

不安そうな幸兵衛を置いて、鉄太郎は一度屋敷へと戻った。一応、事情は家の主に伝えておかねばならない。弟たちの養子取組が破れるかどうかの瀬戸際である。さすがに何か力になってくれるだろうと思っていたが、やはり鶴次郎は冷淡だった。

だが、予想通りでもある。

それから数日の間、駒之助を小野幸兵衛の家に出す準備を大急ぎで整えた。麟太郎に仲立ちを頼み、持参金の目録なども仕上げた。

準備が整った朝、鉄太郎は駒之助に正装させた。黒地の紋付袴《もんつきはかま》は父が死ぬ直前にそれぞれの子どもに仕立ててくれたものであるが、短い期間でも子は育つ。小柄な駒之助に合わせた衣の袖は、やや足りなくなっていた。

「そういうわけだから、俺たち兄弟で何とかせねばならん」

弟たちも、一様にくちびるを引き締めて頷いた。

「ですが、我らが戦っている間にあの金を奪われるようなことがあっては……」

駒之助が心配そうに言う。

鶴次郎がどうにかして持参金を手に入れようとしているのは明らかだったが、自分がいるうちに手を出す、というのも考えにくかった。もし強引に奪うようなことがあったら、たとえ兄が相手であっても戦うべきなのか……。

その一方で、鶴次郎がそんなことを心底から考えているわけはない、と信じたい自分もいた。

「鶴兄もそこまではしない」

自信はなかったが、弟たちには敢《あ》えてそう言い切った。

「まずは、お前たちの行く先で親となる人たちの不安を取り除くのだ」

小さな拳が五つ、突き上げられた。

鉄太郎は金五郎、忠福、駒之助を連れ、飛馬吉と務を残した。養子取組は、ようは縁談である。本人と両家と、そして仲立ちをする者が見届け、目付に届け出る。

もちろん、鉄太郎も鶴次郎とその妻に小野家の主として立ち会ってもらいたいと頼んではいた。

「それは計略の取組なのだろう？　そんな場に俺が座るわけにはいかない」

「もし、この策が当たって『黒刀組』などと名乗る不届き者を捕えることができれば、そのまま本当の取組にすれば良いではありませんか」

そう言っても頑《かたく》なに首を横に振った。

鉄太郎と三人の弟たちは紋付を着て正装し、幸兵衛の屋敷へと向かう。ふと後ろを振り向くと、何かがおかしい。もう一度振り向いて数えていくと、一つ頭数が多い。

「おい」

声をかけると三人が頭を上げたが、一人は俯いたままだ。弟たちも気付いたのか、その一人から距離をとる。さては賊か、と刀の柄《つか》に手をかける者がいるのを押しとどめ、顔を上げるよう促した。

「ばれてしまいました」

その顔を見て鉄太郎は啞然とする。

「お英か。男物の小袖など着て何をしているんだ。俺たちはこれから大切な用があるんだ。この姿を見ればわかるだろう?」

「事件の匂いがしたので」

ぺろりと舌を出す。

「遊びに行くんじゃないぞ」

「もちろんです。確かめたいことがあります」

大真面目な顔になって言う。

「謙さんは知っているのか」

「あの人は高橋家の人です。私に何かを命じることはできません」

と頰を膨らませる。

「お守りはできないから、何かあっても自分で身を守ってくれよ」

「わかっています」

ついてくることを許された喜びに、お英はぱっと表情を輝かせた。うっとりとその笑顔に見とれている弟たちに声をかけ、再び歩きだした。尾行されている気配はなく、幸兵衛の屋敷の周囲にも異状は見られない。数人の庭師が、庭木を切り倒したのか荷車に丸太を数本積んで歩いていくのとすれ違っただけである。

屋敷の門が開き、幸兵衛が迎えに出てきた。鉄太郎たちと同じく正装の紋付ではあるが、表情はどことなく暗い。

「昨夜、また矢文が射込まれてな」

駒之助たちを招き入れた後、鉄太郎にそう囁いた。

「そこには何と」

「このまま養子取組を強行するなら、天誅を下すそうだ」

「随分と不遜《ふそん》なやつらだ。自分たちが天の側にいるつもりか」

鉄太郎は心底腹が立ってきた。

「ともかく、くれぐれも頼むぞ。それに、あまり大きな騒ぎにしないでくれ。ご近所の手前もあることだし……」

袖にすがりつくようにして、幸兵衛は懇願した。大きな騒ぎにするつもりはないが、何があっても今回の下手人は自らの手で取り押さえる気でいた。やがて、仲立ちの麟太郎もやってきた。

「めでたい場だぜ」

麟太郎はばしんと鉄太郎の背中を叩いた。

「それにさ、大魚を釣るならなおさら悠然としていなきゃいけねえよ。釣ったら三枚におろしてくれる、なんて力の入った顔をしていたら魚は寄ってこない」

それもそうだ、と心を鎮める。

養子取組の儀式は、結婚に比べれば随分と地味なものだ。両家の主だった者が挨拶をし、時には近隣に挨拶に出てお披露目をすることもあるが、今回は両隣に後日出向くと言ってあるきりだ。

鉄太郎は持参金の目録を差し出した。上座の幸兵衛がそれを収め、改めて駒之助を子とすることを宣言する。その時、どん、という鈍い音がして屋敷が揺れた。

「落ち着け」

鉄太郎と麟太郎の声に動揺はないが、幸兵衛や弟たちは浮足立った。鈍い音は何度も響き、ついには瓦《かわら》が数枚落ちる。

「地震だ！　建屋が崩れるぞ！」

耐えきれなくなった幸兵衛は真っ先に逃げ出す。

「勝さん、弟たちを連れて外へ！」

その真剣な表情に思わず頷いた麟太郎は、素早く子どもたちの手を引いて屋敷の外へと走り出た。だが、鉄太郎は動かない。これは地震ではない。建物は激しく揺れて鳴っているが、庭の楓《かえで》の葉はそよとも動いていなかった。

ばきり、と何かがへし折れる音がした。母屋の天井が傾いでいる。鉄太郎の上にその天井がのしかかり、やがて土煙を上げて屋敷が倒れた。瓦と柱が頭に当たり、痛みが走る。それでも鉄太郎は動かない。

母屋が崩れ、それは柱に丸太を叩きつけられたためであることが明らかになった。先ほどの庭師か、と鉄太郎はあの時に怪しいと思わなかった己を責めた。

その時、目の前にいくつかの影が動いた。彼らが何を狙っているのかは明らかだった。

「それ、掘り出せ」

声を発した男の胸元に踏み込み、当て身を喰らわす。続いてもう一人は足底で蹴り飛ばした。だが、足元が悪く一瞬たたらを踏む。その脇を一条の光芒《こうぼう》が貫いていった。

濛々《もうもう》たる土埃《つちぼこり》の中、持参金の入った木箱を盗み損ねた賊たちが逃げ散ろうとしている。それを止めようと立ちふさがった人影があった。

「刀を差しながら賊に身を落とした者たちよ、大人しく縛《ばく》につけ！」

荒々しく命じているのはお英であるようだった。お守りはできないと言い渡してあったが、その必要はなさそうだった。細身の槍を振り回して次々に男たちを突き伏せていく。

だが、男たちの中でも鉄太郎の前に立つ者の腕前は、他とは違っていた。覆面をつけ、黒い着流し姿である。

「黒刀の一味か」

相手は鉄太郎の問いには応えない。代わりに刀を抜く。柄糸《つかいと》も鞘も漆黒に染められている。鉄太郎は気合をかけ、柄に手をかけて踏み込む。居合で斬り払おうとする刃を、相手も同じように抜き払って受け止めた。

ぎいん、と鈍い音がして刃が止められる。細身の敵は意外なほどの膂力《りょりょく》と体の強さを示し、鉄太郎を怯ませる。その隙をついて背中を向けた男の前にお英が立ちふさがった。

あの娘の技量ではやられる。焦りと共に跳躍する。振り向いた男は、とっさに後ろに跳んだ。

刃先は身に届かず、面だけを割る。その下から出てきた顔を見て、鉄太郎は驚愕《きょうがく》のあまり思わず声を上げた。そこには、お英の兄で紀一郎の弟である、幼馴染みの顔があった。

第三章　葛城《かつらぎ》

一

　仮面の下の顔に、鉄太郎の動きは一瞬止まった。その顔は口惜しげにくちびるを噛んでいた。

「謙三郎さん……」

　鉄太郎が呼びかける隙をついて、猛烈な突きが襲いかかってきた。防ぐこともできず、懸命に後ろへ跳ぶ。だが謙三郎は易々《やすやす》と踏み込んでくる。なんとかすんでのところで構え直したところで、

「何の存念があってこんなことをするか！」

　と一喝すると、謙三郎は口元をわずかに歪《ゆが》めた。

「言うに及ばず」

謙三郎は吐き捨てるとさっと背中を向けた。追おうとするも、鉄太郎の背中に飛びつくようにして止めた者がいた。軽く、いい香りのする何かが背中にしがみついている。

「お英さんか……」

振り向くと、怒りと困惑と、そして悲しみが面に浮かんで言葉を失っている娘の顔が見えた。

「このことは、何卒《なにとぞ》内密に」

内密なことが多すぎる兄妹である。

「しかし……」

れっきとした旗本家に浪人たちが斬り込んできて、それを返り討ちにしたのである。さすがに遊郭のような別の掟がある場所のようにはいかない。

「お目付に届けなければなるまい」

「ですが……」

「そんな顔をしないでくれ」

お英のまっすぐな瞳が、鉄太郎を捉えて離さなかった。若い娘に見つめられるような経験のない鉄太郎は心が揺れた。だが、剣士としての理性が次の一手を考えさせてもいた。

「お英さん、その槍を貸してくれ」

彼女が持ってきた細身の槍は、大柄な鉄太郎の手の中にあると一層細く見える。

「すぐに家に帰りなさい。後は俺がうまくやっておく。まさか山岡家の娘が斬り込んできた狼藉者《ろうぜきもの》たちを槍で突き伏せて、その頭目が高橋家に養子に行った兄だった、となれば話はややこしくなる」

お英は大きく目を見開いていたが、顔を伏せ屋敷から出ていこうとした。

「表はだめだ。人目のない裏手から帰れ」

土埃がすっかり収まり、まず最初に麟太郎が入ってきた。

「大騒ぎだな」

そう言ってから、鉄太郎の手の中にある槍を見る。

「鉄さんにしては随分と可憐《かれん》な得物だな。どうせなら梁《はり》の一本でも担いだ方が似合うのに」

「止《や》めて下さいよ」

「このことも、なかったことにできるぜ」

「まさか。ここは色街じゃないんですよ」

「色街だろうとご公儀だろうと、裏道があるんだよ」

「これは弟の養子取組にも関わることです。できることなら裏道を通りたくない」

それも理だな、と麟太郎は納得した表情を浮かべた。

「だが、謙三郎のことも気になる」

「見ていたのですか」

「踏み込まなかったのは、俺の顔まで見たら謙三郎が死兵《しへい》になるかもしれんと思ったからだ。鉄さんが死んだら、入るつもりだった。ともかく、後の始末は鉄さんに任せていいんだな？」

鉄太郎は頷いた。

その日のうちに目付と、町方の与力《よりき》あたりも出張ってきた。

「最近不逞《ふてい》の浪人たちによる押し込みが増えておりまして」

町方の与力はそう言った。

「大目付さまからお奉行に話がありましたので検分に参りました」

あくまでも丁寧に与力は協力を求める。もちろん、鉄太郎にも異存はない。むしろ、彼の方から訊きたいことも多くあった。謙三郎とお英のことは言わず、事件の顛末《てんまつ》を話す。怨恨《えんこん》の心当たりを訊かれたが、これは本当に全くなかった。目付と町方の検分が終わり、浪人たちの死体が運ばれていく。

それにしても、立て続けにこんな光景を見ることになろうとは、と鉄太郎はため息をつく。高山での穏やかな暮らしが既に懐かしい。

「山だけを見て剣を振る日々はもう終わりってことだな」

鉄太郎の心中を読みとったかのように、麟太郎がからかう。

「笑いごとではないです」

「そうだ。笑いごとではない。そしてただごとでもない。世に不満を持っているやつなんていつの世にもいる。そういう連中が徒党を組んで悪さをすることも計算のうちだ。そういった連中が火種とすれば、大きく燃え広がらないようにしておくのがご政道ってもんよ」

だが、その「ご政道」が行き届かなくなっている、と麟太郎は声を潜めて言う。

「まさか、天下は太平で世は事もなし、などとまだ思っているのではあるまいな」

「それは……」

だが、殺伐とした事件は起こるが、それは銭金を狙ったもので政どうこう、というものではない、はずだ。

「ご公儀は天下に渦巻く不平不満を掬《すく》いとれなくなっている。一見太平に見えても、武士も下々の者たちも、もうぎりぎりだ」

呻くような麟太郎の言葉だったが、心には響かない。

「鉄さんほどの剣士でも、己が感じていないことは在るとは思えない、か。それも仕方のないことだが、そろそろあんたも鉄火場《てっかば》の中にいると覚悟を決めた方がいい」

あらかた片付けが終わったが、呆然《ぼうぜん》としているのは幸兵衛であった。

「わしの屋敷が……」

小身の分家とはいえれっきとした旗本小野家の母屋が見事に崩れ去っているのである。

「鉄太郎、わしはどうすればよいのだ」

縋《すが》るような目で訊ねてくる。

「駒之助の持参金をお使い願えませんか」

「それは……」

青ざめた顔がさらに青くなった。

「養子取り、右から左の五百両、というところかな」

麟太郎が横から言うと、幸兵衛は青い顔のまま睨みつけた。

「き、貴殿のような、俸禄《ほうろく》では食えぬからやくざの顔役をやっているような家ではないのでな」

何を、と麟太郎が気色ばむのを鉄太郎は止めた。

「家が壊されて気が立っているのです。俺に考えがあります」

鉄太郎は壊された家を後に、走り出した。大きな体が静かな旗本屋敷の間を駆け抜けていく。道行く人が思わず足を止めるほどの速さだったが、麟太郎もついてきた。

「大した健脚だな」

「麟太郎さんも速いですね」

「俺のは逃げ足用だ」

鉄太郎は家に戻ると、長屋の戸を開けた。すると、兄の鶴次郎がいた。弟たちが奥の一室を守るように立っている。

「何をなさっているのですか」

鉄太郎は己の声が重く低くなるのを感じていた。

「い、いや、やはりこんな幼い弟たちに金の番をさせるのは危ないだろうと思って、様子を見に来たのだ」

「それにしては、弟たちが怯えているではありませんか」

「お前が俺を鬼か何かのように吹き込むから、怯えているのだ」

鶴次郎は弟たちと目を合わせない。鉄太郎は身をかがめてその目を覗き込む。

「それほど小判がお入り用でしたら、私のを進呈しましょう」

「そんなことは求めておらぬ」

「求めるなら小さな弟にではなく、黒刀組とかいう連中に頼むのではなく、私にお申し付け下さればよろしい！」

鉄太郎が大喝した。

「な、何故それを……いや、知らん。俺は何も知らん」

「知らんで結構。その代わり、我ら兄弟へのちょっかいは一切止めていただく。できぬのであれば、このまま兄弟共々腹を切って果てるまで」

「わ、わかった。もし本当に必要ならお前に頼むから」

穴にもぐる海老《えび》のように後ずさりして、鶴次郎は長屋から出ていった。

「おい、鉄さん……」

振り向くと、麟太郎は刀の柄に手をかけていた。

「どうしたんです？」

「お前さん、兄貴を殺しそうな顔してたぞ」

「弟たちの行く末を潰すような真似《まね》をするなら、許しません」

「許さんと言ったところで、頽げたを砕くくらいにしておいた方がいいぞ。殺してしまってはしゃれにならん。当主を部屋住みの弟が殺したとなれば、悪くすると家はとり潰しになるかもしれん。弟たちの養子取組もなかったことになるぞ」

「は……」

鉄太郎は己の短慮を恥じた。

「あんたは剣は強いかもしれないが、まだ喧嘩はいまいちだな。さっき、お英ちゃんの槍を手にとったあたりは感心したもんだが」

「ともかく、俺の五百両を幸兵衛さんのところに持っていきます」

「持っていってどうする」

「屋敷を建て直すのに使ってもらうのです」

麟太郎は目を丸くした。

「そんなことしたら、鉄さんの持参金がなくなってしまうぞ」

「弟たちのことが片付いたら考えます。どの道俺の行く先は決まっていないのです」

「あんたも言い出したら聞かないな」

そして鉄太郎が持参した五百両は、幸兵衛の気持ちを見事に和らげたのであった。

二

それから数カ月の間に、鉄太郎は弟たち全ての養子取組を終わらせた。

「朝右衛門は亡くなったが、あの息子がいれば大丈夫だ」

父の朝右衛門がある程度算段をつけていたとはいえ、倒壊した小野幸兵衛の屋敷に対して持参金を差し出した鉄太郎の行いが、評判を呼んでいたのだ。

鶴次郎もそれ以上意地の悪いことは言えない。結局、兄が黒刀組について知っていることはほとんどなかった。父が貸したという一万両の行方を探っているうち、金次第で何でもしてくれるという連中の噂を聞き、よく考えずに弟たちの取組を邪魔するよう頼んだというものらしい。鉄太郎も手引きをしたという香具師《やし》の元締《もとじめ》を探したが、江戸から姿を消していた。

鉄太郎が立て続けに養子取組の話を進め、最後に務の取組を終えた時には、夏になっていた。その頃になると、麟太郎は稽古の帰りに小野家の長屋に立ち寄ってごろごろしていくことが多くなった。

「たまには息を抜かないとな」

家では稽古や勉学をやらなければ、と思ってしまって気が休まらないのだという。

「それにしても、俺がこれほど続けて養子取組の仲立ちをすることになろうとはね」

「おかげで片が付きました」

「果たしてそうかな？」

麟太郎は首を傾げた。

「鉄さん自身が片付いてないじゃないか」

「そうですが……」

正直、弟たちがそれぞれの家に収まってから、鉄太郎は体から力が抜けたようになっていた。

よくよく話を聞いてみれば、朝右衛門は鉄太郎と同じ腹の兄弟には財を遺したが、鶴次郎には家の他に何も遺さなかった。

この先のことに、鉄太郎はさして希望を持っているわけではなかった。これで無一文、それに彼自身は無禄である。小野家の長屋で生かさず殺さず扱われて時を過ごすだけだ。別に無為だとは思わなかった。自分には剣も禅もある。退屈はしないはずだ。

「あと、まだ片が付いていないことがある」

麟太郎が鉄太郎を見据え、言葉を継いだ。

「……謙三郎さんのことですか」

「そうだ。いまだに出奔中だとさ」

「表沙汰《おもてざた》になっているのですか」

「いや……」

　麟太郎は顔をしかめた。

「どうやら、貧乏旗本の若いのを中心に、家を捨てているのがいるらしい」

「ですが、謙三郎さんは高橋家の当主でしょう」

「金はねえぜ。傘も張れねえほどに貧しいらしい」

「まさか。天下無双の槍の家の出ですよ」

「紀一郎さんが裕福に見えたかい」

「いえ……」

「剣をするにも商いの心がなくちゃならん」

　鉄太郎は信じられないことを耳にしたような気がして、麟太郎を見下ろした。

「正気ですか」

「そうだよ。剣をするのに商いの心がないから、武士が商人に頭を下げて金を借りなくちゃならんのだ。だったら最初から、商いの心を学んでおけばいい。剣や禅は己を知るのにこれ以上ない修行だが、敵を知るにはやや足りぬのかもしれんな」

「商いは嫌です」

嫌悪を隠さず鉄太郎は言った。

「向こうだって剣を振るわれるのは嫌だろうさ。お上のご威光も苦手ときている。互いに苦手なものをもっているのだから、うまく渡り合えばいいのだ」

さて、と鱗太郎は大きく伸びをした。

「これであんたとこの弟たちも片付いた。俺もようやく精進落《しょうじん》としができるぜ」

「精進って、何か弔いごとでもあったのですか」

「いや、弟たちの行く末が決まるってときに、酒色でしくじったら悪いだろ？　色街に行くとつい喧嘩っぱやくなってしまうしな。さあ、付き合え」

「付き合えってどこにですか」

「廓に決まってるだろう」

「遊ぶ金はないですよ」

「それくらい出してやるから」

鱗太郎は胸を叩き、後で吉原へ来るといい、と囁いた。

「鉄さんは遊びを覚えないとな」

「別にいらないです」

「これから暇になるんだろ？　剣と書に明け暮れるのもいいが、別に色街を知っていても人生と修行の妨げにはならないさ」

鉄太郎にはよく理解できない理屈であったが、麟太郎には弟たちのことで世話になった恩義もある。小野家の長屋は弟たちがいなくなってがらんとしていた。守るべき銭の箱も、もうそれぞれあるべき場所へと移った。

鶴次郎も弟たちの養子取組が一段落するとこれまでの邪険さが嘘のように優しくなった。

「それが人情さ」

と麟太郎も言う。不安があるから余裕がなくなる。余裕がなくなった人間は溺《おぼ》れる人のようなものだ。己の命が助かることしか考えないから、相手が家族だろうが奪うことしか考えなくなる。そう言うと、

「溺れてるってのはいいな」

麟太郎は感心してくれた。

「ただな、同じ溺れるにも有りて溺れるのと無くて溺れるのはまた違うんだ。だから俺は金にも溺れるし、女にも酒にも溺れる。周りからもがいているように見えても、

間）ほどで着く。
小野家のある牛込から浅草寺裏の吉原までは、鉄太郎の足なら歩いても一刻（二時
ああ、これが屁理屈《へりくつ》かと鉄太郎は感心したものだ。
両手にはがっつり摑んでいるんだ」

「どこに行くのだ」

出かける時、たまたま玄関ですれ違った鶴次郎が声を掛けてきた。嘘をつくのも嫌だったので、吉原です、と答えてしまっていた。

「鉄が廓遊びとは珍しいが、そんな金があるのか」

「ありませんが、弟たちの件でお世話になった勝どのに礼をせねばなりません」

すると鶴次郎は、ちょっと待っておれと屋敷の中へと駆け入り、しばらくして五両ほどの金を手渡してきた。

「勝どのとお前のおかげで、我が家は大いに面目を施した。よくよく礼を言っておいてくれ」

鷹揚《おうよう》に言うと、母屋へと入っていった。金の巡りが良くなったのは役がついたからしい。父の後を継いで蔵奉行の役を仰せつかったことで、商人たちからの挨拶もあったようだ。金は人を変えるな、とため息をつきながら鉄太郎は歩き出す。

鉄太郎たちが高山から帰ってきた時、兄はどうにも険のある態度だった。六人の弟たちを長屋に押し込め、まるで下人扱いで、あまつさえ、その金を狙っているようなふしもあった。

だが、弟たちがいなくなり、鉄太郎が持参金の残りを譲った途端、卑屈なほどに機嫌を取ってくる。金の力はよくわかったが、もはや彼にはその力を振りかざすことはできない。川の土手をゆらゆらと歩いていると、廓帰りらしい男たちが満ち足りた顔ですれ違っていく。

鉄太郎は廓遊びを知らないし、いくらかかるかもわからない。さらには、吉原と岡場所にどれほどの違いがあるかも、もちろん知らない。廓からの道を来る男たちの顔を見て、そんなに良いものなのか、と感じる程度だ。

そんなことをつらつら考えているうちに、吉原に着いた。

三

「よう」

入口にある番所に座っていた麟太郎が手を上げた。

「もてなす方が後から来るとはどういう料簡《りょうけん》だ」

「考え事をしながら歩いていたもので」

「また隙だらけでふらついていたんだろう」

麟太郎の悪口に番所の者たちは笑いを堪えきれないでいる。

「そこの豪傑さまはどちらのお方で」

番所にいた遊び人風の男がからかうように言った。

「天下に名高い小野家のご子息だ」

そりゃあそりゃあ、と言いつつ値踏みをするように鉄太郎をじろじろと眺める。

「大した図体していなさるが、懐は寒そうだ。勝の若旦那みたいなはしこさがない。これじゃ足の速い銭を捕まえることはできないぜ」

よく喋《しゃべ》る男だな、と鉄太郎はぼんやりと男を見ていた。

「何だ。馬鹿にされているのに気付かない馬鹿ですかい。こりゃ若旦那が手を引いてやらないと、ここじゃ迷子になっちまうぜ」

「口の減らない野郎だ。鉄さん、行こうか」

顔をしかめた麟太郎は腰を上げて先に行きかける。鉄太郎もその後に続こうとしたが、目の前に足が投げ出された。男がくちびるの端を上げ、蔑《さげす》むような表情で鉄太郎を見上げていた。

鉄太郎はその毛脛《けずね》をしばらく見ていたが、こくりと頷くと、その足首を摑んで体ごとひょいと持ち上げる。

「何しやがる」

男は腕を振り回して喚《わめ》くが、鉄太郎は腕を伸ばして男を軽々とぶら下げている。男がどれほど拳を振るっても、鉄太郎の猿臂《えんぴ》の長さを越えて体を打つことはできない。

「勝さん、この男の店に行きましょう」

道を行く人々はぶら下げられた男を指して笑い、やがて男はべそをかき始めた。

「小野さま、もう勘弁しておくんなせえ。これじゃおいらの男がすたるってもんです」

「もうお試しは終わったかね」

鉄太郎が言うと、男は目を見開いてこくこくと頷いた。鉄太郎が手を放すと、男は猫のように体を翻し、四肢を使って着地した。

「勝先生、だから止めようって言ったじゃない」

立ち上がり、麟太郎に詰め寄る。

「言葉で説明するより、どんな男か身を以《もっ》て知ってもらえば仕事もしやすかろうと思ってな」

何の話をしているのか、と鉄太郎が黙っていると、

「これから行く店、巴屋《ともえや》の若旦那だよ。鉄さんの敵娼《あいかた》を考えてもらうために、ちょっかいをかけてもらった。鉄さん、どんな妓が好みか訊かれてもよくわからないだろ」

「はあ……」

巴屋の店に麟太郎は入っていった。

「俺はもう馴染みがいるんだ。後はうまくやっとくれ」

「どこにでも馴染みがいるんですね」

「馴染みを作るとその街が楽しくなるんだ」

麟太郎は店に入ると手を上げてさっさと奥へ入っていく。酒でも酌み交わすのかと思っていた鉄太郎が拍子抜けして上がり框《がまち》の前で立っていると、

「ほんと、ぼんやりして見えますね」

先ほど番所でちょっかいをかけてきた男が髪を整えて出てきた。名を信吉《しんきち》と名乗った。

「これでしばらく笑いの種ですよ」

そうは言うものの、さほど嫌そうな顔をしているわけではない。

「ああ、俺たちは亡八《ぼうはち》ですからね。苦界《くがい》にあって時に鬼となるには、人が守るべき倫《みち》を忘れ、亡くさなければならない。もちろん、恥も忘れる」

先に立った信吉は、わずかに腰をかがめている。へりくだった態度に見えるが、その身のこなしは体術の心得を感じさせた。

「多くのものを忘れ、何を得るのだ」

鉄太郎が問うと、信吉は足を止めた。

「秘すれば花と申します」

「言えないようなことなのか？」

「小野さまは、男一生の志を会ったばかりの他人に軽々しく申せましょうや」

これは悪いことを訊いたな、と鉄太郎は少し反省しつつ再び歩き始めた信吉の後へと続く。

「そういえば、今日の妓は妙なことを申しておりました。小野さまとはこれが初会ではない。あなたさまが裏を返して下さったのだ、と喜んでおるのですが……」

「裏？」

「吉原では妓と最初に会うことを初会、二度目に訪れることを裏を返す、と申すのです。三度目でようやく身も心も許し合うのが馴染みです」

鉄太郎も、色街が男の欲を果たす場所であることくらいは知っている。だが、三度も来なければならないとは知らなかった。

「ま、今や吉原全体でその習いを守っているのも少なくなりましたけどね。今は男も女も床急ぎだ。色街に来る男は体が欲しい、女は金が欲しい。求め欲するが合わさるところに、掟は無力ですよ」

見た目と違い、意外と古風なところもあるようだった。

「ここから先は、葛城《かつらぎ》についているかむろがご案内します」

廊下の奥から、赤い衣を身にまとい、肩のところで髪を切り揃えた童女がしずしずと歩いてきた。

「八巻《やまき》、小野さまを頼むよ」

童女はこくりと頷き、鉄太郎に頭を下げた。香でも炷《た》きしめているのか、かむろのつむじあたりからは甘い香りが漂っていた。まだ時間が早いのか、男たちの笑い声も女たちの嬌声《きょうせい》も聞こえない。昼店の始まっている時間なのに、静かなものである。

「こちらです」

八巻というかむろは、障子の向こうに客の到来を告げる。

「中へ」

と低く静かな声が聞こえた。障子を開くと、髪を兎《うさぎ》の耳のように結い上げ、藤《ふじ》の花を散らした小紋の振袖に身を包んでいる娘が凜と胸を張って座っていた。鉄太郎は促されるままに中に入り、上座に腰を下ろす。

「裏を返して下さいましたね」

そう言われても、やはりわからない。だが、正面を向いた葛城の白い顔を見て、思わず声を上げそうになった。

「品川の……」

鉄太郎が言うと、彼女はこくりと頷いた。目と目が合うだけで、その瞳から何かが流れ込んでくるような力を感じる。紅で描かれていなくても、形の良いくちびるは覚えがあった。

「岡場所と吉原の二カ所で働くことは許されているのか」

「もちろん、いけません」

問いたいことはいくらでもある。黒刀組とは何なのか、誰が何のためにやっているのか、謙三郎は今どうしているのか……。問いを並べる鉄太郎の前に葛城は指を立てて見せた。ほっそりとして、長い指だ。

「ここは色街でございます。そしてあなた様はこなたの客人……」

立てた指を部屋の中央へと向ける。そこには、柔らかそうな大きな褥《しとね》が敷かれている。ふと気付くと、葛城のあたりからかむろと同じ香りがしている。だが、幼い甘さではない。その香りを嗅《か》いでいたくて、体が引き寄せられるような力があった。

四

「ぬしさまは、女人と交わるのが初めてですか？」

葛城は真摯《しんし》な表情で問うた。鉄太郎もこだわりなく頷く。

「武はかなりの腕前と、信吉から聞いております。幼い頃から修練を積まれているのですね」

「物ごころがついた頃から剣は握っていたよ。良き師に恵まれてね」

「では、色ごとの師は私とお決め下さいませ」

色ごととは学ぶものなのか、と鉄太郎は意外だった。

「ただ欲するままに行うものかと思っていた」

葛城は目を丸くし、次にくちびるを覆って笑った。笑うと大きな目が細くなり、驚くほどあどけなくなる。

「ただ欲するままに行うのもよし。とはいえ、それではあまりにももったいのうございます」

葛城は立ち上がり、布団の脇でするりと衣を脱いだ。何枚も重ねて着ているように見えるのに、どのような仕組みなのか皆目見当もつかない。

「ぬしさま、見るべきところはそこではありませぬ」

葛城が笑いつつたしなめる。

立ち上がらされた鉄太郎の衣もほっそりとした指にほどかれていく。葛城の香りがさらに強くなって、体が反応を始める。指の感覚と美しい娘の香りに、鉄太郎の本能が抑えきれぬほどに騒いでいた。

「よいご分別をお持ちです。尋常な男であれば、ここで私にのしかかってきてもおかしくないところ」

「葛城は」

荒くなりそうな呼吸を抑えて言う。

「色ごとの師と思えと言った。師が言わぬのに飛びかかるのは非礼の極みだ」

「そうです」

一糸まとわぬ姿になった鉄太郎の背中に腕を回し、葛城はその大きな体を抱きしめた。鉄太郎は女性の体の柔らかさと芳しさに体が動かなかった。麟太郎が見ればまた、隙だらけと叱られるところだ。

だが、頭の中からすぐにそんな雑念は消えた。背中に回された葛城の指が琴でも弾くように背中を舞い始めたからである。くすぐったさもあるが、絶妙の力加減で身をよじりたくなるほどではない。むしろ、その感覚に身を委《ゆだ》ねていたいと思わせるのだ。

「こちらへ……」

褥の上に鉄太郎を横たえた葛城の指と舌が、鍛え上げた体の上を踊った。これは、と鉄太郎は身を硬くしているしかなかった。何気なく動いているように見えて、その指と舌の動きは全てに意味があった。

書に似ている、とふと思った。葛城は指や舌を筆として、己の体に何かを記そうとしていた。鉄太郎も同じく、葛城の体へ何かを記したくなった。

「同じようになされませ」

「男と女の体は異なるのではないか」

「もちろん、大いに異なります。ですが、同じく人でもあります。己の好むところを施すのが第一です」

なれば、と鉄太郎は葛城のほっそりした若々しい体を組み敷いた。だが、その可憐な細さに重みを加えぬよう、肘《ひじ》で己の体を支えている。どこに触れてもらえば心地《ここち》いいか、先ほど教えてもらった。

鉄太郎は指を葛城の肌の上に這《は》わせる。

「ん……」

甘い吐息が胸元にかかる。体の内にある猛々《たけだけ》しい何かが己の中の獣を解き放とうとしている。だが、それは今選んでよい道ではない。鉄太郎の指と舌が甘い香りを立てる女性の部分に溺れたあたりで、葛城が声を微かに上げた。

「疾《はや》く……私の中へ……」

猛るそれが、潤いに満ちた秘裂の中へと導き入れられた。

五

一睡もせずとも疲れを覚えない。そんなことがあり得るのだなと鉄太郎は驚いていた。隣では、葛城が軽い寝息を立てて深い眠りに落ちている。廓の外には朝の気配が訪れている。

大きく息を吸うと、葛城の甘い芳香と情事の生々しさが混じった匂いが体の中に満ちる。それは決して不快なものではない。こんな学びがあるのかと、鉄太郎は一瞬一瞬ごとに驚いていた。喜びに満ちた驚きだった。

そして葛城が疲れて眠るまで、何度交わったかわからない。交わるほどに、女体の奥深さと不思議さに目を啓《ひら》かれる思いだった。

階下で人が動き出す気配を感じて、鉄太郎は衣を身に着ける。

「あ、これは」

葛城が恥ずかしそうに体を覆って身を起こした。

「お見苦しいところを」

見苦しいどころか、そのまま見ていたいところだ。

「また来る。眠っているところを起こしてしまった。許せ」

後朝《きぬぎぬ》の口説《くぜつ》を知らない鉄太郎は、そのまますっと部屋を出て廓の大階段を下りていった。

「小野さま」

おはようございます、と信吉が湯漬《ゆづけ》を出してくれる。おかずは香の物が二切れのみである。これから出陣するみたいだ、と湯漬を掻き込んでいると、

「ほんと、鉄さんはそういう姿が似合うな」

湯漬を平らげて後ろを振り返ると、麟太郎が大きなあくびをしていた。

「鎧兜《よろいかぶと》をかぶせたくなるよ」

「長らく蔵で眠ったままです」

「そりゃそうさ。あんなものはこれからの戦に何の役にも立ちはしない」

さて、帰るかと麟太郎は腰を上げた。鉄太郎もその後に続く。大門《おおもん》を出て日本堤《にほんづつみ》を歩き始めてしばらくしたところで、

「どうだった」

好奇心を隠しもせずに昨夜の様子を訊ねてきた。

「葛城という娘、黒刀組と何か関わりがありそうです」

「そういうことではなくてだな、葛城の具合は……」

言いかけて麟太郎は絶句した。

「待て、どういうことだ」

「品川の岡場所で伊勢屋に踏み込んだ際、俺は葛城を見ています」

「それは確かか」

「葛城自身が、俺と会うのは二度目だと言いました」

麟太郎は腕組みをした。

「吉原が岡場所を潰すのはご公儀から認められたことだ。だが、ここ何十年も形だけのことになっていて、実際に吉原によって潰された岡場所はない。ご公儀に睨まれて自ら閉じたところはあるがな」

それに、と麟太郎は続ける。

「吉原がけいどうをするなら俺の耳にも入っているはずだ。ともかく葛城一人でできることではない、ということだな。もう一つ奇妙なのは、どうして葛城は問われてもいないのに、自らが黒刀組の一員だと仄《ほの》めかすような真似をしたんだ？　品川の連中は先の一件でぴりぴりしてる。同じ街の廓が一軒潰されたんだ。ただじゃおかねえと思うぜ」

その理由は鉄太郎にもわからない。

「もう少し探ってみるかい？　謙三郎の手がかりも今のところそこだけだろうしな。俺も色々と探ってみるよ」

「あてはあるんですか？」

「何でもその筋に詳しい人間ってのはいるもんだ。さすがに今回のことは難しいかもしれねえけどな。かなりの数の人間が動いているし、その割には何も漏れ聞こえてこない。相当よくない何かだぜ、これは」

で、と麟太郎は話を戻した。

「昨夜はどうだったね」

「毎日でも行きたいです」

「行けばいいぜ。学びてえ時にこれを習うのは一番楽しいんだ。それに……」

麟太郎は感心したように鉄太郎を見た。

「葛城が黒刀組と関わりがあるかもしれないってのに、よく抱けたな」

「……その時はすっかり忘れてました」

「それはそれで豪傑だよ」

その日から、鉄太郎はほぼ毎日吉原に通うようになった。

六

行けば、必ず葛城が迎え、受け入れてくれた。日々の交わりの中で、鉄太郎は葛城に溺れていった。剣を振るっていても書に没頭しようとしても、頭に浮かぶのは葛城のことばかりである。

「それが遊女の技でございます」

「学べるのか」

「学んでも使える方と使えない方がいらっしゃいます」

半月ほどそんな日々が過ぎた後、帰ろうとする鉄太郎は呼び止められた。

「そろそろお代を支払っていただけると……」

信吉に言われて、鉄太郎は目を丸くした。

「勝さんに五両渡してあるよ」

「お戯れもほどほどに願います」

信吉はいつもの顔ではなく、廓の入口で初めて会った時のような怖い顔をしていた。

「葛城は格子の妓です。一晩の揚げ代は一両一分をいただいておりやす」

もう十数日立て続けに来ているので、代金は十五両ほどになると信吉は算盤《そろばん》を弾《はじ》いて見せた。

「そんな金はないぞ」

「金はないぞで押し通られますと、我らの渡世が立ちゆきませぬ」

後ろを振り返ると、屈強な男たちがずらりと居並んでいる。

「俺を叩いたところで金は出ない」

「金は出なくとも、詫《わ》びは出るでしょう」

「知らぬことだった。これからの稼ぎで払う」

「部屋住みにそんな金はなかなか降ってきませんぜ」

色ごとは学んだが金のことを聞きそびれていた。金の工面なら何とでもなると思っていたが、廓の連中は許してくれないようだ。だが、ただ殴られるのは鉄太郎も承知できるものではなかった。

ぐっと大きな拳を握りしめて男たちを見回すと、彼らは逆に気圧されたように後ずさりした。刀は廓に預けてあるが、葛城のいる場所で人を斬りたくはなかった。

「束になっていけ。思い知らせて差し上げろ！」

信吉の言葉を合図に、数人が飛びかかってくる。そのうち二人は足にしがみつき、二人は腰に取りついた。さすがの鉄太郎も四人の男を一度に相手にするのは骨が折れた。

本当に骨が折れたのは組みついた男たちの方で、腕やら足を折られて悲鳴を上げる始末であった。

「何やってんだ」

頭を抱えた信吉は男たちを一瞥《いちべつ》すると、

「こうなったらあの先生を呼ぶしかねえ」

と若いのをどこかへ走らせた。

「本当はあの方を使うのは気が進まねえんだが……。おっと逃げようなんて気を起こすんじゃねえぞ」

逃げる気はなかったが、これ以上揉め事を起こすのも愉快ではなかった。まだ朝のことで野次馬が集まってくる気配はないものの、何とか明日も葛城と共に過ごせるように、穏便に済ませたかったのである。

やがて、若い衆が信吉に耳打ちした。

「よしよし、先生、お願いします！」

そう呼ばわったものだから、最初麟太郎が出てくるのかと思った。だが、出てきたのは鉄太郎と同じくらいに体格のいい男だった。

「何だよ、よほどのことがないと呼ぶなと言ったろ」

男は信吉に文句を言っている。そして鉄太郎の顔を見ると、にやりと笑った。狐のように目尻がつり上がり、鼻の高い男である。

「あんたかい。俺が出るような揉め事を起こしているのは」

「揉めるつもりはありませんが……」

信吉から事情を聞いた男は、喉《のど》を反らせて哄笑《こうしょう》した。

「なんだ、そんなことか」

「そんなことかじゃございません。これでは吉原巴屋の面目が丸潰れです」

「亡八の世界に生きてる人間が何を言ってやがる。この苦界を生きるために人倫を捨てた。なら何に頼る？　張りと粋を基としているのだろう。その基を支えているのは何だ。力だろう。別の力を抑えられなかった時点でお前たちの負けなのさ」

理屈はよくわからないが、とにかく滔々《とうとう》と話す男である。

「負けたと思ったら、祭り上げて自分たちのために使え。それが賢い立ち回りってもんさ」

信吉に一気にまくし立てると、男は鉄太郎に向かって、庄内《しょうない》藩士清河八郎《きよかわはちろう》と名乗った。

「あんた、俺の仲間になれ」

そう居丈高《いたけだか》に命じた。

第四章　乱の男

一

居丈高。

座してなお高い、つまり、上から見下ろすように人に対するという意だが、まさに清河八郎という男の在り方はそうであった。

「おい小野、飲もうぜ」

と初対面から呼び捨てである。

「信吉、酒の用意だ」

「何を……」

目を白黒させている遊郭の主を放っておいて、八郎は大階段を上っていく。丈も高く、仰《の》け反《ぞ》るように階段を行くから今にも落ちそうである。だが、その足取りは強く、軽く、剣士として見れば隙がなかった。

「馴染みの妓がいるんだ」

足音高く歩いている八郎の背中を見て、鉄太郎は不安になっていた。先ほど自分が通った道を、そのまま戻っているような気がしたからである。そして、その不安は的中した。

「葛城」

言うなり障子を開いた八郎は、驚いて立ち上がった葛城とくちびるを合わせた。かっと頭に血が上るが、剣士の理性が鉄太郎を抑える。だが次の瞬間、ぱん、と乾いた音が響いた。

葛城が八郎の頰を張ったのである。

「おい、ただで抱かれている男に心中立てか」

「誰であろうと、無体は許しませぬ」

「落ちぶれたとはいえ吉原の格子女郎の張りというわけか」

八郎は怒るわけでもなく、愉快そうに言った。

「小野」

葛城を突き放すと、鉄太郎を見てにやりと笑った。

「お主、この葛城よりも軽いな」

意味がわからず、八郎を見つめる。

「己が入れ上げている女が良からぬ目に遭っているというのに、お前は柄《つか》に手をかけることもせず、ましてや声を上げることもしなかった」

難癖としか言いようがない。

「軽いのは清河さま、あなたです」

横から葛城が鋭い声を突き込んできた。

「己を大きく高く見せようとするその手管《てくだ》、私はもう見飽きました」

八郎は額を一度叩く。

「種をあっさり言うなよ」

偉そうではあるが、どこか剽《ひょう》げた気配も漂っている奇妙な男である。

「まあいい、小野、お前はこれから俺の友だ」

軽いと罵《ののし》っておいて友呼ばわりか、と鉄太郎は呆れてしまったが、これも兵法の一つであると気付いた。葛城のくちびるを奪ったことで血が上りかけたものの、それも恫喝《どうかつ》の一種に過ぎない。

やがて信吉が酒を運んでくる。宿の主が自ら給仕を買って出るのだから、やはり店にとっては大切な人間らしい。

「ゆっくりしていくぜ」

言われる前に八郎が言う。葛城も妓女として凛とした表情を取り戻している。

「なにせ馴染みの部屋だからな」

鉄太郎を見てにやりと笑う。

「ご随意に」

苦々しく言って信吉は去る。

「で、小野よ。お前は俺の仲間だ。そうである以上、ここで金を支払う必要はない。その代わり、恩をやったのだからしっかり奉公しろよ」

立て続けに酒を呷《あお》りながら、八郎は大声で命じた。

「お断りします」

鉄太郎も注《つ》がれるままに杯を干しながら、即座に断った。

「何だよ、払う金のあてはあるのか」

「ありませんよ」

「そうだろう？」

「俺の懐具合についてご存じなのですか？」

八郎は額をがりがりと掻き、

「知るかそんなこと」

とそっぽを向いた。

「せっかく仲間に入ったんだ、ありがたく受けておけ」

押し売りのようなことを言う。

「俺といると楽しいぜ。何せ俺は天下を革命する力を持った男よ。大体今の世は腐っている。このままだと朽ちて倒れる」

革命は古い言葉である。中国では命《めい》を革《あらた》めるというと、王朝の交替を指す。かなり危ういことを放言する、と鉄太郎は席を立ちかけた。これでも旗本の家の子であるし、軽々に公儀を批判するようなことを言ってよいわけはない。

「心配すんな」

八郎はくちびるの端をわずかに上げた。

「誰も聞いちゃいねえ。葛城だって、俺と志を共にしている仲間なんだ」

「別に清河さまの志なんてどうでもいいのです」

葛城はあっさりと否定した。

「おおい、酒」

都合の悪いことは聞こえないかのように、障子を開けて大きな声を放った。その際に懐から一冊の帳面が落ちた。その表紙には『西遊草』と記されている。

「庄内から江戸に来る間の諸々《もろもろ》をまとめたもんだ。小野もあれだろ？　確か飛騨から帰って来たんだったら旅の面白さはわかるはずだ」

「旅路は面白くはありませんでしたが……」

弟たちと持参金の世話をしているだけでやたらと気疲れしただけであった。

「賊にも狙われましたしね」

「ほう」

「どんな賊だった？」

興味深そうに八郎は身を乗り出した。

「かなりの腕の持ち主でした」

「俺より強いかな？」

「貴殿と立ち合ったことがないですから、わかりかねます」

「だったら勝負しようぜ」

「遠慮しておきます」

つまらぬ男だ、と八郎は帳面を開いて声に出して読みだす。出羽を出てから白河《しらかわ》を経て江戸へと向かうのだが、この男の旅は御用とも商いとも、物見遊山とも違う。

「我は賢いと言っている者ほど愚かで、強いと誇っている者ほど弱い」

己のことは棚に上げて、出会った者たちを徹底的に切って捨てるのである。だが、鉄太郎は聞いているうちに次第に惹《ひ》き込まれていった。そう他を貶《おとし》めつつ、

「人生あに碌々《ろくろく》として市塵《しじん》に滅びんや、時至らば則《すなわ》ち笈《おい》を東都に負いて大名を天下に轟《とどろ》かさん。この意気で生きねばどうする」

そう吼《ほ》えては畳を叩く。

さらに、罵倒《ばとう》にしても、情景を称《たた》えて一編の詩を詠むにしても、古今の学問に造詣が深くなければ思いつかないほどの精妙なものばかりだ。鉄太郎は書を学ぶにあたって、その師に徹底的に漢籍を学ばされたので、八郎の知識の深さがよくわかった。

「ほう、図体がでかくてぼんやりしているだけではないのだな」

八郎は鉄太郎の表情をちらりと見ると朗読していた旅日記をぱたりと閉じた。

「そこまでわかっていて、何故天下を見ぬ？」

と身を乗り出してくる。

「何故見ねばならんのです？」

ちい、と八郎は大きな舌打ちをした。

「お前の学問は学をするがための学でしかない。本来の学とはどういうものか。それは実用を為《な》さねばならぬ。人を導き、政を行い、不断の変化を恐れてはならぬ」

八郎の言葉に不思議な重みが加わり始めていた。

「学を修めた者はどうあるべきか、強くなければならぬ。天下はいかにして治まるか、それは文によってである。だが新たな天下を作るには文のみでは到底足りぬ。武が必要だ。武を持っているのは誰か、それは我ら武士である」

しかるに、と八郎は続ける。

その瞳は炯々《けいけい》と光り、体まで大きく見え始めていた。幻惑されまいと鉄太郎は臍《へそ》の下に力を入れて体はゆったりと力を抜く。いつ斬りかかられても応じられる構えに自然となっていた。

「武をもっぱらとするために敬せられ、己を鍛えた者たちが今どうなっているか、わかるか」

問いかけているわけではなかった。八郎の全身から何か異様な気魄《きはく》が噴き上がっている。踏ん張っていても心が引きずり込まれるような力だ。

「武人の多くは商人からの借財に苦しめられ、その力を発することもないまま、屈辱のままに命を終えていく。かつて神君が元和偃武《げんなえんぶ》を成し遂げた際に、武人こそが天下の主たるべきと定められた。その心は今や失われている」

八郎は、どん、と畳に拳《こぶし》を叩きつけた。

「天下には英雄がいる。英雄がこの世に降臨するためには何が必要か」

八郎は葛城の文箱を断りもせずに開けると、筆をとった。吉原の遊女はただ体をひさぐのが仕事ではない。往時の太夫《たゆう》ほどではなくても、書画教養の鍛錬は日々積んでいる。鉄太郎も、葛城が使っている筆墨が大和《やまと》の名品であることを見て、感心していたものだ。

「乱」

八郎は雄渾《ゆうこん》な筆致でそう描いた。書いた、というより描いたと言いたくなるような、独特な書体である。

「乱がなければならぬ。乱がなければ、英雄は生まれないのだ」

起こそう、乱を。八郎は熱のこもった口調で鉄太郎に囁《ささや》く。鉄太郎は思わず、頷《うなず》いてしまっていた。

二

治に居て乱を忘れず、とは『易経《えききょう》』にある言葉である。政《まつりごと》に携わる者の心構えとして昔から言い古されていた言葉であったが、八郎の口を通じて聞くと驚くほど新鮮に聞こえた。

浮わついた気分で家に戻ると、隣家の侍女が玄関口で何やら声高に話していた。思わず足を止めると、

「ぼろ鉄が……」

「女遊びに……」

などと漏れ聞こえてくる。鉄太郎は素知らぬ顔をしてその横を通り過ぎると、女たちは幽霊でも見たような顔をして各々の屋敷へと駆け込んでいった。

鉄太郎は弟たちを養子先に入れた後も、小野家の中間《ちゅうげん》長屋に住んでいる。兄の方針で、常雇いの中間の多くを放ってしまったので、長屋の周囲も静かなものであった。

部屋の中には、ほとんど何もない。

父が遺してくれた金は既にないが、なければないで気楽ではあった。部屋の中には

文机が一つある。鉄太郎はその前に座り、筆をとる。

「乱」

と大きく書いてみる。字としてはそれほど難しくないが、一字これのみを記すのは初めてであった。書いてからじっと見つめる。うまくまとまっていないな、と感じた鉄太郎はそれを丸めて投げ捨てた。

ちょうどよく戸が開いて、放り投げた紙の球が誰かに当たった気配がした。振り向くと、麟太郎が立っている。

「鉄さん、やけに遊んでいるじゃないか」

麟太郎は鉄太郎の投げた紙の球を見事に摑《つか》んでいた。

「しかし、金がないのに遊びすぎるのは廓も困るぜ。あちらだって商売でやっているんだ」

「そう言われました」

麟太郎は首の辺りをぼりぼりと掻いた。

「それほど敵娼が気に入ったか。忘れてはおらんと思うが、あの娘が品川の岡場所の一件に関わっていると言っていたのは鉄さんだぞ」

で、と麟太郎は框に腰を下ろした。

「あの娘の正体はわかったのか」

「わかりません。ですが、ただで遊んでいるうちに面白い人が出てきました」

ほう、と麟太郎は身を乗り出したが、清河八郎という名前を聞いて仰け反った。

「あやつ、江戸に戻っていたか……」

「どんなお人なのです」

それは変わった男だ、と麟太郎は苦々しい口調で言った。

「剣は玄武館の千葉先生から免許皆伝を許され、学問は古学を学んで年若くして塾頭となるよう請われるほどの秀才だ」

「麟太郎さんがそれほどまでに言うなら余程ですね」

「どういう意味だ。とにかく腕は立つし頭は切れる」

確かに、たたずまいは優れた剣士のそれであったし、熱にうかされたような話しぶりの中に垣間見える教養の深さは鉄太郎も及ばぬほどのものであった。

「ただ、少々いかれておる」

と頭を指した。

「うちの先生といい勝負だ」

「佐久間先生のことですか」

「底が抜けているあたりは似ているが、清河の方がやや軽躁《けいそう》だな」

鱗太郎は二人をそう評した。

「それにしても、黒刀組の手先かもしれぬ娘のところにあの男か……」

「何か関わりがあるのでしょうか」

「さあ……というか、鉄さんはそこまで見こしてただ遊びをしていたのか？」

そうなのかな、と鉄太郎は首を傾《かし》げた。黒刀組のことは気になるし、謙三郎の行方は心配だが、何より葛城に溺れていた。

「鱗太郎さん」

俺はもう葛城に会わない方がいいのでしょうか、と訊《たず》ねる。

「あんた、わからないことがある時にどうするんだ」

はっと鉄太郎は我に返った。

「その半紙に不穏なこと書いてないで、道場に行きな。剣を振ると色々と見えてくるだろうよ」

鱗太郎は一度手の中の紙を広げ、破って塵箱に捨てた。

「それをわざわざ言いに来たんですか」

「言いに来てよかったよ。一途《いちず》な男は見当違いの方向に走りがちだからな」

「そういえば、麟太郎さんは最近どこに行ってるんです？」

「男谷先生と千葉先生のところだ。どちらも何より人が多くていい」

そういえば江戸に戻ってきてから、飛騨で稽古をつけてくれていた井上清虎にも一度挨拶をしたきりだ。玄武館はもともと日本橋品川町にあったが神田のお玉ヶ池《たまがいけ》近くに移転したという。

「俺もちょうど品川の廓に行く用事があるんだが。両国の弟子の所に用があってな」

と、途中まで同道することになった。

両国へ向かうには、隅田川を渡る。

川筋より東の本所や深川と江戸の中心部を結ぶ橋の往来は激しい。だが、今日は特にひどい。皆が足を止め、伸びあがって前を見ている。

「どうしたんだい」

町人ていの男に麟太郎が訊ねると、

「どうやら仏さんが上がったようなので」

という答えである。

「そりゃえらいことだ」

二人が顔を見合わせていると、近くの番所から目付らしき侍が数人、野次馬を掻き分けて前へ進んでいった。

「鉄さん、俺たちも行こう」

麟太郎は抜け目なくその後に続いた。野次馬たちが隙間《すきま》を埋めようとするが、鉄太郎の巨体を見てたじろいだように一歩下がる。

「あんたの体は本当に便利だな」

「不便ですよ。布団から足が出ます」

「そんなことは不便のうちに入らん」

小柄な麟太郎は巧みに人を避けていくが、それでも橋の上の人込みの流れに押し負けてしまう。だが、六尺をゆうに超える鉄太郎は、人が勝手に避けてくれるのだ。

やがてようやく、橋の中央辺りにたどり着いた。

「あまり前に出ないように」

と見物人を追い払っていた目付の一人が、麟太郎に気付いた。

「お、勝さん。先へ通るなら道を作るよ」

「いいよ。仏さんの顔を拝みに来たんだ。あんたら目付が出張ってるってことは、浮かんでたのは侍かね」

「そうなんだが、仏さんと呼ぶにはまだ早いよ。さっき上がったばかりだ。いま検分してる。まだ温かいから医者に来てもらってるんだ」

呼ばれた医者が脈を診ながら、確かにまだ生きてますな、と言っているのが聞こえた。鉄太郎は医者の肩越しに隅田川に浮かんでいたという男の顔を見て驚愕した。紀一郎が青白い顔で横たわっている。

「どうした鉄さん、えらい顔になってるぞ」

と横から覗《のぞ》き込んだ麟太郎も、あっと声を上げた。その声を合図にしたかのように、ずぶ濡《ぬ》れの男がぱちりと目を開けた。

「……幼馴染みの鉄の顔が見える」

「馬鹿なことを言ってるんじゃないですよ。こんなところで何をしているんです」

「川を見ていたら腹が減って」

気付いたら落ちていたという。

「泳げないことに途中で気が付いて、足掻《あが》くのを止めたら何とか浮かんだんだよ。そうしたら気を失って。恥ずかしくて目を開くのが怖くてさ」

「わかりましたから、ここから出ましょう。このままだと風邪をひく。せっかく拾った命を病で落とすのはつまらぬことです」

麟太郎は鉄太郎に、玄武館へ連れて行こうと耳打ちした。鉄太郎は紀一郎に肩を貸そうとしたが、既にその体は冷え切っている。鉄太郎は濡れた衣をはぎ取ると、自らの小袖と袴を脱いで紀一郎に着せた。

「おい……」

侍が往来で裸体をさらすなどあってはならぬ不作法である。麟太郎が人目から鉄太郎を隠そうとするが、小柄な彼では隠しきれるものではない。一方、鉄太郎は全く気にしていなかった。

「行きましょう」

体に力の入らない紀一郎に代わって帯を締めてやると、肩を貸して歩き出した。鉄太郎の肌はもともと黒い。それが初夏の江戸の日射《ひざ》しを浴びて歩いているものだから、仁王像が街に繰り出したような異様な道中となっている。

ごつごつとした筋肉の塊の前には、いつしか道が出来ていた。

野次馬たちだけでなく、目付の面々も呆気《あっけ》にとられている。麟太郎も同じく唖然《あぜん》としていたが、やがてすぐに我に返って目付たちと話をつけ、河原に落ちていたという紀一郎の槍《やり》を担いで鉄太郎の後に従った。

「鉄さん」

橋を越えたあたりで紀一郎が鉄太郎の肩から体を離した。

「大丈夫ですか？」

「鉄さんが大きすぎて、かえってこっちの肩が痛いよ」

冗談めかして言うと、ゆっくりと肩を回して見せた。

「おかげで体の冷えも収まってきたし、後は自分で歩ける。それにしても、鉄さんの体は大きいね。衣を着させてもらうと、よりその大きさがわかるよ」

紀一郎は細身だが、長身な方である。それでも、鉄太郎の小袖から手が出ないほどにその体格に差があった。

「いやあ、恐ろしい。体の大きさはそのまま力となる。うまく使えば、それだけで多くの勝ちを得ることができるだろう」

「そんなものでしょうか」

鉄太郎は自分より体が小さくても強い人間はいくらでも知っている。ここにいる二人だってそうだ。

「それは私たちがそのように修練を積んでいるからだよ。勝さんは小柄だから、常に大きな相手と戦うことを考えてきた。そうですよね？」

「まあな。体の大きさはどうしようもないが、剣の腕と頭の良さはどうにでもなる」

「使いよう、ということですね」

袖をぶらぶらさせ、裾《すそ》を引きずった紀一郎が前を行き、その後ろに褌《ふんどし》一丁の鉄太郎と槍を持った麟太郎が続く。

「何という珍道中だ」

麟太郎は顔をしかめた。

「いいじゃないですか、珍道中。もうすぐ玄武館ですよ」

紀一郎は楽しげに言う。両国橋から神田のお玉ヶ池の付近まで戻って来ると、噂《うわさ》がもう回っているのかおかしな三人組を見ようと道沿いに人がぎっしりと並んでいた。

「結局俺もここまで来ちまったか。稽古してから行くかな」

麟太郎も言っている。通りから一本入ったところに、道場が向かい合って二つあり、より大きな建物を構えているのが玄武館だ。一つの道場から出て、向かいの道場へと入っていく者も多い。

「いつもながら活気があるね」

紀一郎はぶかぶかの袖を楽しげに振りながら言った。

「玄武館は江戸でも三本の指に入る道場だ。向かいの天神真楊流《てんじんしんようりゅう》は柔術の名門だし、一時に両方稽古できるのはありがたい」

麟太郎の言葉に紀一郎は深く頷く。

「剣と柔術は相性がいい。間合いが隣り合っているから、使えると戦い方に幅が出る」

「槍はどうなんです?」

鉄太郎が訊ねると、

「馬と相性がいいね」

紀一郎は言下に答えた。

「槍は馬上と遠い間合いで生きるから、これほど人が往来に溢れている世の中では流《は》行《や》らないんだよ」

「だから行き倒れていたのか」

麟太郎は特に悪気もなく言う。

「そうなんだよ。尾張藩でも結局要らないと言われてね」

「あちらから頼んでおいて、非礼が過ぎるな」

「御三家といえども無用な費《つい》えはならぬ、と衆議が覆ったらしいよ」

ため息交じりに紀一郎は言った。

「あらゆることが起こり得るという心構えを忘れた未熟さを天に教えられたのさ」

鉄太郎はその言葉に、ふと八郎の言葉を思い出した。そして、紀一郎がまだ山岡家に戻っていないのではと心配になって訊ねてみた。

「そうなんだ。謙三郎やお英に申し訳なくてね……」

悄然《しょうぜん》と肩を落とす。鉄太郎たちが顔を見合わせていると、

「外に裸の男たちがいるというから何事かと思ったら、鉄太郎か」

顔を出した井上清虎がくすりと笑い、早く道場の中へ入れと手招きした。

三

鉄太郎が着せられたのは、彼の寸法にもぴったり合う青い稽古着であった。

「井上さん、それ……」

麟太郎には見覚えのあるもののようであった。

「そうだよ。勝さんの師である佐久間先生が出稽古に来て、そのままお忘れになったものだ。洗って干しておけばそのうち取りに来るかと思ったらもう二年は干しっぱなしだ」

「象山書院が木挽町《こびきちょう》に移って、めっきりこの辺りには来なくなったようですね」

佐久間象山の私塾もかつてはこの界隈にあり、卜伝流の遣い手で組打ちにも長《た》けて

いた象山は時折出稽古に来ていたという。

「羆《ひぐま》のような人だったな。剣ならともかく、柔術になるとあの人とまともにやり合える人間は数人しかいなかった。俺も組打ちでぼろぼろにされたものだよ」

清虎は懐かしそうに目を細める。

「熊《くま》というなら鉄さんの方が熊っぽいがな。佐久間先生は熊というか、ぬらりひょんみたいなところがある」

麟太郎の言葉に、清虎はおかしそうに笑い声を立てた。

「自らの師を妖怪《ようかい》の類呼ばわりとは」

「いや、これでも敬しているのだ。ともかく常人ではない」

大真面目な顔で麟太郎は言う。清虎は長い袖をぶらぶらさせている紀一郎に気付いて、はっと居住まいを正した。

「もしや、山岡先生ですか」

「うん、中々気付いてくれなくて寂しかったよ」

これは大変な失礼を、と清虎は平身低頭して謝った。

「紀一郎さんはそんなに偉いんですか」

鉄太郎が訊《き》いたものだから、清虎はこら、と一喝した。

「山岡家は槍の名家。中でもこの紀一郎どのは天下無双の遣い手として千葉先生も認めておられる達人だぞ」

「その達人が隅田川であわや行き倒れのどざえもんだ」

そう麟太郎が言うと、清虎は難しい顔になった。

「確か、尾張に行かれたと聞いておりましたが……」

「行ったけど、帰ってきたんだ。槍はやはり要らないと言われてね」

「なんと失礼な。槍は短兵器の王にして武の極みですよ」

清虎は憤然と言うが、むしろ紀一郎の方が飄然《ひょうぜん》としていた。

「武の極みだろうが、今は剣の時代だよ。致し方なし」

「ともかく、衣を替えて下さい。寸法の合う稽古着でよろしければ」

「私はこれで構いませんよ。ちょっと動きづらいですが、濡れた体には温かくていい」

そのうちに、奥から一人の若い門下生がやってきて、何やら清虎に耳打ちしていった。

「我が師が山岡先生にご挨拶を、と申しております」

清虎の言葉に鷹揚《おうよう》に頷いた紀一郎だったが、数歩進んだところでぱたりと倒れた。

「どうされました！」

と駆け寄る清虎に、

「腹が減っておられるのですよ」

と鉄太郎が言うと、驚きをあらわにした。

「本当に食べていないのか……。それにしても、鉄はやけに落ち着いているな」

「二度目ですから」

「途中で団子でも差し上げればよかったのに」

清虎に言われて、鉄太郎は迂闊《うかつ》を恥じた。紀一郎も、なにも食べずとも歩けていた。

清虎が若い門人を数人、食い物を求めに外に走らせているうちに、道場主の部屋から一人の初老の男がするりと出てきた。

すっきりとした細面に細く小さな目をしているが、袖から見える手の指が異様に長い。

「あまり馴染みのない足遣いの人がいるなと思っていたら、山岡先生ですか。それに麟太郎と、そこにいるのは……」

「小野朝右衛門さんのところの鉄太郎ですよ」

「おお、清虎から話は聞いている。なるほど立派な押し出しをしているな。廊下で立ち話もなんだから、こちらへ。麟太郎と鉄太郎も」

千葉周作は手ずから紀一郎を助け起こすと、部屋へ招《しょう》じ入れた。軸もかかっていない、質素な書斎である。畳表が新しいのか、藺草《いぐさ》の香りが爽《さわ》やかに漂っている。

「山岡先生はこちらへ」

と上座へ据えようとするものだから、さすがの紀一郎もふらふらになりつつも長い袖を振って断った。

「それは過ぎた礼というものです。千葉先生は江戸で三本の指に入る道場の主ですよ」

されば、と周作は元の座に腰を下ろした。

「清虎の話では、先生は尾張藩での槍術《そうじゅつ》師範になられるご予定であったとか」

「ですが、見ての通りです」

「槍は怠ってはならぬ武の道です。かつては弓矢の後に槍があり、しかる後に刀剣があった。なのに、世は剣を偏重している」

「多少なりとも武芸に心得があればそう言っていただけるのですけれどね」

やがて、門弟の一人が盆に饅頭《まんじゅう》と握り飯を山盛りにして持ってきた。

「茶もお持ちしろ」

清虎が立って茶をとりに行く。かたじけない、と礼を言うなり紀一郎は両手を使って握り飯を頰張りだした。

「剣だけが栄えていい、とは私は考えていない。武芸の多くは、滅びつつあります。このままでは剣もいずれ滅びる」

周作の言葉を聞いているのかいないのか、紀一郎は口を動かし続けた。だが、五つ目の握り飯を平らげてお茶を飲み干すと、

「剣は滅びませんよ」

と言った。

「千葉先生のように工夫を絶やさぬ方がいらっしゃる限り」

「槍はどうです？　山岡家にはあなたがいる」

紀一郎はわずかに首を傾げただけであった。

「いてもこの有様ですからね。家の者には苦労をかけています」

「あなたは」

周作はそこで一度言葉を切った。

「何を目指されています？」

紀一郎はさらに怪訝《けげん》な表情になった。

「千葉先生はどうしてそんな持って回った言い方をされるのですか?」

「いえ、ただ武人としてお訊ねしたかっただけです」

「武人であれば、答えを口にする必要はありますまい」

鉄太郎はいつしか、二人の間に殺気が漲《みなぎ》り始めているのを感じていた。茶を運んできた清虎も麟太郎も、瞠目《どうもく》して二人の様子を見つめている。

「しかし、気付けば川に浮かんでいるような状態では、その志を遂げることもかないますまい」

周作の言葉に、紀一郎は初めて恥ずかしそうに俯《うつむ》いた。

「私は……名を、上げたいのです。槍の、家の名を天下に知らしめたい」

「わかります。武人は乱にあって功を、治にあって名を上げようと望むのはごく自然なことです」

そこで、と周作は少し身を乗り出した。

「御前試合をされる、というのは如何《いかが》か。ご公儀は国の行く末を確かにするために、文弱に過ぎた昨今の政を見直し、確かな武をもって忠義を尽くす士を集めようとされている」

鉄太郎も、これには驚いた。

「もちろん、これまでも同じような建前は繰り返されてきたが、此度《こたび》は違う。鉄太郎は耳にしているかもしれぬが、天下太平を楽しめるのも、あとしばらくのことかもしれぬのだ」

鉄太郎がしばらく考えていると、

「それはもしや、阿蘭陀《オランダ》や英吉利《エゲレス》のことを指しているのですか」

麟太郎が先に口を開いた。鉄太郎もはっと気付く。父の朝右衛門は、時折江戸に呼ばれて陣立てなどの指南をしたというが、それは古式を懐かしむというだけではなかった。夷狄《いてき》に国を蹂躙《じゅうりん》させぬ備えであったはずだ。

「その通りだ」

周作は頷いた。

「ただ私は、正しき武を修めた者にこそ、光が当たって欲しいと考えている。ただ力に飢え、力を振りかざすだけの虎狼《ころう》が上さまや民を守るようなことがあってはならないのだ」

周作は熱くなった己の言葉を落ち着かせるように、一つ大きな息をついた。

四

　槍の名手が輝いた戦国の世、小野鎮幸《おのしげゆき》という槍の名手がいた。彼は九州の名将、立《た》花道雪《ちばなどうせつ》、宗茂《むねしげ》父子に仕え、立花四天王、立花の双璧《そうへき》と称された。自らも武芸の達人であった立花宗茂の領国、筑後柳川《ちくごやながわ》の槍は美濃《みの》の人、大島吉綱《おおしまよしつな》が開いた大島流であった。

　だが、これに異を唱えたのが南里紀介《なんりきすけ》という人物であった。彼はもともと大島流免許皆伝の腕前であったが、お家流に飽き足らず、小野鎮幸の啓示を受けたと称して独自の流派を立ちあげた。

「そして、我こそは天下無双の腕と喧伝《けんでん》して諸国を回るようになったのだという」

　紀一郎は面白そうに聞いていたが、

「そのご仁、もしや最近尾張にも来ていたのではありませんか」

「それはわからぬが……」

　周作は、面識がおありかと紀一郎に訊ねた。

「いや、九州の訛りがある槍の達人が、麟太郎さんに喧嘩を吹っかけているのを熱田神宮で見たもので」

「それはわからぬが、その南里という男、相当に遣うらしいのです。各藩の槍術師範は軒なみ初手で突き伏せられる始末だとか」

その南里が、相手を求めて江戸にやってきたところ、上聞に達したという。

「ご老中から相手になる槍の遣い手を、と問われて山岡先生の名前を出したのです」

かたじけない、と紀一郎は頭を下げた。

「南里は今は柳川藩の下屋敷にいて、稽古ご検分歓迎との立て札を出しているらしいですよ」

へえ、と紀一郎は楽しげに瞳を輝かせた。

「千葉先生はご覧になったのですか」

「いいえ、門弟の何人かは行ったようですが、相手をさせられた上に二間の素槍に散々な目に遭わされて逃げ帰ってきたのです」

忌々《いまいま》しい、というより嬉《うれ》しそうな表情である。

「やはり槍は素晴らしい武器だ。その強さを今に伝える者がいて、私は嬉しかったのです。ですが、見に来た者に誰かれ構わず喧嘩を売るような態度はよろしくない」

「それなら、千葉先生が懲らしめて下さればいいではありませんか」

確かにそうだ、と鉄太郎は頷いた。周作は自分の師である清虎が全く歯が立たない北辰一刀流の宗家なのである。

「もちろん、私がやってもよい」

ふと、周作の気配がひんやりと冷たいものになった。

「だが、槍の心得のある者が言ったのです。その構えに忍心流《にんじんりゅう》の気配が感じられた、と」

鉄太郎は思わず紀一郎の横顔を見た。表情は楽しげなものから一切変わらない。

「最近」

周作がさらに斬《き》り込むような口調で続けた。

「旗本の次男、三男で腕に覚えのある者が、たて続けに姿を消している。ご存じか」

「……知りませんね」

「知っているが、知らない、という顔ですな。武人の間では有名な話となりつつありますから」

紀一郎は気配を一切動かさなかった。

「食い詰めた者たちが急に徒党を組み、豪商や遊郭などに脅しをかけて金品を巻き上げているという話もあります。うちの門下生の一人がそういった輩《やから》の仲間へと引きずり込まれたので、清虎に締めあげさせたのです」

　すると、その背後に南里紀介の名前が浮かんだのだという。周作と紀一郎の間に、剣槍のぶつかり合う音が響いているかのようであった。

「私は、彼らこそが『虎狼』なのではないかと考えています。彼らは最近、急に金回りがよくなったらしい。噂では一万両の金が彼らに流れた、とも」

　鉄太郎は己の額に汗が浮かぶのを感じた。それは、隣に座る麟太郎も同じようであった。やがて長い沈黙の末、紀一郎は頷いた。

「御前試合のこと、謹んでお受けいたします」

　そう一礼すると、静かに立ち上がった。

五

　紀一郎が去り、周作が退室した後で、麟太郎と鉄太郎は残るよう清虎に命じられた。

「俺は品川の廓に遊びに行かなきゃならないんだけどな」

　と小声で鉄太郎に言うところを、清虎にじろりと睨《にら》まれて肩を竦《すく》める。

「先生が二人にたっての頼みがあるということだ」

「千葉先生が？」

麟太郎は怪訝そうな表情を浮かべた。

「二人に頼みたい、ということだ」

「井上さんは?」

「俺はこれから道場で指導だよ」

師が二人に何を頼むのかは特に気にする様子もなく、清虎は静かな足音と共に出ていった。麟太郎は仕方ない、とごろりと横になったが、鉄太郎はそのまま正座をして待っていた。

しばらくして鉄太郎がふと目を上げると、そこには周作が端然と座っていた。麟太郎があたふたと起きだして居住まいを正す。

「私もまだ、君たちのような若き遣い手を出しぬくことができるのだな」

大変な失礼を、と麟太郎が珍しく狼狽《ろうばい》して頭を下げている。

「いや、いいのだ。礼を求めるのであれば足音を立てて部屋の前まで来ているよ」

ところで、と周作は表情を改めた。

「頼みというのは他でもない」

その後周作が口にした言葉を、鉄太郎ははじめ聞き違いかと思った。だが、麟太郎の表情はそれが聞き違いでないことを示していた。

「もしや、黒刀組と南里紀介と関わりが？」

黒刀組が、まさか紀一郎の試合相手に繋《つな》がってくるとは思っていなかった。

「ご老中から頼まれて、彼のことを色々と調べていた。道場には諸国から稽古に来るから、噂話も集まる。その中で、筑後柳川に出る謎の一団についての話が出た。武士に多額の金を貸している商人などを脅迫し、その財を出させる手合いだ」

「彼らも黒刀組と名乗っているのですか」

鉄太郎の問いに、周作は頷いた。

「どうやら、元々は筑後で始まったようだ。しかし、そんなことをしても意味がない」

周作の言葉に麟太郎は渋い顔になった。

「商人は商人の道に従って人に金を貸しているだけです。しかも、貸してくれと頼んでいるのは金に困った武士の方でしょう」

「麟太郎の言う通りだ」

周作は頷いた。

「少し考えれば子どもでもわかる理屈だ。そんなことをしていれば、商人は金を貸してくれなくなる。彼らは義理と信用と商売で金を出してくれるのだからな」

だが、黒刀組の命には誰も逆らえないのだという。

「商人も人間だ。後ろ暗いところがない者の方が少ない。それを巧みにあぶり出して、脅しをかけるらしい」

そうして借財や貧窮から救い出された下級の武士が、黒刀組に心を許し、その手先になる者が後を絶たないと言う。

「しかし、江戸と筑後とは遠すぎる」

「二カ所だけではない。黒刀を名乗って無法を働く連中は諸国に増えているようなのだ」

ふう、と周作はため息をつく。

「彼らの目的は何なのでしょうか」

鉄太郎は、そこまで悪いこととは思えなかった。

「確かに、借財や貧しさに喘《あえ》いでいる武士は多い。御家人、旗本、果ては大名家、そして御三卿《ごさんきょう》、御三家に至るまで商人に借金の無い者はいないだろう。商人は言葉や態度こそは慇懃《いんぎん》かもしれんが、武士を侮り、その財物を差し押さえていく」

「そこに屈辱を感じて、黒刀組の口車に乗る、というわけですな。同じ武士だから泣かせどころもよくわかっているというわけか。だが、そんなことをしても何も変わらないですよ……」

と言い終わる前に、麟太郎がぱんと手を打った。

「いえ、変わります」

周作は麟太郎の言葉に頷いていた。

「金を握る商人と、政を握る武士がこれまで以上に互いを憎むことになるだろう」

周作は大きなため息をついた。

「そんなことを許していれば天下が揺らぐ」

天下、と鉄太郎は心の中で反芻《はんすう》した。弟たちのことにかまけて忘れていたが、このところ天下を語る男によく会う気がする。

「黒刀組と名乗る連中は、武士のためと称しながら、何やら悪《あ》しき事を企んでいるのかもしれない」

「そこに南里紀介が絡んでいるとしたら、何故御前試合を？」

周作はしばらく黙り込んだ。

「ご老中たちは彼らの不満や力をうまく使えないか、と考えているふしがある。山岡先生と試合させることによって、その武を見極めたいのだ」

鉄太郎は理解が追い付かず、思わず麟太郎の横顔をぬすみ見る。

「ご政道としてわからぬでもない。だが、刀として使いたいのなら刀に信をおかねば身に付けることは己の身を傷つけます」

そうだ、と周作は頷く。

「南里が会得したという小野鎮幸の槍だが、小野は立花家の主力二軍のうちの一つを任されていたという。それは、正軍と奇軍といい、彼は奇軍の主将として数十戦して多くの勝利を得たが、寡兵をもって大軍を退けることも度々あったという。戦において最大の奇策は何だ？」

周作がじっと麟太郎を見つめていた。

「……まさか」

さすがの麟太郎も、あり得ません、と首を振った。

「上様に無礼をはたらくなど」

「あり得ない策だから、奇策と言うのではないか。お命を狙うとは限らん。ただ、上訴するだけかもしれん」

周作はあくまでも、御前試合に変事が起こると危惧《きぐ》しているようであった。

「確かに……。ですが、それなら大目付からご老中に注進すれば」

「御前試合に不届き者が来るかもしれませんが、証《あかし》はありません、とでも言うつもりか？　それに……」

周作は一度言葉を切った。

「黒刀組もまた、貧しき中で苦しむ武士たちを受け入れている。だが、それをご公儀に認めさせてはならぬのだ」

周作は二人に、御前試合までに黒刀組の動きを止める。その手伝いをして欲しいと頼んだ。

六

結局、鉄太郎は玄武館で稽古はせず、麟太郎も遊郭に行くことはなかった。周作の言葉には、わかりました、と頷いて道場を辞去し、押し黙ったまま神田明神下《みょうじんした》まで歩いてきたのだ。ふと、

「鉄さん、何かこちらに用事でもあるのかい」

麟太郎が言ったので、鉄太郎は驚いた。

「麟太郎さんが何か用があるものとばかり……」

「こりゃだめだ。俺たち二人とも地に足がついてねえな」

と顔をしかめる。

「どうにも話が大きくなってきやがったが、その大きさにびっくりしているだけならただの間抜けだ」

神田明神の周囲には門前町があって賑《にぎ》わいを見せている。そこから明神の社まではちょっとした上り坂になっており、鎮守の森が石垣からせり出して緑を輝かせていた。

「団子でも食べて落ち着きましょう」

鉄太郎が言うと、麟太郎はくすりと笑った。

「鉄さんは時にのんきに見えるな。悠々閑々《ゆうゆうかんかん》とはこのことだ」

「考えあぐねているんです」

茶店に腰を下ろし、千葉周作の言葉を反芻する。黒刀組がいかに不逞《ふてい》の輩とはいえ、そこまで大それたことをするだろうか。

「それにしても、御前試合で上様を狙ってどうするんです?」

「自分たちが望む通りに天下を変えるのさ。この江戸で、しかも御前試合の最中に、上様の身に何かあったとしたら、そりゃあ世は騒ぐことになるだろう。騒ぎが起これば埃《ほこり》が立つ。その埃の中でよからぬことを企む者も出てくるってことさ」

麟太郎は団子を一つ口に入れると、

「鉄さんはどう攻める」

と訊ねてきた。団子は甘かった。中に餡《あん》が入っており、しっとりと滑らかな舌触りである。考えながら口を動かしていると、皿の団子はいつしかなくなっていた。

「俺は紀一郎さんに弟子入りします」

鉄太郎の言葉に麟太郎は激しく咳《せ》き込んだ。

「どういうことだ」

「紀一郎さんの槍は天下無双です。その御前試合を邪魔させるわけにはいかない。上様への無礼だけではなく、あの槍の晴れ舞台を穢《けが》すのは許せない」

「いや、それはわかるが……それと鉄さんが弟子入りするのとどんな関わりがあるのだ」

「わかりません」

お茶を口に含みかけていた麟太郎は再び噴き出した。参道を歩いていた町娘たちが、そんな麟太郎の様子を見てくすりと笑って通り過ぎる。

「いや……待てよ」

口元を拭った麟太郎は、理がある、と何度か繰り返した。

「鉄さんが山岡家の忍心流を学ぶことは、小野派一刀流の家に生まれた男子として何も不自然なことはない。それに、紀一郎さんの弟、謙三郎のことも気になるしな」

　謙三郎は家から出奔し、黒刀の一味と行動を共にしているのは間違いなさそうであった。

「その動静もはっきりするだろう。俺も色街ややくざ者たちが何か知らないか引き続き調べてみる」

　麟太郎は立ち上がって拳を握ると、一度家に帰ると言い置いて、早足で去っていった。

　鉄太郎はもう一皿、団子を頼む。

　隔年九月には神田祭が行われ、そのみこし行列は江戸城内に入って上覧の栄誉を賜《たま》わる。その際に参道から城への道筋には何万という見物人が出て、それは大変な賑わいになるという。

　祭りでも縁日でもない参道は、初夏の日を受けてじんわりと暖かい。そろそろ行くか、と立ち上がりかけた鉄太郎の前を、一人の男がせかせかと急ぎ足で横切っていった。

「信吉……」

　と声をかけようとして、止めた。その後を、凶悪な面相の浪人が数人、気取られぬように足音を殺してついていったからである。

七

鉄太郎は腰を上げると、男たちの後をつけ始めた。こちらに気付いている様子はない。

それにしても、と鉄太郎は首を傾げた。吉原の妓楼《ぎろう》の主にしては、信吉という男の動きは奇妙に思える。鉄太郎が初めて吉原を訪れた時は、亡八に変装して、こちらを値踏みするようなことをした。

今もまた、粗末な衣を身にまとい、供も連れずに北へと歩いている。吉原が近くなると、ふと葛城のことを思い出す。一日会えぬだけで、胸の奥に小さな火でも押しつけられたように苦しくなる。

己の身の振り方、黒刀組や謙三郎のことなど考えるべきことは多いが、その合間に心に浮かんでくるのは葛城のことである。

懐には一銭もない。葛城には十分、溺れた。

持ち金がなくなり、つけもきかなくなるほどに通い詰めた。女というものの入口を教えてもらった、と鉄太郎は感謝している。もちろん、究め尽くしたとは思っていない。性愛の道は、剣や書の道と同じだ。深く広く、そして果てしない。

周囲の者に、ぼろ鉄と呼ばれることには何も思わなかった。だが、このままでは葛城のもとで性と愛に生きるにも、足りないことが多すぎる。

鉄太郎は結局、剣を振るうことに戻るしかないと決めた。もちろん、玄武館でもよかった。だが、鉄太郎の中に浮かんだのは、山岡紀一郎の槍であった。

道は入谷《いりや》へと入った。浅草は浅草寺《せんそうじ》、上野は寛永寺《かんえいじ》を北に過ぎると雰囲気は一変する。田畑や寺院が多くなり、道ゆく人々も一気に少なくなる。そして、寺院や田畑の緑の中に、大名家の下屋敷が点々と建っている。

その中で、とりわけ人の出入りが多い屋敷の近くまで来て、鉄太郎は一度足を止めた。下屋敷は普通、町人たちに開放されているわけではない。だがその屋敷はまるで、寺か神社かのように、門前に市すら立っていた。

田畑の中にあるその屋敷の塀の内には、鎮守の森ほどの濃い緑が溢れんばかりに茂っている。場所から、その辺りに柳川藩立花家の下屋敷があることを鉄太郎は思い出した。

信吉は周囲を確かめつつ、門内へと入っていく。浪人衆は屋敷を見て何事か話し合い、塀に沿って歩いていった。

鉄太郎はしばし考え、信吉の後に続くことにした。門は大きく開け放たれ、その奥には赤い鳥居が見えた。入ろうとすると、

「ああ、もし」

と門番に声を掛けられた。鉄太郎が足を止めると、鑑札は持っているかと訊く。

「鑑札？」

「ええ、一応ここは立花家の屋敷ですから、誰ともわからぬ者は入れることができないのです。ここの太郎稲荷《たろういなり》にご参詣《さんけい》ですか？」

鉄太郎が頷くと、帳面に住まいと名前を書くように求められた。求められるままに名を記すと、

「もしや、小野一刀流の？」

「左様です」

「それはそれは」

門番が奥に人を走らせると、家老付だという若い侍が出てきた。

「誉れのご家名はかねてよりうかがっております。柳川は尚武の気風を尊び、腕のある方には一手ご教示願うよう上からも言いつかっておりまして……」

「ありがたい思《おぼ》し召しですが」

今日は別用がある、と鉄太郎が断ると、若者はぱっと頬を染めた。

「それは大変なご無礼を」

体中にばねでも入っているかのような動きの軽やかさである。

「私は玄武館に通っております。もし機会がありましたら、お教え下さいませ」

一礼すると、また軽やかに去っていった。

鑑札をもらって屋敷の中に入ると、数万坪はありそうな敷地の石畳の一本は屋敷へ、もう一本は鳥居の連なる稲荷の社へと続いている。もちろん、人の多くは稲荷へと向かっている。

どんな霊験があるのかと人々の様を見てみれば、いずれも目や足、など体のどこかを病んでいるようであった。鳥居の奥へと進むにつれて人々の熱気は高まっていった。わっ、と時折喝采《かっさい》が聞こえる。お礼だ、お礼だ、と人々が囁き合っている。

「お礼というのは何ですか」

鉄太郎が横の初老の男に訊ねると、

「病の癒えたひとは太郎狐さまにそのお礼を申し上げるのですよ」

熱を帯びた瞳で男は言う。さらに前に進むと、屋敷の周囲の静けさが嘘《うそ》のような熱狂が繰り広げられていた。一人の男が社殿に昇り、奇妙な踊りを披露している。拳を曲げ、腰をくねらせたさまは猫のようだ。

「太郎さまに礼を申せ」

「さあ申せ」

人々が囃《はや》し立てる。男はこんと大きく叫ぶと、

「入谷、柳川、太郎狐さまのご利益により、長き病より放たれて候《そうろう》」

ぴょんと跳んで膝を指す。

「長年患いしこの膝。商いにも障りありしが、太郎狐さまのご利益により、病より放たれて候。あな、かたじけなし」

かたじけなし、と人々も和する。かたじけなし、という大合唱は徐々に大きくなり、稲荷を覆う木々を揺らさんばかりの絶叫になった。ある者は踊り、白目を剝《む》いて倒れる者すらいる。

その時、鉄太郎は信吉が社の後ろから森の中へ消えるのを見た。人ごみの中を掻き分けて木立の中へと足を踏み入れる。

「む……」

信吉の消えた方へと足を進めようとしたところで動きを止める。かたじけなし、と

いう合唱はまだ聞こえ続けている。木立の中に声がこだまして、奇妙な響きに包まれていた。

わずかに膝をかがめる。

目は開けているが、視線は動かさない。声の中に、誰かがいる。信吉を餌《えさ》にして自分をここまでおびき寄せた、という恐れは十分にあった。

ぴん、という高い音がした瞬間、鉄太郎は二間も跳んで木の陰に隠れる。元いた場所には矢が突き立っていた。柳川藩が抱えている忍びでもいるのか、と気配を感じさせない技量に舌を巻く。

「参道の外に出るな」

幸いなことに、相手は警告の声を発した。そこまでの殺意はない、ということだ。ただ、その声の源は木立に響く人々のかたじけなしに紛れて定かにはわからない。

「失礼した。太郎稲荷さまに参ろうとして、人々の流れに押し出されてしまっただけだ」

鉄太郎は他意がないことを示す。

「では早々に戻れ」

「相わかった。ただ、こちらの見間違いかもしれぬが、知り合いが一人、やはりこの木立に迷い込んだようなのだ。彼を探してもよいか」

しばらく返答はなかった。

「そんな者はいない。疾《と》く去れ」

その後は、鉄太郎が何を呼び掛けても返事は戻ってこなかった。

八

太郎稲荷の熱狂は、ようやく収まっていた。相変わらず参道の人出は大したものであったが、踊り狂う者の姿は消えていた。ただ、賽銭《さいせん》が投げ込まれる音がひっきりなしに聞こえ、祈りを捧げる人の列は途絶えることがない。

鉄太郎は周囲に気を配りつつ手を合わせ、屋敷の門を出る。信吉の姿はやはり見えないままだ。懐に手を入れ、参道に沿ってぶらぶらと歩く。日は翳《かげ》り始め、門前の店もしまう準備を始めていた。

その様子をぼんやりと見ながら、門から出てくる者の様子を探る。中には具合の悪そうなものもいて、門を出てからもう一度、熱心に手を合わせて去っていく。

申《さる》の刻（午後四時）になると屋敷の門が閉められる。最後の参詣者が門を出たあとも、ついに信吉が出てくることはなかった。奇妙だな、と思いつつ今度は塀に沿って歩き始めた。妓楼の主が柳川藩邸にどんな用があるのか、そして、尾行していた浪人たちがどうしているのかも気になる。

夏の日は長いが、それでも黄昏時《たそがれどき》ともなると入谷の田畑の周辺は急に寂しげな雰囲気になる。柳川藩邸から十町（約一キロ）は続く門前町も、暮れていくにつれて静けさの中に沈んでいった。

やはり信吉が屋敷から出てくる気配はない。屋敷の勝手門を見張るのは諦め、裏手へとまわる。ちょうど太郎稲荷のある木立の横を通ると、何者かがこちらを見ている気配があった。

だが、敢えて身を隠すようなことはしない。探っている人間がいると向こうにわからせることで、動きがあることを期待したのである。鏃《やじり》が狙っている気配はあったが、さすがに屋敷の外まで射てくることはない。

ただ藩邸を守るためだけに働いているのか、それとも別の意図があるのかはわからない。鉄太郎は各藩の忍びの事情にまでは通じていなかった。

塀に沿ってさらに歩いていくと、闇はどんどん深くなる。鉄太郎は夜目が利く。夜でも戦えてこそ、という師の井上清虎の教えで闇夜での稽古もさせられていた。

「む……」

いくつかの足音がする。足運びは全て侍のものであった。隠れることもできたが、鉄太郎は、気配のする方へと歩んでいった。広大な田園が広がっている先に、提灯《ちょうちん》のあかりらしきものがちらちらと光っている。

「貴様、黒刀組か」

怒声が聞こえた。近づいてみると、どうやら信吉を追いかけていた者たちのようである。

「違うのだが……」

答える方の口ぶりは戸惑い気味である。おや、と鉄太郎は彼らの遣《や》り取りに耳を傾ける。狭い畦《あぜ》の上に、男が一人立っている。その両脇から押し詰めるように、浪人たちが抜刀して迫っていた。

「お前たちこそ、黒刀組のことを何か知っているのか。知っているのなら、教えて欲しい」

その声には聞き覚えがあった。何故紀一郎がこんな時間に柳川藩邸の近くにいるのか、と訝《いぶか》しんでいると、浪人たちが口々に罵り始めた。

「何を白々しい。俺たちの後をつけていたのは明らかだぞ」

「それは人違いではないか。私がここに着いたのは先ほどのことだ」

「ええい、やかましい。どの道、黒刀組に関わりがある者を生かしてはおけぬ」

浪人たちは刀を構えたが、腕前はまちまちである。まともに剣が使えそうな者はどうやら一人しかいないようであった。

「ねえ」

紀一郎は全く慌てた様子を見せず、優しく言葉をかける。

「あなたたちは黒刀組に何をされたんだい？　相手を確かめもせずに斬りかかるとは、よほどひどいことをされているんだろうね。私は弟をとられてしまったんだ。元はといえば私が不甲斐《ふがい》ないからなんだけど」

訥々《とつとつ》と話す紀一郎を前に、浪人たちは顔を見合わせている。

「やかましい。お前たちも騙《だま》されるな。黒刀組の連中は口も立つ。やつらに騙された縁者のことを忘れるな」

一番腕の立ちそうな浪人が仲間たちを一喝した。

「騙す？　騙すとはどういうことなのだ」

ぜひ教えてくれ、と懇願する紀一郎には答えず、浪人が踏み込んだ。鉄太郎が予想した以上の速さで、剣も的確に急所を狙っている。殺すことに迷いのない剣であった。

ほんのわずかのところで、紀一郎は剣先を見切っている。

畦は狭く、他の浪人たちがいるにもかかわらず、剣先が閃《ひらめ》く場所に紀一郎の姿はない。

「逃げるな。抜け！」

「抜けば、あなたたちの無念が晴れるのか」

紀一郎の声が、激しい叱責《しっせき》へと変わった。

「怒りはその相手に直接ぶつけるのが筋でしょう。正しき怒りであるなら、ご公儀に訴え出て……」

「それができれば苦労はせぬ。公儀には浪人衆のことなど眼中にない。ただ江戸から去れと罵られるばかりだ」

浪人たちの悲鳴に近い叫びであった。

「貴様は浪々の身ではない。おそらく旗本の三男坊か何かだろう。貧しいといっても、我らとは違う。真の絶望と窮乏の中にいる者は、学ぶに学べず、鍛えるに鍛えられず、ただ汚穢《おわい》の中で朽ちていくのだ」

「頼む。教えてくれ。黒刀組はあなたたちから何を奪った？」

紀一郎の言葉に頭目らしき男は薄い笑みを浮かべた。

「お前に関わりのある者が黒刀の連中に取り込まれているのだとしたら、これからそれを知るんじゃないか」

そう言うと、猛烈な一撃を紀一郎に見舞った。先ほどまで華麗な足さばきを見せていた紀一郎が今度は避けない。次の瞬間、男は前のめりに倒れていた。仲間たちが声も上げずに助け起こし、闇の中へと消えていく。紀一郎はそんな彼らの様子を、ただじっと見つめていた。

九

こちらに向かって歩いてくる紀一郎の足取りは、重かった。

「見ていたのか。わずかの間に気配を消すのが随分と上手になったね。気付かなかったよ」

闇の中で微《かす》かに笑った。

「どう相手を倒したのか、全くわかりませんでした」

「暗かったからね」

そういう問題ではない、と鉄太郎は感じていた。やはり、紀一郎の武にはこれまで学んだり見聞してきたものとは別種の強さがある。

「紀一郎さん、どうしてここへ？」

「それは私が問うべきことだよ」

紀一郎はゆっくりとこちらに近づいてくる。二刀を佩《は》いているが、槍を持っているわけではない。だが、鉄太郎は槍の間合いに入られた瞬間、後ろへ跳んでいた。

「槍遣いからまっすぐ下がるのは危ういよ」

気付くと、紀一郎の手は槍を持つ構えへと変わっていた。もしその手に槍があったなら、鉄太郎の胴は貫かれている間合いに詰められていた。外したはずなのに、である。

「で、ここへどんな用で来たのかな」

「太郎稲荷へ参りに来たのです」

とっさに嘘をつく。

「恋の病は、ここでは治らないと聞くけど」

「恋の病……」

葛城のことを言っているのだとわかった時には、紀一郎はもう鉄太郎の横をすり抜けて歩き出していた。

「鉄太郎が遊郭にはまるとはね。でも、悪いことじゃない」

「おかげで金はなくなりました」

「金がなければ恋もできぬ、か」

鉄太郎の率直な言葉に、紀一郎はおかしそうに笑った。笑われても、蔑《さげす》んでいるような気配を全く感じさせないのが他者とは違っていた。

「私も同じだよ」

「紀一郎さんも誰かに想《おも》いを寄せているのですか」

「人ならぬものに、取り憑かれている」

「人ならぬもの……」

先ほど太郎稲荷で狂ったように踊っていた男のことを思い出す。いくらご利益があるとはいえ、常軌を逸した熱狂ぶりであった。

「人であろうと物であろうと、親兄弟が何かに取り憑かれると、その家人は大抵苦労する。鉄太郎もそうであろう?」

紀一郎の澄んだ瞳で問われると、素直に頷いてしまう。

「人は何かに狂ってもいい。でも、その責めも負わなければならない」

「俺は自分では、剣に狂い、書に狂っていると思っていました。今、ある女性に夢中になっていますが、やはり足りないのです」

「鉄太郎は欲張りだな」

意外な言葉だった。

「先ほどの浪人たちを見ただろう？　彼らには私のような素寒貧の旗本でも豊かに見える。私には鉄太郎や麟太郎さんたちが眩《まばゆ》いほどに豊かに見える。たとえ君が長屋暮らしでも、私のように弟が馬鹿な連中に唆されるほどに鈍してはいない」

謙三郎が黒刀組に入ったことを、紀一郎は初めて自分の口から言った。

「紀一郎さん、俺を弟子にして下さい」

鉄太郎が頭を下げると、紀一郎はしばらく黙っていた。

「槍を学んでもいいことはないよ」

「何かいいことがあるから、紀一郎さんは槍に狂っておられるのでしょうが」

鉄太郎の言葉に、紀一郎ははっと胸を衝かれたような表情を浮かべたが、

「では、何のために鉄太郎は忍心流を学びたいのかな」

言葉に詰まる鉄太郎に対し、弟子入りは認めない、と紀一郎は静かに言い渡した。

「そりゃそうだよ」

落胆して話す鉄太郎を、麟太郎は慰めなかった。

「鉄さん、あんた忍心流の槍を心の底から学びたいと願ったかね」

「もちろんです」

「本当かい？」

麟太郎に念を押されると、ぐらりと何かが揺れた。

「ほれ見ろ。断られた理由はあんた自身が一番、よくわかっているはずだよ」

十

柳川藩邸を訪れた翌日、麟太郎と相談するために彼の私塾、氷解塾を訪れていた。

麟太郎は、佐久間象山の勧めでこの塾を開いたのだと語った。

「もちろん俺の学問がそれなりに進んだというのもあるが」

象山は、兵器やガラス、電信機器などの製作に時間を割きたいから、生徒をいくらか持っていけ、と麟太郎に命じたという。

「呆れた親父だ」

麟太郎が象山について話す時は、いつも不思議な表情になる。苦々しさと楽しさが同時に顔に表れるのだ。

「あんな退屈しない男はいないが、あんな腹立たしい男もいないよ」

師にあたる人だが、麟太郎は容赦ない。容赦はないが礼儀がない男ではないので、彼にしては珍しい物言いではある。

「非礼だと思っているのだろう？　だが、もし身内になるとしたらどうかな」

「佐久間家に養子にでも入るのですか」

「何言ってるんだい。俺は勝の家を継いでるんだぞ」

実はな、と麟太郎が浮かない顔で言いだしたことに、鉄太郎は驚いた。

「お順《じゅん》さんと恋仲に……」

「そうなんだよ」

麟太郎は顔を手で覆った。

「反対されているのですか」

「反対？　するものかよ。佐久間象山は天下の傑物だ。そんな男に見初められたんだから、ありがたいもんだ。それに何より、うちのやつが気に入っちまってどうにもならねえ」

やはり思いとどまるように説得したようだ。二度ほど会ったことはあるが、鉄太郎は象山が苦手である。賢く強く、敬すべき人だとは思ったのだが、どうにも合わぬ。

麟太郎の妹のお順とは麟太郎との付き合いが深くなって、言葉も交わすようになった。賢く快活な女性である。

二人が結ばれる、とは意外な感じがした。

「縁は異なもの味なものって言うだろ。縁がある二人が結ばれちまうんだから、仕方ない」

言葉とは裏腹に苦々しい顔である。

「いやいや、うちのことはいいんだ。紀一郎さんへの弟子入りのことは、くれぐれも心構えを変えた方がいい。何事も心構えだよ」

そう言うと、また何か思い出したのか、がくりと肩を落とした。

氷解塾を辞去し、家に戻る。道中、ずっと紀一郎のことを考えていた。黒刀組のことや、柳川藩邸でのことはあったが、その槍に惹かれているのも事実である。鉄太郎がこれまで学んだ剣や柔術とは違う次元に、紀一郎の槍はある。

相変わらず近所の目は冷たく、ひそひそ話と嘲笑《ちょうしょう》が聞こえてくる。気にせず屋敷の門をくぐり、長屋の戸を開ける。いつもなら乱雑な部屋に男くささがこもっているのだが、この日は様子が違った。

妙に片付いていて、漂っている匂《にお》いも違う。芳しく、柔らかな香りが部屋の中に満ちているのだ。

「あら、お帰りなさい」

長屋の裏窓が開いて、外から白く小さな顔がのぞいた。

「お英さんか……」

「すみません、勝手に入ったりして」

「それはいいのですが、急にどうしたのです」

茶を出そうにも、欠けた湯のみと埃をかぶった薬缶《やかん》くらいしかない。紀一郎のことを考えていただけに、鉄太郎はその妹が来ていることに動揺していた。やがてぱたぱたと軽やかな足音がして、表へ回ってきた。

「あの、中に入ってもよろしいですか？」

気付くと、鉄太郎はずっと入口に突っ立ったままであった。部屋に上がると、お英は手早く竈《かまど》に火を熾《おこ》し、湯を沸かしてくれる。その間、鉄太郎はじっと黙っていた。お英も竈の火を見つめたまま何も言わない。

「あの、湯のみの類はありますか」

「一つしかないのですが」

「それで結構です」

お英は鉄太郎の茶だけを淹れて、その前に膝を揃えて座る。

「兄のことで」

「謙三郎さんのことですか」

「いえ……もちろんそちらの兄も心配なのですが」

紀一郎のことで相談に来た、と言う。

「元々、根を詰めて稽古をする兄なのですが、最近それがはなはだしくなっているようで」

「御前試合のことは？」

「もちろん、聞いています。今のご時世、槍で名を上げる好機だと張り切っていましたし、それはよくわかるのです。でも……」

稽古は夜明け前に始まり、昼過ぎまで続く。食事をとらず、ただ、槍を振るい続ける。型を打ち、相手がいるかのように激しく動くこともある。それが何刻も続くのだという。

「体を損ねないか心配で……」

武の稽古ではままあることではある。夜明け前から気が遠くなるまで剣を振るい、その先にある境地を目指す。そう言うと、

「私だって山岡家の娘です」

ぐっと身を乗り出すように言い返してきた。部屋の芳しい香りは、お英からのものらしく、鉄太郎はわずかに身を反らせる。

「これまでと稽古の質が違うことくらいわかります。兄は命を削っています」

「それも鍛錬の中ではありうることですよ」

「こんなことを言うと兄に叱られるかもしれませんが……兄の命はそんなに強いものではないのです。確かに槍を持たせれば天下無双かもしれませんが、家では季節ごとに寝込むような、そんなひ弱なところもあるのです。それに、無理をして尾張に行ったりするものだから」

そこでぐっと言葉に詰まった。

「尾張で槍術師範の口がなくなったことで、兄は随分と落ち込んでいました。謙三郎兄が高橋家から姿を消したのも、その直後のことです」

鉄太郎は腕組みをして、唸るしかなかった。

「小野さまのことを、兄は言ってました。今の世には珍しい人間だ、って」

話題を変えるように、声を励まして言う。

「珍しい？」

「ええ。勝麟太郎さまと合わせて、あの二人はおかしいって。あ、これは誉《ほ》めているんですよ。兄が他の人のことを、楽しそうに教えてくれることってそうはないですから」

昨日も、とお英は言葉を継ぐ。

「小野さまと入谷で行きあったことを教えてくれました。弟子入りをお願いされたことも」

「無礼をしたと思っています」

鉄太郎は頭を下げた。思い返してみれば、人から武を教わろうというのに、路上でという法はない。

「そんなこと兄は気にしてはいません。ただ、小野さまの心がまだ定まっていない、とそう言っていました」

麟太郎ど同じく、見透かされている。だがお英の言葉によって、己の心が定まっていくのを感じていた。

「俺は紀一郎さんの槍を学びたいのです」

お英がじっと鉄太郎を見つめてくる。紀一郎とよく似た、澄んだ瞳であった。

「小野さま、兄は人の奥底を見抜きます。嘘も見栄も、兄には通じません」

そうだろう、と思う。武人は立ち合えば、その人となりを理解する。

「ただそのままの小野さまで、兄に対して下さい」

一礼したお英は、軽やかな足取りで去りかけ、立ち止まった。

「謙三郎兄さんのこと、何かわかりましたか?」

「いや……」

怪しげな断片は少しずつ集まっている。だが、まだ決定的な証拠を掴むには至っていない。出奔してからの彼がどこで何をしているのかも、定かではない。

「私も調べてはいるのですが」

「お英さん」

鉄太郎は少し声を強めて言った。

「謙三郎さんのことは、俺たちに任せてくれないか」

「でも……悪者と戦うのは楽しいし」

「遊びじゃないんですよ」

「じゃあ、鉄太郎さんが黒刀組のことを調べるのはお役目なんですか」

あきれ顔だった鉄太郎も言葉に詰まった。

「俺は……あなたに危ないことをして欲しくない」

今度はお英がひっ、と素《す》っ頓狂《とんきょう》な声を発した。そして耳の先から鼻の頭まで真っ赤にすると、つんのめりながら走って出ていってしまった。

第五章　不撓《ふとう》の槍

一

寅《とら》の刻（午前四時）の前あたりに、仮眠をとっていた鉄太郎は目を覚ました。未明の空はまだ暗いが、それでも朝の気配をうっすらとまとっている。顔を洗って口を漱《すす》ぎ、塩を一なめして長屋を出ていく。

多くの人が眠りについているこの刻限は、夏でも少しひんやりと感じられるほどに空気が澄んでいる。その中を、鉄太郎は早足で山岡家の屋敷へと向かった。

牛込から小石川まで、鉄太郎の足なら半刻もかからない。着くと、空は白みを帯びて明るさを放ち始めている。門前に立って、鉄太郎は肩を落とした。既に門の内側からは、槍が風を切る音が聞こえている。

次の日は、丑《うし》の刻（午前二時）に向かった。それでも、着いた時にはもう、紀一郎の稽古は始まっていた。そして三日目、子《ね》の刻（午前零時）に起き出した鉄太郎は、まだ暗いうちから山岡家の門前に立つ。すると、鉄太郎が着いてしばらくしないうちに、庭に誰か下りてくる気配があった。

稽古は静かに始まる。

槍の、払い、押さえ、突き、という動作が延々と繰り返される。二刻（四時間）もの間、全く同じ音が聞こえてくる。剣でも体に、骨に沁《し》み込むまで型を繰り返すことはあるが、紀一郎ほどの達人がここまで基礎を練るのは驚きであった。

そして、昼前になって、ようやく稽古は終わる。おそらく大量の汗をかいたのであろう、井戸の水をかぶる音がした。鉄太郎はそっと山岡家の前を離れた。

それからというもの、鉄太郎は夜更けの山岡家に日参した。

三日、五日、十日と過ぎるうちに、槍音の違いがわかるようになってきた。基本の中にも千変万化の彩がある。相手を想定している時には、穂先が、柄が、そして肉体が激しくぶつかり合う戦場の凄愴《せいそう》があった。

そこには紀一郎一人しかいないのに、まるで玄武館の大道場の稽古を間近に感じるかのような、迫力があるのだ。

忍心流の達人が奏でる音に、鉄太郎はすっかり魅了されていた。やはりこの人の槍は、格が違う。山岡家の門前にいても、家に帰っても紀一郎の槍のことばかり考えるようになっていた。

黒刀組のことも、葛城のことも頭から消えたのは、二十日あまり経った頃のことであろうか。この日も、鉄太郎は暗いうちから山岡家の門前に立っていた。

だが、いつもと様子が違う。遅れたか、とも思ったがそうではなさそうであった。庭にある気配は二つ。共に槍を持っている。

双方とも動かない。どちらもかなりの手練れの持ち主だ。その二人が動かない。黒い空に白みがかかり、明るく澄んだ青へと変わっていっても、不動の構えを崩さなかった。

鉄太郎は、その気配を探っているだけで汗をびっしょりかいている自分に驚いていた。動いていないのに、壮絶な勝負が繰り広げられている。やがて、一つの気配が急速に小さくなった。

勝手口が開き、一人の若者が姿を現す。額に汗を浮かべ、死闘を繰り広げた後のように疲れきっている。

「謙三郎さん」

声をかけたが、一瞥《いちべつ》しただけでよろめきながら去っていく。幽鬼のようなその背中が、鉄太郎を激しく拒んでいた。続いて勝手口から、紀一郎が顔を出した。

「一カ月、よく通ったね」

「ご存じだったのですか」

「そりゃあね」

入れ、と手招きされて鉄太郎は山岡家の屋敷に入った。汗を拭いつつ縁に腰かけた紀一郎の前に膝をつき、改めて弟子入りを願った。

「心を見せられてしまったからには、断るわけにはいかないな。鉄太郎が塀の向こうで日々変わっていくのを感じるのは、楽しかったし驚きだった」

紀一郎は立ち上がり、奥から一本の槍を持ってきた。

「父の使っていたものだ。大柄な人でね、鉄太郎を後ろから見ると、思い出すんだ。お英が君に懐いているのも、そのせいかもしれない」

押しいただくと、ずしりと重い。

「十五斤《きん》（九キロ）ある。私のは九斤だ。戦いにおいて重さは力となるが、各人に合った重さを操ることが肝要だ。明日からはこれまでと同じ時刻に、でも門の中に入ってきなさい」

謙三郎のことは忘れ、ただ紀一郎に槍を学べる喜びに、鉄太郎は包まれていた。

二

次の日も子の刻に、鉄太郎は目を覚ます。

下帯一つになり、井戸の水をかぶって身を清める。体を拭き、そのまま庭石の上に座り、瞑目する。座るとは即ち座禅のことである。

己を観《み》る。己の中にある全てを観る。そこにはあらゆる色がある。励む心と怠る心、己が学び、身に付けてきた善と悪がせめぎあい、心と体を揺らす。善の陰に悪があり、悪の裏側に善が見える。観ていくうちに、善悪の判断は消えていく。

ただありのままに観る。全ての色が消え、何もない心の地平に一つの影が現れる。師である彼は、ただじっと立っている。鉄太郎もただ、見つめている。動かず、動けないままに時は過ぎ、鉄太郎は目を開ける。

稽古着に着替え、庭へと向かう。ぴんと張り詰めた空気に満ちている。

山岡家の庭には道場があるわけではない。紀一郎にとってはこの庭が道場である。達人が鍛錬の場として使う場所には、道場としての品が備わっていく。

隅に座り、じっと待つ。やがて、厳しい鍛錬で己を築き上げたその人が庭へと進み出てくる。鉄太郎に言葉をかけるわけでも、一瞥をくれるわけでもない。

重さ九斤の素槍を持ち、庭の中央に立つ。張り詰めた空気の正体は、戦の気配である。紀一郎が槍を構える。稽古着が甲冑《かっちゅう》姿へと変わる幻を、鉄太郎は見る。

ひゅ、と槍の穂先が空を切る。

基本となる動きは単調であるはずなのに、一度一度、意味があり変化がある。敵を制し、いなし、突いて倒す。

塀の外で聞いている時とは比較にならないほど、鉄太郎の心は槍と紀一郎にさらに魅《み》せられていた。自分が鍛錬をしているかのように、汗が噴き出してくる。

日が高く上がると、その動きは一変する。静かだった鍛錬が激しさを増し、無数の敵を相手にするかのように槍が縦横に乱舞する。そうでありながら、動きに無駄は生じない。

（型を打っている……）

自在に槍を振るっているようで、そこには厳然たる秩序があった。

剣槍の稽古には大きく分けて型稽古と実際に打ち合う地稽古の二種がある。真剣を使う居合では対人の稽古ができる機会は限られるし、木剣であっても人の骨はたやすく砕けてしまう。

袋竹刀による地稽古は江戸初期からあった。井上清虎の師である千葉周作は、幕府講武所頭取で勝麟太郎の血縁でもある男谷精一郎信友が広めた実践的な竹刀稽古をさらに発展させ、鉄太郎もその激しい稽古によって鍛えられてきた。

だが、地稽古に偏重すると剣は歪む。朝右衛門はそう息子に教え、清虎もそれに同意していた。受け継がれてきた型に籠められた理合を抜きに剣を考えることは危うい。「華法」と批判された実戦からかけ離れた型を捨て、戦場で力を持つ型を得るための地稽古だと鉄太郎は教えられてきた。

それは槍であっても変わらない。

槍の地稽古は木槍の先端に綿などを丸めて布や皮で包んだたんぽをつけて行うが、紀一郎の型稽古はあくまでも愛用の直槍で飽くことなく繰り返されていた。それは、型稽古が実戦に即していないという批判の一切を撥ねつけるほど厳しく、そして美しい。戦の中で起こりうる全てを網羅したものが型なのだとしたら、紀一郎の型稽古こそ戦だった。

稽古を終えた山岡紀一郎は鉄太郎に歩み寄ってきた。鉄太郎は柄杓《ひしゃく》で水を汲《く》んで渡し、汗を拭う布を捧げ渡す。

「もっと楽に見ていればいいのに」

「そうはいきません」

「一度心を見せてもらったのだから、後は楽にしていいんだよ。あんまり堅苦しいのは、私も得意じゃないんだ」

そう言って、紀一郎は鉄太郎の隣に座った。

「槍を見せてくれるかい」

鉄太郎は頷いて、庭に立つ。何か教えられたわけではない。だが、紀一郎の立ち、構えが体の隅々にまで沁み込んでいる。

座禅を組むことによって無となった心の中を埋め尽くしているのは、紀一郎の槍である。鉄太郎は足を決め、槍を振るい始める。紀一郎はそれをじっと見つめている。

昼食を挟み、また稽古が始まる。あれこれしろ、とは言わない。日が傾き、鉄太郎の下に汗だまりができたところで、

「ここまでにしようか」

と頷く。これで一日の稽古は終わりである。

弟子入りを許されたその日から、鉄太郎は山岡家で寝起きすることになった。弟子として紀一郎に仕え、学ぶのである。山岡家の屋敷の隅にある中間小屋には、誰も住

んでいなかった。諸事不自由な山岡家は、中間を常雇いする余裕はない。

「母屋の部屋が余っております」

お英はそう言ってくれたが、甘えるわけにはいかない。

「飯くらい一緒に食おうよ。何もないけど。あ、断らないようにね。これは師の命と思っておくれ」

初日に挨拶に行くと、紀一郎はそんなことを言った。

「お英がさ、私と二人で飯を食っていると気が滅入《めい》ると言うんだ」

いたずらっぽい表情を浮かべる。

「そうまで仰《おっしゃ》るのでしたら」

昼と夕の食事を共にすることは承知した。

食事は日々、お英が心づくしのものを作ってくれる。一汁一菜の質実なものだが、温かい食事を出してもらえるだけでありがたい。稽古をしている庭の隅には小さい畑があり、大根やきゅうり、青菜の類が植えられている。

「冬には蕪《かぶら》も生《な》るんですよ」

畑の面倒を見ているお英が言った。

紀一郎の前で槍を鍛える一日はあっという間に過ぎる。大量の汗を流し、体も疲れているが、紀一郎と食卓を共にし、武談を聞いているのは楽しくて仕方がない。爽やかな風に吹かれているようで、疲れもその風に吹き飛ばされるようで爽快《そうかい》なのだ。

ある日、

「小野さまは兄を見つめすぎではありませんか」

お英が頰を膨らませて言った。

「話していただいているのだから、そちらに心を向けるのは当然のことですよ」

「それにしても見すぎです」

紀一郎と鉄太郎は、やたらと米を食う。おひつに飯を継ぎたすために、お英は一度台所へと去った。

「また悋気《りんき》を出しているよ」

紀一郎はおかしそうに笑った。

「お英は随分と鉄太郎を気に入っているんだな」

「それはないと思いますが」

「君が私の話を聞いてくれている間、お英はずっと君を見ているんだよ」

頰が熱くなった鉄太郎は、飯を大きく口に入れた。

「先生、からかうのは止めて下さい」

「からかってなどいないよ。見たままを告げている」

「それがからかっていると言うのです」

お英が男女の感情を自分に持っていることを教えられても、自分にはどうすることもできない。

「もらってはくれないか」

紀一郎が言ったので、飯を噴き出しそうになった。

「何をいきなり。それはできません」

鉄太郎は飯を飲み込み、きっちりと断った。

「想いを寄せている相手の妻になるのは幸せなことだ」

「俺に嫁いでも先がありませんよ。お英さんを納屋住まいにさせるわけにはいきません」

「幸せは財力にあるわけではないよ」

「ですが、好んで苦労をすることはありません。自分より豊かでお英さんを幸せにできる男はいくらもいます」

「鉄太郎はつれないね。お英は遊郭の妓女のように美しくはないかもしれないが、心根のよい娘だよ。兄が言っても信じてもらえないかもしれないが」

鉄太郎が閉口していると、やがてお英が戻ってきた。

「また楽しそうにお話しされているのが聞こえていましたよ」

そう言って二人の茶碗《ちゃわん》に飯を大盛りにする。

「お英のことを話していたんだ」

「悪口ですか」

「お英に悪いところなどないよ」

「そう言って下さるのはお兄さまだけです」

仲の良い兄妹だ、と微笑《ほほえ》ましく思っていると、表で誰かが呼ばわっているのが聞こえた。外は薄暮で闇が勢いを増し始めている。立ち上がりかけたお英を止め、紀一郎が出ていった。

三

中々戻ってこないので、お英が廊下の方をちらちらと見ていた。

「どなたがいらしたんでしょうね……」

彼女の横顔に、どこか憂いが浮かんでいる。鉄太郎は、謙三郎のことを思い出した。

黒刀組の一味に加わっている恐れのある彼の話を、お英が口にすることはない。

「この時間のお客となると、何か急用でしょうか」

さあ、それはと鉄太郎が首をひねっていると、ははは、と笑い声が聞こえた。お英と鉄太郎は顔を見合わせる。

「兄の友人？」

「ちょっと見てきます」

鉄太郎が静かに席を立つと、裾を摘《つま》まれた。

「どうしました」

「い、いえ……お気をつけて」

お英は慌てて手を離す。何を気をつけることがあるのだろう、と不思議に思いながら廊下を進む。すると、大きな話し声が聞こえてきた。紀一郎は静かに対しているが、相手は無遠慮である。

廊下から顔を出すと、鉄太郎の知った顔があった。

「清河さん……」

吉原で用心棒のような仕事をしていた男が、玄関先に立っている。

「おう、鉄太郎か」

「どうしてここへ」

「どうしてって、そりゃ取り立てだよ」

紀一郎が鉄太郎を見上げる。

「山岡さん、あんたのお弟子さんは金もないのに随分と派手に遊んでいてね。つけが随分とたまっているんだ」

八郎の口調は穏やかだが、かえって凄味《すごみ》があった。

「小野家に行ったら、今はこちらにいるってんで来たんだ。鉄太郎は強い男だ。強い男は何をしてもいい、つけを踏み倒したっていいと俺は思っている」

相変わらずめちゃくちゃなことを言う。

「……そのうち払いますよ」

遊郭ではあまり気にならなかったが、紀一郎の前で言われると恥ずかしかった。

「踏み倒すやつはみんなそう言うんだよ。槍の修行もいいが、その前に身綺麗になった方がいいんじゃないか?」

鉄太郎は戸惑った。

「おい、そんな顔されるとまるで俺が無理難題を押し付けているみたいじゃないか」

八郎は苦笑する。

「やくざ者からあこぎな金の貸し方をされているならともかく、お前は己の欲を満たすための金を店から借りている。さすがに返さないとまずいだろ」

「確かにそうですが……」

今は紀一郎のもとで槍の修行を続けたい。数日いただけでも、その深さと面白さは、鉄太郎の心を捉えていた。

「何でも目の前のことに熱中しすぎだ。童《わらべ》のような男だな。一人前の男だと思って言うが、店の者も困ってるんだ。鉄太郎のように目立つ人間が踏み倒しをすると、他の客の払いも悪くなるみたいでな」

「今のところほぼ無一文です」

「そんなことは見ればわかる。金がないなら作れ。金を作りたければ、働け。仲間になればそれくらい立て替えてやる」

「お断りします。俺はこちらで修行中の身です」

「そんな理屈が通ると忍心流では教えているのか」

紀一郎は二人の遣り取りをじっと聞いていたが、やがて手を上げて制した。

「清河どの、鉄太郎は私の弟子です。弟子の不手際は師の責めでもある」

「先生、それは……」

抗弁しかけたが、紀一郎の一瞥を受けて口をつぐむ。

「払わずともよいと聞いていたが、貸し手がそう言うなら返さねばならない。ただ心配もある。清河どの、鉄太郎を何に使うかお教え願えるか」

「さすがは日本一の槍と称される武人だ。鉄太郎の腕を借りたい。山岡どのは黒刀組というのを知っているか」

鉄太郎は横目で紀一郎を見るが、その表情は変わらない。

「ええ、聞いたことはあります」

「そいつらが悪さをしていてな。吉原にも迷惑がかかっているんだ。どうもあいつら、貧乏旗本の子弟を仲間に引き入れて妙なことを吹き込み、言いなりに動かしているらしい」

「その黒刀組と戦うために、鉄太郎が必要なのですな」

「左様」

八郎は涼しい表情で頷く。

「承った。鉄太郎、師として命じる。私のもとで修行を続けるにしても、まずは借りたものを返してからだ。清河どのについて、しっかり働いてくるのだぞ」

は、と鉄太郎は頭を下げる。それを見届けた紀一郎は、

「清河どの、鉄太郎をこのまま連れていく、というのはご容赦いただきたい。諸々準備もあることゆえ」

穏やかに頼んだ。八郎もそれ以上は押さず、

「承知した。鉄太郎、吉原に着いたら番所に顔を出せ」

そう言い置くと、悠々と去っていった。その姿が門の向こうに消えてしばらくして、紀一郎は目配せをする。鉄太郎は足音を忍ばせ、門のところで腰をかがめた。そして紀一郎の方に向かって三本指を立てて見せる。

紀一郎が下駄《げた》を手に取り、さっと手を上げる。風を切って飛んだ下駄が門に当たってけたたましい音を立てた。慌てふためいたような足音が去っていく。

「三人張っていたな。鉄太郎の耳も大したものだ」

「この門前で先生の槍音を聞きながら鍛えましたから」

「なるほどな……。それにしても、腹の底に何か抱いていないと落ち着かないご仁というのはいるものだ」

拾った下駄の塵《ちり》を払い、玄関に置いた鉄太郎に紀一郎は言った。

「何を抱いているのでしょう」

「腹の底に何もなければ、そのまま無であればいいのに。頭が良すぎるものだから、

それが曇りとなっているんだ」

紀一郎は大きく伸びをして、飯を食おう、と鉄太郎を促した。

「黒刀組と清河さんには何か関わりがある、と思っていました」

廊下を歩きつつ鉄太郎は言う。

「黒刀組の名はお英の前では言わないでやってくれ」

「わかりました」

部屋に戻ると、膝を揃え、目を伏せて端然と座っていたお英が顔を上げた。箸は置かれているが、鉄太郎が出ていった時から食事は進んでいない。

「腰の重いお客さんでしたね」

「鉄太郎を寄越せ、という人でね」

お英はくるりとした目を瞬かせて鉄太郎を見た。

「悪い人ですか」

「いや、どちらかというと鉄太郎の方が悪いかな」

お英は丸い目をさらに大きくした。

「まあ詳しい事情はともかくとして、鉄太郎は人としてせねばならぬことができた、ということだ。心配せずともすぐに帰ってくるよ」

「どれくらいですか」

「すぐだよ。なあ、鉄太郎」

兄の言葉にほっとした表情を浮かべたお英を不安にさせぬよう鉄太郎も頷き、箸を運ぶのであった。

四

翌朝、鉄太郎は一旦《いったん》山岡家を辞去することにした。荷物といってもさしたるものはない。小さな風呂敷包みに筆や着替えを入れ、部屋を塵《ちり》一つなく清めた後、庭に出た。稽古はしていくつもりである。

やがて、紀一郎が庭に出てきた。いつも通り、鉄太郎は庭の隅に膝をつき、その様子を見る構えに入る。だが、この日の紀一郎は最初から槍を二本提げて出てきた。

「鉄太郎、立ち合おう」

そう言って槍を差し出されると、鉄太郎は喜んで立ち上がった。まだ基本を見てもらっているだけだ。それでも、師が槍を持って前に立てと言ってくれたのだから、やらぬ理由はない。

槍を構え、足を決める。

二人の間合いは四間（約七メートル）。刀では考えられない遠さである。鉄太郎は槍を持って師に対するのは初めてであった。鉄太郎はじりじりと足を進める。だが、鉄太郎が進んでも、紀一郎は下がらない。そこから、鉄太郎も踏み込めなくなる。

それは追い詰めているのではなく、誘い込まれているような恐ろしさがあった。

「相手を大きく見てはならない。座禅の中で得ている境地を、誰を前にしても忘れてはいけないよ」

絶対無、無念無想の境地の中で、彼我の差はなくなっていく。たとえ技量に勝る相手であっても、この境地を保つことができれば勝負になる。それが、武の世界である。ただ、生半可な修行ではこの境地は得られないし、相手の強さによっても変わる。

「強さとは、相手をどれほど崩せるか、ということでもある」

紀一郎の槍先は微動だにしない。話をしているというのに、一切動かないのだ。

「己が動じなければ、崩されることはない。そして己が崩れずして技を身に付けていれば、相手を崩すことができる」

槍の基本の中にある払い、押さえ、は崩す技である。紀一郎の槍先がふわりと動いて、鉄太郎の槍の口金あたりに触れる。

「ぐっ……！」

思わず声が漏れるほどの衝撃が手に伝わってくる。次の瞬間、白く光る槍先が喉元に突きつけられていた。

「もう一度」

紀一郎は槍先を下げて促す。落ちた槍を拾い上げる。腕が痺《しび》れているのは、紀一郎の力の強さと、自らの体に入った余計な力のせいなのだ。

大きく息をついて槍を構え直す。

「崩れないためには、どうするか」

わからない。相手は日本一の槍だ。大きく見ているのではない。事実としてそうなのだ。向き合えばわかるその力の差に、体が強張るのである。

「相手を見るのではない。己を見よ。鉄太郎にはそれができる」

槍先が触れるたびに、鉄太郎の槍は叩き落とされ、何度も槍先を急所に擬せられる。何とか五分の戦いに持ち込もうと、間合いを詰め、引き、時には跳躍して崩そうとする。そうしているうちに二刻あまりが経っていた。

「まだ、先生を崩せません……」

全身から汗が噴き出し、活力の全てが失われていた。何度も命を奪われる地獄に叩き込まれたような疲労であった。

「これでよし、とは言えないけど」

紀一郎は汗一つかいていない。そして、その足もとを見て鉄太郎は驚愕した。初めに構えたところから、全くと言ってよいほどに動いていないのだ。

「戦は崩しの中にある。剣を持てば、鉄太郎にもできることだ。自らの心を不動の境地におき、相手を崩し、制して勝ちを得る。だが、槍を持った時に崩れてしまう。その崩れをなくすのは……」

「鍛錬ですか」

驚くべきことに、紀一郎は首を振った。

「鍛錬は、その途上に至るまでの方法に過ぎない」

その上に、と紀一郎は空を指した。

「もう一段あるんだよ。私もまだまだ達していないのだけど、最近、そこにあるのだということがわかってきた」

「……お教え、心に刻みます」

鉄太郎は信じた。これほどの武人が言っていることを疑う理由はない。稽古が終わったあたりで、空がさっと青く明るくなった。

「私はもう少し稽古をするよ」

と言う紀一郎に挨拶をし、荷物を取りに一度部屋に戻ると、お英が待っていた。

「お渡ししたいものがありまして」

その前には、鉄太郎の荷物とは別の包みがある。

「これを」

結び目をほどき、中を開くと墨染の小袖と袴が出てきた。新しいものではないが、堅牢《けんろう》に仕立てられた上等なものだ。

「兄がこれを鉄太郎さんにって。父と体格がよく似てらっしゃるから、きっと着られるだろうと」

鉄太郎の小袖はぼろぼろである。稽古着は自分でも繕って手入れをしているが、普段着には全く無頓着《むとんじゃく》だった。

「しかし、これはお父さまの大切な形見なのではありませんか」

「兄の気持ちなのだと思います。衣服は人に着られるものです。簞笥《たんす》の奥で眠っているのが正しい姿だとは思いません」

着て下さい、とお英は立ち上がって着替えを手伝ってくれる。それがごく自然な動きだったので、鉄太郎は思わず委ねてしまった。

「汗の匂いが兄とは違いますね……」

そのお英からは、心が浮き立つような爽やかな香りがする。濃厚な甘みを伴った葛城の香りとは違う、清らかさがあった。お英が汗を拭ってくれる。時に指先が肌に触れて、鉄太郎の心にさざ波が立った。

気付くと、腕の中にお英の小さな体があった。肌が触れ合い、導かれていく。吉原で学んだ手管などよりもずっとまっすぐで、そして慈愛に満ちた指先が鉄太郎を包んでいく。その中に入った時も、わずかに破瓜《はか》の呻《うめ》きを漏らしただけで、お英は鉄太郎を受け入れていた。心を尽くして動きながら、鉄太郎は戸惑っていた。

お英は何も言わない。だが、肌の熱さと瞳の色が全てを語っていた。事が終わると、背中を向けて衣を身に着ける。

兄について武を学んだ無駄のない肢体が、朝の光の中で輝きを放っているかのようであった。

「無事のお帰りを」

お英がいたあたりを、鉄太郎はしばらくぼんやりと眺めていた。

五

ゆったりと歩き、吉原の大門前に着いたのは午《うま》の刻（正午）前のことであった。よくよく考えれば、起きてから何も口にしていない。紀一郎との稽古は朝だが、大抵は昼前までやっても空腹を感じない。

なのに、今日はやたらと腹が減っていた。ふとお英のしなやかな肢体が脳裏に浮かんだ。ほんの短い交わりだった。葛城との夜を徹しての蕩《とろ》けるような交わりではない。強い南風にさっと吹きつけられるような、熱くて後に残るものだった。

紀一郎との稽古よりも、そこに心と体を使っていた。いや、使わされていたのだとようやく気付く。部屋に入り、お英の姿を目にした瞬間から、崩されていた。崩され、抑えられていたのは自分だ。小娘だと思っていたお英に、最初から最後まで負けていた。

「小野さま」

大門前にぼんやり立っていると、信吉が声を掛けてきた。鉄太郎は黙って頷く。

「清河さまがお待ちです」

先に立って歩き始める。借財のことは言わないし、鉄太郎も敢えて問わない。

「葛城が寂しがっていましたよ」

「他にも客がいるのだから、寂しいことはあるまい」

「小野さまは葛城について色の道は学ばれたかもしれないが、恋の道はまだご存じない」

心の中にいるお英が、ふいと顔を背けたような気がした。その向こうに、紀一郎の端正な姿が見える。今ここにいるのは、葛城に会うためではない。

「葛城には会わない」

鉄太郎が言うと、信吉は不思議そうな顔をした。

「銭がないからですか。一度くらいなら工面いたしますよ」

「いいから、清河さんのところへ早く行こう」

「耐えて忍ぶ方が喜びは増しますから」

信吉はどこか楽しげに言った。彼が鉄太郎を連れていったのは、遊郭の片隅にある、遊女たちの住まう一角である。そこは下町の長屋と何も変わらない。女たちが井戸端で賑やかに喋《しゃべ》り、子どもたちが声を上げて走り回っている。

「遊郭にこんな場所があるんだな」

「お客は華やかな吉原だけを見ていればよいのです」

「俺がお客じゃないみたいじゃないか」

「もうお客ではありません。清河さまの下につかれるのでしょう?」

「そんなつもりはないよ」

鉄太郎の言葉に、信吉は首を傾げた。

「左様でございますか。私が聞いている話とは違いますが……」

「つけにしてもらっている金を返すために用心棒として働く、という風に聞いている」

「同じことでございます」

長屋の一番奥まで行って、信吉は足を止めた。

「清河さま」

「おう、やっと鉄太郎が来たか。入ってもらえ」

では私はここで、という信吉を鉄太郎は呼びとめた。

「先日、柳川藩邸を訪れたか」

「……ええ、太郎稲荷さまに参詣いたしましたが、小野さまも?」

「まあな」

「あのお稲荷さまは商売に験《げん》があると聞いております。昨今は吉原の商いもなかなかに厳しい。神頼みでもせぬとやっていられませんよ」

信吉はもう一度頭を下げ、特段表情を変えないまま去っていった。

「何をしている」

八郎が中で苛立《いらだ》った声を上げている。引き戸を開くと、八郎は何やら書きものをしている最中であった。

「遅かったな。朝に来るのではなかったか」

「色々と準備がありまして」

「嘘をつけ。荷物などないだろう」

「稽古をしていたのです」

「ふん、真面目なものだ」

床には書き損じの紙が散乱している。書き殴っているようでいて、どこか品のある不思議な字であった。

「鍛えなければと思っているうちは弱いんだ」

「清河さんは稽古をしないんですか」

「俺のは稽古じゃない。稽新だ。古きを習っても仕方ないからな。新しきを習う。いや、作るんだ」

そう言ってにやりと笑う。

「誰もやってないことをやる。だから誰にも負けない。誰も追いつけない」

長屋の中は書物が所狭しと積んであった。本の山の中に、小さな机が置いてあるだけで、布団を敷く隙間《すきま》すら見当たらない。外では随分と羽振りよく見えるのに、部屋のつくりは実に質素だった。ただ、書はどれも貴重そうなものばかりで、その意味では贅沢《ぜいたく》な部屋ともいえた。

「寝るのは女の胸の間だからよ、ここに寝床はないんだ」

数十冊の本をどけて、鉄太郎の座る場所を作る。一見するだけでも、和漢の古典から新しい蘭学の書まであらゆるものがあった。特に蘭学の書は、麟太郎が見れば羨《うらや》みそうなほどに新しいものが多くあった。

「清河さんはちょっとした邸宅にでも住んでいるのかと思いました」

「そんな無駄金を使うくらいなら書を買い、士を養うよ。最近もまとまって入ったが、全て蘭学の書に使った」

どうもこの人は、麟太郎さんに近いのかもしれない、と鉄太郎は感じた。

「それで、だ」

八郎は本題に入った。

「ここ最近、黒刀組というのが跋扈《ばっこ》している」

「ええ、それは」

「山岡家の次男坊もたぶらかされているようだな」

鉄太郎の中には以前から大きな疑問が一つある。各地を回って人と語らい、人なみはずれた剣の腕と教養を持ち、そして乱を望む。彼こそが黒刀組の首領ではないのか、と考えていた。

「そう見えるかね」

八郎はくちびるの端を上げた。

「なるほど、俺なら黒刀組の頭をやれるだろう。困窮した貧乏旗本や御家人どもをだまくらかして強盗稼業をさせることなど簡単だ。だがな、そんなもの小さい、小さい」

手を振って見せる。

「それで乱が起きるか？　せいぜい町方が出てきて、うまく使われた連中の家がとり潰されるくらいだ。そんなものは乱と言わん」

「家が潰れれば大ごとだと思いますが」

「おい鉄太郎」

八郎は書の中から巻物を一巻取り出した。

「これを見ろ」

それは、絵地図であった。蘭語らしい文字が書いてある。

「俺たちの天下はここだ」

指した先は、大海と陸の間にぽつんと浮かぶごく小さな島国だ。

「こんな小さな島を大八洲《おおやしま》だ神国だとありがたがっている場合ではない。この中に百も二百も藩があり、それぞれが借金だらけで青息吐息だ。どうすればいい？」

「乱を起こせばより悪くなりますよ」

苛立ったように八郎は膝を叩いた。

「お前、道場で何を学んでいるんだ。でかい図体でそれなりに強いかもしれないが、所詮《しょせん》人一人の力だよ」

それの何が悪いのかわからず、鉄太郎は首を傾げる。

「こんなに小さい島国が、大海のはてから餌を求めてやってくる者たちとやり合うんだ。公儀が作り上げた無数の壁を壊さねばならん。そのための乱だ」

ぱん、と地図を叩いた。

「乱は人を分かつ。だが、その分かたれた力はまた集まる力へと変じる。そこで初めて、この小さな島国は一つになれるのだ」

これまで八郎の話を聞いて思い描いていた乱とは少し異なるのかもしれない、と鉄太郎は思い始めていた。だが、そこで紀一郎の言葉が脳裏に甦る。

「己が動じなければ、崩されることはない。己が崩れずして、相手を崩すことができる」

八郎の言葉は、そして気配は絢爛《けんらん》で騒がしい。その騒がしさは何のためか。それは対する者を崩すためではないのか。

「借財を返すための仕事をうかがいたい」

乱だの天下だのは、正直よくわからない。だが、自分が吉原の妓楼につけがあり、それを払わなければならないことは理解している。一日も早くそのつけを払い、紀一郎のもとで槍の修行を再開したい。それが揺れぬ礎だ。

「本当につまらんなぁ。大公儀すら動かせる仕事だぞ」

「またそのようなことを」

乱を語る八郎に公儀が力を貸そうはずがなかった。

「乱がなければ今の泰平もない。徳川は乱の中で天下を拾ったことくらい鉄太郎も知っているだろうに」

八郎は子どものように大の字になった。

「鉄太郎には何度天下を説いても心を燃やさぬ」

「先生の槍を見ている時には燃えたぎっていますよ」

「そんなものは線香の火のようなものだ」

腹の立つ言い方だが、八郎得意の崩しだと思えばなんということもない。

六

「鉄太郎に頼みたいのは、葛城を護《まも》ることだ」

「葛城は清河さんの馴染みではないのですか」

「俺は馴染みすぎた」

大の字になった八郎は少年のような顔つきになる。

「あの娘は、黒刀組の連中と関わりがある。だから、俺は志を説いた。先ほどの鉄太郎に話したようなことだ。小さな悪をするな。やるなら大きな悪をやれ、と」

「悪なのですか」

「世が良しとして頑なに守っていることが善だとすれば、それを打ち壊すような行いは悪と呼ばれるだろう。悪は乱を呼び、やがて憎まれるかもしれないが、新しい世を作る礎となればそれは善も悪も超えて英雄の所業となる。どうせやるなら、物とり強盗の類に堕《お》ちるのではなく、天下の英雄へと昇れ、とな」

やはり八郎の言葉には不思議な魅力があった。いつしか、身を乗り出しているように聞いている自分を止めることができない。

「では葛城は清河さんに説き伏せられて黒刀組を抜けた、ということですか」

「そうだ。少し前に品川の岡場所が黒刀組に襲われた。それを見ただろう。そこで鉄太郎は葛城を見た」

「ええ……。しかし、何故吉原の遊女が自由にあちらへ」

「そういう技を伝える一族が天下にはいる」

「忍びだった、と……」

太平の世になって戦を生業《なりわい》とする者たちの職がなくなっていったように、各地の様子を探って時には謀略を行う忍びの仕事もなくなっていった。公儀お庭番として働くことができたのは忍びのうちのごく一部である。

「忍びの力は誰もが知っている。誰よりも、神君家康公がついに天下をとったのは、甲斐《かい》や伊賀《いが》の者たちが力を貸したおかげだ。当然、諸藩がそのような力を持つことは許されなかった」

忍びは困窮し、郷士として貧困にあえいだり、誇りを捨てて帰農することになった。

「女子の中には苦界に身を沈めなければならぬ者も出てくる。そのような娘の一人が、葛城だったのだ」

憎悪と絶望の中、男に抱かれる葛城の心の中に「乱」が生まれた。

「黒刀組の連中からすれば、忍びの技を知り、世への憎悪をその心に滾《たぎ》らせている葛城は是が非でも仲間に引き入れたい人間だ。あいつら、最近やけに金回りがよくなって、葛城にも随分と貢いだそうだ」

「その金はどこから？」

「はっきりとは言わないが、綺麗な金、だそうだ。俺はな、どこかの藩か、もしかしたらご公儀から出ているのではないかと睨んでいる」

鉄太郎は千葉周作の言葉を思い出した。黒刀組の背後にいるのは、正体不明の悪党ではないと周作は考えているようであった。ともかく、葛城は彼らの意に沿うふりをして幕府の動きを探り、騙し、そして時には殺したという。

「だがそれが何になる？」

不毛な復讐《ふくしゅう》を続けている葛城が、黒刀組の手先となっていることに気付いた八郎は、抜けさせることを決意した。

「配下として使うためですか？」

怒りに満ちた目で鉄太郎は睨みつけた。

「惚《ほ》れたからだよ」

あまりに率直に言うものだから、鉄太郎はひそかに狼狽《ろうばい》してしまった。

「どうしようもなく惚れたんだ」

胸元を掻き毟《むし》るようにして八郎は言う。

「俺は葛城の傍《そば》にいると苦しい。恋心が強すぎて、あいつを敵娼《あいかた》にしても、勃《た》ちもしないんだぞ。こんなに情けないことがあるか」

鉄太郎はぽかんと口を開けて、あけすけなほどに葛城への恋慕を語る男を見つめていた。

「おかしいか」

「いえ、俺も葛城のことを」

正直に口にしてしまっていた。

「そうだろ！」

八郎は鉄太郎の手を強く握りしめると、ぶんぶんと振った。

「あいつはいい女なんだ」

「……確かに」

「あれほど心の中に怒りと絶望を抱えているのに、床の中では菩薩《ぼさつ》のように優しいんだ」

鉄太郎は強く頷いた。

「そんな女と黒刀組などという連中が組んでるなんて俺には許せなかった。だから、口説きに口説いたんだ。俺は血を吐くほど葛城に訴えたんだ」

何だこの熱さは、と額に汗が滲《にじ》んでくるほどである。

「でもな、俺が身請けすると言っても頑として受けてくれないんだ」

今度は一転、悄然《しょうぜん》となる。

「確かに、そうは言ってもあいつは吉原の格子女郎だ。小銭で身請けできるような女ではない。金は入ってくるなり書と士に消えるから、すぐになくなる」

「ちなみに、葛城を身請けするのにいくらかかると言われたんですか」

「五百両だ。俺はな、金を何とかしてくれそうな人間を探して回ったんだ。それで飛驒くんだりまで出かけたんだぞ」

五百両といえば、父が自分たちに遺してくれた養子取組のための持参金の一人分である。それに今、飛騨くんだりまで行った、と確かに口にした。鉄太郎はふと、心に引っかかるものを感じた。

「その五百両、どのように工面されたのですか」

「工面できなかったから、葛城はまだ吉原にいる。いや、飛騨にはもっと大金がある、と聞いたんだ。天下の武士を集めるために、一万両ほどが用意されている、とな」

鉄太郎は気味が悪くなってきた。

「どうしてそれを知ったのです？」

そこで八郎は、はっと何かを思い出したような顔をした。

「それはな、それ、色々あるんだよ」

急に口ごもる。鉄太郎はすうと立ち上がった。この男、やはり飛騨からの帰路に顔を合わせている。

「はぐらかさないでいただきたい」

「何か勘違いしているようだが、お前は故もなしに喧嘩を売るのか」

「故はあります」

「その証は？」

確信があるか、と言われれば、ないのだ。

「父が子どもたちのために遺した金を、奪おうとした不埒《ふらち》な者がいます」

「それは確かに不埒者だな」

八郎は既に冷静さを取り戻し、鉄太郎の視線を受けても揺らがなくなっていた。

「その不埒者が見つかれば、俺も力を貸す。だから今は、葛城を護ることに力を貸してくれ」

しゃあしゃあと言い抜けるのが、かえって八郎への疑いを裏付けていた。だが、不思議と怒る気になれない。同じ女に惚れた仲間、と巧みに話を逸らされている気はしたが、葛城の身を案じているのも、また間違いなさそうではあった。

「黒刀組の内情をよく知る葛城が裏切るとなると、連中は苛立っていることだろう。俺が守ってやるのが筋だが、葛城を想いすぎて太刀先が狂うことが怖い」

なるほど、と鉄太郎は頷いたが、

「俺は廓全体とこの店に来る客を検分している。鉄太郎は葛城の傍にいて、もし危ない目に遭いそうなら助けてやってくれ」

「それが俺の仕事ですか」

「そうだ。葛城は巴屋の稼ぎ頭でもある。もし葛城に万が一のことがあれば店は困るだろうし、狙われているとわかっただけでも、客足は遠のくだろう。その分を考えれば、つけが棒引きになるくらいの価値はあるし、そう信吉と話をつけている」

七

葛城の部屋の隣に、鉄太郎は詰めることになった。顔を見たり、言葉を交わすことはしなかった。しばらくして、葛城の部屋に客がやってくる。壁が音を遮ってくれるわけではない。衣がすれる音や睦言《むつごと》も聞こえてくる。

遊女は大変な仕事だ、と鉄太郎は舌を巻いた。葛城が他の男に抱かれているのを聞いているのは中々に辛《つら》い仕事であったが、どの男にも情人のように、甘く優しく接しているのは驚きだ。

「清河さん、これが辛かったのか……」

ふと得心がいったような気がした。

鉄太郎は座禅を組んだ。自分が惚れた女が別の男と交わる音や声を聞きながら座るのは、これまでにないほどの難しさであった。結局一晩、葛城が最後の客を送り出すまでの間、己の意識を無にすることはついにできなかった。

その日の客と後朝《きぬぎぬ》の別れを終えた葛城は部屋へと戻る。ようやく女郎にも休息の時が訪れる。鉄太郎も休もうと座禅を解く。その時、部屋の戸がそっと叩かれた。

「葛城です」

鉄太郎が障子を開くと、ふわりと軽やかな足取りで部屋に入ってきた。甘い葛城の匂いと酒の匂いと、そして男の匂いがする。

「小野さま……いえ、鉄さんね。今日はありがと。心おきなく働けたわ」

はだけた胸元に男のくちびるの跡が見える。

「悋気《りんき》はだめ」

そう言って指を鉄太郎の鼻に当てる。

「苦しくなるだけ。目の前の人、耳に聞こえる言葉だけを信じればいい」

葛城がしなだれかかってきた。

「鉄さんだぁ。随分会ってない気がするね」

だが、しなだれかかった体をさっと離した。

「鉄さん、女ができたでしょ」

「え……」

思わず声を発してしまうと、葛城はけらけらとおかしそうに笑った。

「想い人ができたのね」

「いや、いない」

「嘘だ。女の匂いがするわよ。しかも活《い》きの良さそうな」

思わず鉄太郎は袖の匂いを嗅いだ。それを見てもう一度笑った葛城は、

「私とのこと、役に立った？ 立ったみたいね。良かった。いいでしょ？ 人と交わるの。想いを交わすの、本当に素晴らしいこと」

そう言って千鳥足で階段を下りていった。葛城はしなだれかかっているようでも、重みを掛けすぎないように加減をしている。酔ったふりをすることで、鉄太郎が和みやすい雰囲気を出してくれた。

一瞬、何か異様な気配が通り抜けていった。鉄太郎はすぐさま太刀を摑み、階段を駆け下りる。葛城が倒れているのが見えて、慌てて抱き起こす。息はある。腹のあたりに血がにじんでいる。

衣をはだけると、雪のように脆《もろ》そうな白い肌が目を射た。横腹を切り裂かれているが、腸までは至っていないようだ。

「こんなことで殺されたりしないから」

葛城は鉄太郎の手を握る。力強さから、彼女が忍びであることを思い出す。

「追って」

裏口を指している。鉄太郎は怒りのままに店を出て、廓の間を縫うように逃げ走る影を追った。鉄太郎の巨体がぐんぐんと速度を上げる。隅田川の方へと走った曲者《くせもの》が、蘆原《あしはら》の中へと消えた。

だが、鉄太郎は速度を落とさない。太刀を抜き、気合と共に振り抜く。ぎん、と音がして重い手ごたえがある。蘆が束となって切り飛ばされ、その先に若い男が立っていた。

「謙三郎！」

大喝する鉄太郎から大きく距離をとった槍の遣い手は、表情を歪めていた。

「もう止めろ」

「鉄さんこそ、邪魔をしないでいただきたい」

「君のしていることは、紀一郎さんや、養子として入った高橋家を危うくするものだぞ」

「わかっています」

「愚かなだけなら過ちで済む。だがわかっていてやるなら、それは悪だぞ」

謙三郎の槍先は数度閃《ひらめ》き、鉄太郎の皮膚を切り裂いた。紀一郎には劣るとはいえ、さすがは忍心流の奥義を究めた者の槍だ。

「わかった風なことを言わないで下さい。俺は……」

「何だ！」

「放っておいてくれ！」

目の前の光芒を避けた刹那《せつな》、足に痛みが走った。穂先が一寸（三センチ）ほどであるが、右腿《もも》に食い込んでいる。

「もう少し放っておいてくれ、頼みます……」

とどめを刺すことなく、懇願するような口調で頭を下げると、謙三郎は走り去った。

追おうにも足を刺された鉄太郎は、呻いて膝をつくしかなかった。

第六章　不動の剣

一

　矢傷、刀傷を専門に治療する医者を金瘡医《きんそうい》と言う。白刃で命の遣り取りをすることが日常ではなくなって久しく、そういった医者も少なくなっていた。だが、いることはいる。

　鉄太郎の負傷を知って、真っ先に奔走したのは清河八郎であった。

「虫の知らせでな」

　巴屋に駆け込んできた八郎は、酒だらしだと叫び、倒れた葛城の息が微かにあるのを確かめると、抱き上げてどこかへ走り去った。そして四半刻ほどして戻ってくると、今度は鉄太郎の手当てを始めた。

「葛城は?」

「あてになる医者のところへ連れていった。後はあいつの寿命次第だ」

そう言いつつ、目は血走っている。

「知ってるか?」

さらしを留めつつ八郎は言った。

「遊女が入る墓は決まってるんだ。苦界に入った者は死んでも苦界でのたうちまわれっていうご公儀の思し召しよ。そんな墓はあいつには似合わねえ。俺が身請けして田舎でも小綺麗にしてる寺の墓に一緒に入ろうと思っていたんだ」

泣き出しそうな顔をしているのに、乾いた口調を崩そうとしなかった。

「玄武館の近くに小野田歩庵という医者がいる。恐ろしく口が悪いが腕はいい。耳障りのいいことを言う医者は大抵腕が悪いか性根が歪んでるんだ」

「歩庵先生なら父の友人です」

「そいつは信用できねえな」

自分のことを棚に上げてそんなことを言いつつ、鉄太郎の巨軀《きょく》を支えて走り出す。人の目も気にせず玄武館の前を通り過ぎて半町ほど進んだところで、一軒の町屋に鉄太郎を放り込んだ。

「先生、こいつもちょっと頼む！」

そう言い捨てると来た時と同じように走り去った。鉄太郎が呆気にとられていると、奥からごく小柄な老人が顔を出した。

「またお前か！」

老人は下駄を摑んで表に飛び出し、大きく振りかぶるなり投げつけた。ごう、と風音が聞こえるほどの腕のふりである。しばらくして、アイタ、という大きな声が聞こえたが八郎の気配はそのまま遠ざかっていった。

「おい怪我人《けがにん》……かと思えば鉄太郎か」

戻ってきた老人は、鉄太郎を見上げた。

「腿を傷めるとは精進が足らんな」

挨拶もそこそこに、何も診ないうちからそう断じた。

「さっさと上がれ。後がつかえてるんだ。八郎がああやって放り込むってことは、それなりに深手を負ってるんだろ。さっきも吉原の女が来たが、何をやってるんだ。痴《ち》話喧嘩《わげんか》か」

鉄太郎は足を引きずりながら、奥へと上がる。

「皆すまぬな。馬鹿が連れてきたからきっとこいつも馬鹿なんだと思うが、早く傷を治してやらないと馬鹿が世間に迷惑をかけるから、先に診てやることにする。許してくれや」

奥で待っているのは、武士も町人もいた。歩庵の言葉に、皆が一様に頭を下げる。

「鉄、さっさとついてこい」

「足に傷が……」

「他の連中に迷惑をかけてるんだから、痛みくらい忘れろ。何なら傷を負った方の足を切ってそのあたりに差しておくといい。己の足を見ながら馬鹿についていったことを悔やむんだな。朝右衛門さんもあの世で泣いてるぞ」

長い廊下の先に、小さな部屋がある。歩庵がその戸を開けると、数人の男が出てきて鉄太郎の四肢を摑んだ。

「せ、先生！」

体を持ち上げられたことよりも、男たちの力の強さに驚いた。

「こやつらは元々相撲取りでな。体をどこか壊して廃業しなきゃならなくなったのを、俺が引き取ったのよ」

そんなことは訊いていないのだが、歩庵は得意げに言う。

「力を見込まれてやくざな道に進むなら、人の病や傷を癒す方にそのくそ力を使った方がいいとは思わないかね。お前も中々力がありそうだ。剣術遣いは廃業してもなかなか潰しが利かないのだが、これくらい骨と筋がしっかりしていれば使い物になるかもよ」

「か、考えておきます」

「全く考えない、って顔だな」

歩庵は男たちに頷くと、鉄太郎が身に着けているものを文字通り引き剝《は》がした。それくらいの狼藉《ろうぜき》はされるだろうと既に心構えをしていたので、先ほどよりは驚かずに済んだ。

「何だこれは。喧嘩か果たし合いでもしたのか」

傷口を診た歩庵は呆れたように言う。

「いえ、そういうわけでは」

「お前がそうでなくても、相手は殺す気だったかもしれんぜ」

腿は一見、傷を受けても大過ない場所のように見える。だが、その内側には太い血管が走っている。剣で戦う場合に狙うことは少ないが、鉄太郎もそこに急所があることを思い出した。

「……いや、殺す気はないな」

しばらく傷口を検分していた歩庵は意見を変えた。

「相手が持ってたのは一間の素槍だろ。このご時世にそんな物騒なもの持ち歩いてるんだから、よほど腕に自信があるんだろう」

手を洗い、袖をまくった歩庵はふと動きを止めた。

「筋のつき方がよく似ている。朝右衛門さんに柔術を教えたのは俺だからな」

「その節は……」

「厄介は相身互《あいみたが》いだ。あの頃は世の中ものんびりしてて良かったよなぁ」

ふと何かを思い出して、ぐっと傷の近くを摑んだものだから、鉄太郎は思わず呻いた。

「おお、すまんすまん。ともかく、お前がやり合った相手は殺すつもりで入って、寸前になって怯《ひる》んだな。あまり人を殺し慣れていないように思える」

ふと、その槍の持ち主の顔が脳裏に浮かんだ。達人、山岡紀一郎に似ていて、どこか一回り線の細い印象のある謙三郎の顔である。

「まあ、人を殺し慣れたやつの槍先など汚いがね。鉄太郎を突いたやつは、まだ清らかな心を残しているよ」

「先生は傷口を診るだけでそこまでわかるのですか」

「病を診ればその者の暮らしがわかる。傷を診て何が起きたかわからないようでは医者など務まらんよ」

さて、と歩庵は手を叩いた。四肢を摑んでいた男たちが、鉄太郎を乱暴に台の上に乗せる。

「傷は筋の中に一寸入っている。幸いなことに骨にまでは至らず、腱《けん》を切ってもいない。筋は傷を負うと、縮まり固まる。その方が傷自体の治りは早い。日々の暮らしを過ごすくらいなら、それで十分だ」

だが、と歩庵は鉄太郎の目をじっと見つめた。

「お前はまだ剣を振りたいだろう」

「無論です」

「剣を捨てれば楽になれるぞ」

それはあり得ない話だった。

「俺はこれから槍も学ばねばならないのです」

「やられたからか？」

「近付きたい人がいるのです」

ふう、と歩庵はため息をついた。

「……男の深情けはたちが悪い。そこに武だ志だとからむと命取りになるのだがな」

身に覚えのある言葉ばかり出てきて、鉄太郎は黙り込んだ。

「まあいい。始めるぞ。念押ししておくが、武を捨てる方が楽だと思うほどにきついぞ。これから俺が施してやる術で、お前さんの足は三日で元に戻る。だが、死んだ方がましだと思うほどに痛い。それでもいいか?」

「……お願いします」

痛みには強いと鉄太郎は自負していた。だが、次の瞬間から加えられた苦痛には、さすがの彼も叫び声を上げるしかなかった。歩庵はあろうことか、傷口を揉みしだきだしたのである。

ようやく止まりかけていた血が噴き出し、耐えがたい痛みがそこに加えられる。叫ぼうと開けた口には布巾《ふきん》が詰められ、永劫《えいごう》とも思える時間が過ぎた。武人の根性で気は失わずに懸命に耐え、ようやく終わった時には、褌《ふんどし》の色が変わるほどに汗を流していた。

「この部屋が何故奥まったところにあるか、よくわかっただろう」

歩庵はにやりと笑った。

「お前はまだましな方だ。偉そうな顔をした侍が小娘のような悲鳴を上げることもあるから。俺は痛みに強いんだ、などとふんぞり返ってるやつほどぴいぴいと鳴きおる。そういえばこの近くの道場の……おっとこれは武士の情けでやめておいてやろう」

「じゃあこの衣を剝がしたのも……」

「色んな汁を流しおるからな。汗と涙だけで済んだのは上出来だ」

ひどいのになると失禁したりそれ以上を漏らす者もいるという。

「ともあれ、これで終わりだ。三日ほど静かにしていれば、元通り動けるようになるだろう」

狐に化かされたような気もしたが、槍で突かれた痛みは消えていた。

「痛みはごまかしてるだけだから、まだ稽古はやめろよ。命を張って戦うのももっての外だ。死にたいなら別だが……」

鉄太郎は丁重に礼を言って、歩庵の治療院を後にする。門を出たところで、師の一人である井上清虎に行き合った。

「お前も怪我をしたのか。山岡紀一郎どのの槍稽古は壮絶だと聞くが、よほどのものなのだろうな。俺の稽古では大した怪我ひとつしなかったのに」

「稽古での怪我ではないのですが……」

清虎は、はっと何かに気付いた様子で表情を改めた。

「千葉先生から言いつかったことに関わりがあるのか。いや、詳細を話せと言っているわけではない。ただな、俺に手伝えることがあれば、いつでも言ってくれ」

　礼を言った鉄太郎は清虎の怪我の具合を訊ねた。

「ああ、ちょっと木剣が足に当たってしまってな。ああ、鉄は歩庵先生の施術は平気だったか」

「いえ、あんな痛みは初めてです」

「だよな。俺もまさか自分の口からあんな小娘みたいな悲鳴が出るとは思わなかったよ」

　首を振り振り、清虎は治療院の中へと入っていった。

二

　ゆっくりと足を運ぶと、やはり痛みはある。だが、傷を受けた直後よりはかなり楽になっていた。そして何より、傷を負った時につきものの強張りが全くないことが驚きだった。膝を高く上げてみても、突っ張りも痛みもなかった。

「ああ、歩庵先生か」

赤坂田町の氷解塾で荒療治について話すと、麟太郎はさすがに知っていた。

「口は悪いが腕はいいだろう」

「腕はいいですが手荒いです」

「まさに荒療治だ」

麟太郎はいつもの着流しではなく、裃《かみしも》を着ていた。

「先ほどまでお城に呼ばれていてな」

「忙しいところすみません」

「つけを全部払ってきたというわけではなさそうだが？」

鉄太郎は昨晩の出来事を話した。

「葛城のところに謙三郎が姿を現した、か……。黒刀組の一員であることが確かなことなれば、どんな言い訳もきかなくなる。彼らがどんな題目を唱えようと、やっていることは盗賊と変わらぬ」

麟太郎は裃のまま胡坐《あぐら》をかき、腕組みをした。

「で、清河八郎の様子は？」

「あの人は黒刀組のことをよく知っています」

「それはそうだろう。頭目の一人なんじゃないか」

「いえ、それが……」

よくは知っているがその一員ではない、という言葉に麟太郎は首をひねった。

「だがあの男は乱を望んでいる」

「望んではいますが、黒刀組を使いたいわけではないようです」

麟太郎は天井を睨んで唸った。

「と、なると、また方策を考えねばならんな。今日はお城でそんな話もしてきたのだ」

「俺が聞いてもいいのですか」

「鉄さんにも関わりのあることだ。御前試合の仕切りについて、ご老中の阿部伊勢守さまや町奉行と算段をしてきた」

「黒刀組のことは？」

麟太郎は苦い顔をして首を振った。

「町方では彼らのことをほとんど摑んでいない。一応話はしてきたが、どうやら俺のことをやくざの手先だと疑っているようなところがあってな。まともなことは教えてくれん。黒刀組のことも、やくざの揉め事と見ているふしがある」

ということで、まともに信じてくれなかったという。

「出てきた与力《よりき》と昔喧嘩したことがあって、それも良くなかった」

「昔の因縁は関係ないのでは……」

「人と人が仕事をするのだから、因縁抜きには進まないよ。まあ、相手の顔を見たときにこれはまずいかな、と思ったんだがな。ご老中の手前、人数を出してくれることにはなった。ただ、そのご老中がな……」

　麟太郎は首をひねる。

「何やらきな臭いとわかっていながら、この御前試合を中止しようとなされないのが気になる」

　鉄太郎が、八郎の言葉を伝えた。

「黒刀組にご公儀の息がかかっているって清河が言ったのか……」

　麟太郎は驚き、ため息をついた。

「政道は明るく直《なお》き道に限らずってことだね」

　そして鉄太郎の顔を見て、

「俺も初めて政の実際に触れた時は、そんな鬼瓦《おにがわら》のような顔をしていたよ。だがよ、よくよく考えてみるんだ。黒刀組のような連中まで取り込んで何かしようってご公儀なら、こちらが正しいと考える方にだって曲がるだろ？　此度《こたび》のことについては、おれは千葉先生に賛成だ。苦しんでる侍たちの受け皿を作るってのはいい。でも、侍を日陰者にするのはだめだ」

　麟太郎はふう、と自らを落ち着かせるように息をついた。

「で、謙三郎が巴屋に現れたことは、紀一郎さんに言ったのか」

「まだです。麟太郎さんにまず相談しようと思って」

　鉄太郎は彼の世慣れたところに絶対の信頼を置いている。人情の機微に迷ったら、麟太郎の考えを聞けばいい。そう思っているから気楽でもあった。

「一人で焦って動かず、俺の意見を待ってくれていたのは上出来だ。だがこいつはちと面倒だぜ。謙三郎は紀一郎さんの弟だが、いまや高橋家の後を継いでいる。だから、もはや他人と言っても差し支えない。だが、山岡と高橋の家は隣どうしだ。何かあった時に、必ず紀一郎さんに火の粉がふりかかる……」

　麟太郎はうんうん唸りつつ策を考えている。額の汗を拭ったところで、ふと顔を上げた。

「鉄さん、お前も考えているか」

「いえ……」

「馬鹿にしおって」

麟太郎はばたりと畳の上に大の字になった。

「人にはものを考える頭というものがあるんだ」

「しかし、麟太郎さんの方がよく回ります」

「そうして人に任せているとどんどん愚かになるぞ」

「しかし、此度のことには多くの人の命や行く末がかかっているように思うのです」

「そうだよ。その通りだ」

麟太郎は体を起こして畳を叩く。

「それがわかっているなら、懸命に考えてくれ。いいか、これは立ち合いだぞ。かかっているのは若き槍遣いの将来、御前試合の行方、ひいては天下の平穏だ」

「戦のようですね」

「そうだよ。これから戦だというのに、あんたは人の思案に命を預けるのかね。鉄太郎の学んだ剣や禅はそんなことを教えたか？」

そうまで言われては鉄太郎も考え込まざるを得ない。

「この一件、鉄さんにえにしがある」

「えにし、縁があると？」

「葛城にしても謙三郎にしても、そして清河八郎にしても、大きな繋がりを持っているのはあんただ。自らそうしたわけでなくても、人や物事が繋がる時には何か意味がある。俺は何も神さま仏さまのような知恵を出せと言っているわけじゃない。物事をもっとも近くで見ている人間しか感じられないことを、教えてくれればいいんだ」

麟太郎は、ちょっと気分と衣を変えてくると言って部屋を出ていった。

三

近くで見ている、という言葉が妙に引っかかった。

戸を開けると、庭で紫陽花《あじさい》が花をつけていた。じっと見つめていると、花のうちの一つがひらひらと飛んで空へと消えた、ように見えた。

「魔境だ……」

鉄太郎は思わず呟《つぶや》いた。

座禅を組み、無の中へと没入しようとすると、ふと目の前に悟りが現れることがある。それは真の悟りではなく、魔境と言われる偽の悟りだ。

熱心に座るほど、魔境は近くに姿を現す。真の悟りとは違うだけに、修行者に都合よく、それだけに居心地の良い姿をしているのだ。

黒刀組に関わる諸々の手がかりが、目の前に開陳されている。恐らくこうなのではないかという話の結びを、自ら作っていないか。そのうちに、麟太郎が戻ってきた。

「どうも裃は堅苦しくていかん。いい具合に稼げたらさっさと隠居してだらだら過ごしたいものだ」

気楽な着流し姿に戻った麟太郎は、本気なのか冗談なのかわからない口調でこぼした。

「麟太郎さんは隠居しても忙しく走り回っていそうです」

「人を貧乏性のように言う」

「素晴らしいと思います」

「素晴らしいことなんてあるものか。老いたらもう何事も為さず、若い者たちの文句を言いながら誰にも相手にされず朽ちていくのがいいんだ」

その様子が容易に想像されて、鉄太郎は思わず笑ってしまった。

「で、何かいい思案に至ったか」

「答えは近くにあるように思えます」

「黒刀組のことで、か？」

「それも含めて、です」

「詳《つまび》らかに説明できるか」

「できません」

「そう言うと思った。鉄さんの魂は大きく物事を捉えている。だから、細かいことはわからん。だが、無欲だから鍵になる真実が寄ってくるんだ」

面白い理屈だな、と鉄太郎は感心した。

「そういうものなんだよ。穴は大きいほど水を吸う。俺のように小さな穴しか持てない者はだめだ。ともかく、鉄さんの心は何かを感じ取っているが、それを明らかにするにはなにか障りがある、ということなのだな」

麟太郎のこういうところが心地よいのか、と鉄太郎は合点がいった気がした。うまく説明できない感覚を、即座に言葉にしてくれるのだ。

「曖昧《あいまい》なところがはっきりとするまで時間をかけてもらいたいところなのだが、それでは御前試合に間に合わない。町方が合力に熱心でないから、結局は俺たちで何とかするしかない。ともかく、乱だの変だのが起こらぬようにせねばならないから、御前試合は城の中、しかもなるべく奥まったところでやっていただくよう、引き続きお願いしてみる」

麟太郎のもとを辞去して、山岡家に戻る。

足の具合はさらに良くなっていた。歩庵の激しい按摩《あんま》と傷口に塗られた膏薬《こうやく》のおかげか、さらしに血がにじんでいることもない。今日から稽古ができそうなほどである。門前に立つと、紀一郎の槍が風を切る音が聞こえてくる。突きも押さえも、無駄な動きが一切ない。だから、その風音は一瞬である。

たった一晩なのに、随分と久しぶりな気がした。もし本物の槍で戦えば、その音がした瞬間に命はない。それほど恐ろしい音なのに、母の子守唄《こもりうた》を聞くように、柔らかくて懐かしくも思えるのだ。

やがて、その音が止《や》んだ。師は門の外にいる自分に気付いている。だが、稽古を全うして欲しいという心遣いまで読んで、最後まで続けたことを鉄太郎は理解していた。

門をくぐって頭を下げると、紀一郎は槍を担いで微笑んだ。

「一夜千両の働きをしてきたのかな」

「昼は稽古をつけていただきたく存じます」

「それはだめだよ」

紀一郎は縁側に腰を下ろし、お英が持ってきた手ぬぐいで汗を拭った。お英は鉄太郎をちらりと見ただけで、目を伏せて奥へと引っ込んだ。

「鉄太郎のことを心配していたんだ」

どう答えていいかわからず、鉄太郎は微かに頷く。

「先生、だめというのは……」

「怪我をしているだろう?」

痛みもほとんどなく、庇《かば》って歩いている意識もないだけに鉄太郎は驚いた。

「もちろん、傷を負って戦うことも考えなくてはならない。だが、鉄太郎の稽古はまだそこまで至っていないからね。体を損ねたままで激しい稽古をすると、体の平衡を崩すことになる。体の平衡が崩れれば、技も崩れていく」

的確な言葉に、何も言い返すことはできない。

「内腿の急所をすんでのところで外したのか。そこは謙三郎の心の弱さか、はたまた強さか……」

紀一郎の口からその名前が出て、朝方の光景が脳裏に甦った。

「どうしてそれを」

「鉄太郎にそのような傷をつけることのできるのも、またあいつしかいない」

「もう少し放っておいてくれ、と謙三郎さんは言っていました」

紀一郎はもう一度首筋を流れる汗を拭った。

「何を焦っているのか」

「焦り？」

「あいつは堅すぎる。槍筋も、生き方も、息苦しいほどに堅い。その堅さが槍遣いとしての壁になっている。弱さのもととなっているのだ」

そうかな、と鉄太郎は内心首を傾げた。確かに、謙三郎の槍は堅い。融通がきかず、誠実一辺倒なところがある。だがそれが壁になるのだろうか。あの槍は、ただひたすらに修行を積んできたまっすぐな槍だ。

清河八郎の剣が持つ「けれん」とは正反対の場所にある。騒がしく、その騒がしさで相手を崩すのが八郎の剣だ。鉄太郎は、八郎の剣よりも謙三郎の槍の方に親近感を覚えていた。紀一郎は立ち上がる。

「私の槍も同じだ」

「同じ、でしょうか」

紀一郎の槍は、弟とはまた対照的である。融通無碍《ゆうずうむげ》、自由自在とはこのことである。型と流の全てから解放された闊達《かったつ》さがある。

「それも全て、謙三郎と同じ槍から出たものだ。考えてもみてごらん。私たち兄弟は同じ忍心流を学んでいるんだよ」

「そうですが……では、先生の槍が堅さを越えられたのは何故ですか」

「稽古したからだよ」

「謙三郎さんも越えられるでしょうか」

「鉄太郎は自分の武が至高の境地にいつ達するか、わかるかい？」

わかるわけがない。できるかどうかもわからぬことだ。

鍛錬は、高みへ至る唯一の方法である。無数に現れる武の壁を越えるのは、不断の稽古しかない。だが、どれほど激しい稽古をしても、武の深奥に触れられるわけではない。

「励まねばならぬが、焦ってもならぬ」

紀一郎の言う通りなのだ。

「本人が気付かねばならんが、焦りが昂《こう》じて誤った道に進んでいる時に戻してやるのは師の務めだ」

忍心流の槍は父から授けられたものだという。

「父亡き後は、私が教えてきた。今、こうなっているのも師であり兄である私の責めでもある」

鉄太郎は紀一郎の前に膝をつき、

「俺には謙三郎さんが誤った道を進んでいるとは思えないのです」

とはっきりと言った。

「ふむ……」

紀一郎は少し驚いた表情を浮かべたが、鉄太郎の瞳を見つめると穏やかな笑みを浮かべた。

「直接槍を合わせた鉄太郎の言葉、決して軽くはない。ただ、謙三郎を取り巻くあれこれは決して明るいものではない」

今朝、老中から秘《ひそ》かに下問があった、と紀一郎はため息をついた。

四

誰も責めることができないとはこのことであった。

「狸《たぬき》め」

麟太郎は吐き捨てるように言った。鉄太郎は再度、氷解塾を訪れていた。麟太郎は講義中であったが、鉄太郎が来ると知るや生徒たちを帰し、門を閉めていた。

「ご老中は何も知らぬ、俺の場所を変えろという勧めにもおろおろしているぞと見せかけて、裏はしっかり取っていたのだな。隠密を使ってしっかり探れば、その網の中に謙三郎の名前があってもおかしくない。ただ、御前試合が中止になるという話も聞いていない。どうやら、阿部さまの思っているようにも事は動いていないらしい」

「ご老中のお考えの通りに黒刀組が育っていない、ということですか」

そのようだ、と麟太郎は呻くように同意する。

「で、紀一郎さんには何と言ってきたんだ」

「勝さんが何とかしますから、先生は試合のことだけを考えて下さい、と……」

「何とかしますって、俺がか」

麟太郎は目を剝いた。

「きっと何とかできると思います」

「鉄さんはそんなのばっかりだな」

「だって、麟太郎さんが己の見たところ、感じたところを大切にせよと」

「言った。確かに言った！」

野犬のように歩き回りながら、麟太郎は考えをまとめている。

「楽しそうですね……」

思わず言った鉄太郎を睨みつけた麟太郎は、やがてにやりと笑った。

「揉め事が好きなのは血筋だろうな。今回はやくざが悶着《もんちゃく》を起こしたのとは勝手が違う。だが、これを収めてこそだとも思ってる」

「やっぱり麟太郎さんなら何とかできますよ」

「そうやって人をおだてて火中の栗《くり》を拾わせるつもりだろう」

「今回の一件で火の中に入ってるのは俺のような気がしますが……」

「それはそうだが、好んで入ってるだろ！　お前さんも揉め事が実は大好きなんだよ」

　そう決め付けた麟太郎は、

「火、火か……」

　自分が口にした言葉を何度か繰り返した。

「俺としたことが、この一件では火ばかり見ていた。火元を見なければならん。物事は全て繋がりがあるが、必ず始まりというべき出来事がある。鉄さんが江戸に帰ってから、いや、三千両を抱えて旅を始めたあたりから、多くのことが動き始めた……」

「俺たち兄弟が江戸に帰ることになったから、この騒ぎが始まったとでも仰りたいのですか」

「小野朝右衛門どのが貯えた金のことは、誰か知っていたか」

「いえ……」

子である鉄太郎ですら、父の死の直前に教えられたものだ。

「黒刀組であるかどうかは別にして、あれを狙ってきたのは……」

「清河さんで恐らく間違いありません」

「では、あの男はどうやって大金を持っている鉄さんたちのことを知ったのだ。大金を奪うだけなら……」

もやもやとした黒い霧が、胸のあたりから湧《わ》き出ているような気がして、鉄太郎は思わず顔をしかめた。

「高山郡代時代の腹心で知っていた者に心当たりは？」

麟太郎の口調も重いものへ変わっていた。

「父の生前に知る者はいなかったと思います。金が入っていたのは私物を納めておく蔵でしたから」

「清河八郎は諸国を巡り、その地の名士と交わるのを好んだ。志を語っては高歌放吟し、その魂胆を引き出すのが巧みだったという。朝右衛門どのがあの男と会ったことは？」

「わかりません……」

「まあ、そうだよな。やつも玄武館で名の知れた男だ。朝右衛門どのとは江戸で面識があったのかもしれん」

「父が清河さんに金を奪うよう唆したのでしょうか」

「唆したかどうかはわからないが、もしかしたら手掛かりになるようなことを口にしたのかもしれん。ともかく、清河八郎を絞り上げる必要がある」

「あの人を絞るのですか」

「骨が折れるだろうが、やらねばならん。黒刀組について知っていることをこちらに教えてもらわねば困る。数人都合して捕まえに行こう」

八郎は巴屋にいる。

「麟太郎さんの立場で吉原遊郭とやり合うのはまずくないですか」

「……確かにまずいな」

公式なものではないとはいえ、町の顔役のような仕事もしている麟太郎が、御免色里の揉め事に口をはさむのは厄介のもとになる。

「しかし、まさか鉄さんにそんな風にたしなめられるとは思わなかったな。負うた子に教えられとはまさにこのことだ。清河八郎のことは頼めるか」

「絞るのは難しいと思いますが、手を尽くしてみます」

鉄太郎が立ち上がりかけたその時、一人の男が駆け込んできた。顔一面を汗で光らせ、息を切らせているのを見るのは、鉄太郎も初めてである。

「井上先生……」

「鉄太郎、これを」

それは一通の書状であった。中を開くと、紀一郎より鉄太郎への別れが記されてあった。

「これは……」

鉄太郎はしばらく動けなかった。

「突然山岡どのが玄武館に現れ、鉄太郎に渡してくれと言って飄然《ひょうぜん》と去って行ったのだ。あまりのことにしばらくぼんやりしていたのだが、あの顔はまずい。死ぬ気の顔だ。鉄太郎、何とかしてくれ」

もう一度書状に目を通す。

五

まだ何かを断ずるには早い。だが、ここで紀一郎を早まらせるわけにはいかない。

「武芸の腕と思案の深さは繋がっているわけではない」

麟太郎は鉄太郎について歩きながら言った。

「ただ、武を深く学ぶことも文を深く学ぶことも、どちらも魂を削って学び鍛えることには違いはない。そういう研鑽が正しい道を歩ませると信じてきた」

鉄太郎たちは早足で北へと向かっていた。

「麟太郎さんは来ない方がいいかもしれません」

「そうだろうな。直参の身分で老中や上様のご下問もあり、街でもいっぱしの顔をぶら下げて歩いている勝麟太郎だ。そんな男が、槍を担いだ達人の殴り込みを止めようというのだ。賢い行いとは言えないな」

鉄太郎は頷いたが、足は止めない。

「俺が馬鹿だと言いたいか」

「ついてくるなら、そうです」

「今日はやけにはっきりしてるな」

「繋がってきたような気がします」

「どこへ行く？」

「柳川藩邸です」

「何だと」

麟太郎は驚いていた。説明をすることなく、鉄太郎は足を速める。大柄な彼の早足は麟太郎の疾走に近い。

「黒刀組と柳川藩に何か関わりがある証を摑んでいるのか。いや、待て。柳川立花家は紀一郎さんが御前試合で対戦する南里紀介が仕える家だ。紀一郎さんの弟子である鉄さんが血相変えて行くのは都合が悪い」

「だからこそ、麟太郎さんには来ないでもらいたいのです」

「そうはいくか」

麟太郎は即座に拒んだ。

「麟太郎さんは思慮の足りた人だと思っています」

「そうだよ。俺は鉄さんや紀一郎さんより、随分と頭がいい。そのいい頭がついていかないで、どうやって喧嘩の後始末をするつもりだ」

「あ……」

「ほらみろ。やはり剣の腕とここを繋げなければ、大事は為せぬよ」

言いながら、麟太郎はこめかみのあたりを指した。二人は並んで走り始めていた。

「槍傷《そうしょう》があるのによく走れるな。さすがは歩庵先生だ。江戸は広しといえども、あそこまで無茶な治療をするのはあの人だけよ。ただな、あの先生の治療は劇薬だ。信じられないほどの深手も治してしまうが、その後無理をすると体が利かなくなる」

「本当ですか」

鉄太郎は歩をゆるめた。

「そこは素直に聞くのだな」

「戦えなくなってはまずいので」

「戦う気満々じゃないか」

空を見上げれば、日が傾き始めている。長い一日だった。謙三郎が巴屋に来た今朝のことが、随分と前のことのように思える。

（死地にいるのかもしれない）

鉄太郎はふと、そんなことを思った。これまで死戦というものを経験したことのない彼であったが、死の危機に至ると時の過ぎる感覚が変わる、という話を聞いたことがあった。

「どうした、急に神妙な顔になったな」

誰かに問いたい気持ちはあった。だが、これは自ら会得すべきことであって、誰かに教えられるものではない。そう思って、口にしなかった。

「三日会わなければ男は刮目《かつもく》して見なければならんというが、今日の鉄さんは刻々と顔を変えていくな。女を知らぬ少年が色事師になっていくようだ」

「例えが悪すぎませんか」

「誉めてるんだよ」

道は入谷に差し掛かり、急に周囲の光景がのどかなものになった。田園風景の中に、広大な屋敷が点々と建っている。その中でただ一つ、場違いな賑わいに包まれている場所があった。

「太郎稲荷か……」

麟太郎は呟いた。

「ここに信吉が出入りしているようです。本人はしらばっくれていましたが」

「何か心にやましいことでもあるのだろうな」

二人の歩みは、既にゆったりとしたものに変わっていた。懐から手ぬぐいを二枚出した麟太郎は、一枚を鉄太郎に手渡した。

「あまりに汗臭いのは女に嫌われるぜ」

「女に会いに来たわけではありませんよ」

「そうかい？」

鉄太郎は鼻を大きく膨らませて息を吸ってみるが、田畑から立ち上る草いきれの匂いしかしない。

「いや、するよ。ただその前に、鉄の匂いがするが」

祭りでもやっているのか、周囲が闇に包まれ始めても、柳川藩邸前から延びる門前町には高張り提灯がいくつも灯《とも》っている。

「縁日、ではなさそうですね」

楽しげで華やか、という風情ではなかった。そこにいるのは、稲荷に願をかける善男善女ではなく、二刀を手挟んだ浪人たちであった。その先頭には、すらりとした長身の男が立っていた。

六

「やはり……」

鉄太郎は落胆しつつ、しかしどこか納得しながら八郎に声をかけた。

「鉄さんは違うと言っていたが、やはりこの男を外して考えるわけにはいかないようだ」

冷徹な表情で麟太郎は言った。そして八郎に歩み寄り、

「やい清河。回る頭で色々と企むのはいいが、踏み越えてはならぬ一線があると知れ」

と一喝した。だが、八郎は聞いているのかいないのか、悲しげな表情を浮かべて鉄太郎を見つめた。

「お前ならきっとここへ来ると思っていたよ。何か証を摑んだのか」

「以前、信吉がここへ来るのを見たことがありました」

「やつめ、後をつけられたのか」

天を仰ぐ姿は、まさに八郎が黒刀組の領袖《りょうしゅう》であることを示すものに見えた。だが鉄太郎は、

「清河さんは黒刀組の一員ではない。なのに、どうしてそこまで肩入れするのです？彼らがあなたの志を遂げてくれるのですか。庇《かば》う理由はわかりませんが、道を空けてくれなければ押し通ることになります」

ぴしりと言い放った。八郎の表情が、すうと冷たいものへと変わった。

「俺は黒刀組の一員ではない。だがそこの勝麟太郎にしても、身辺を嗅ぎまわっている公儀の犬どもも、恐らく俺がその一員だと思い込んでいることだろう」

「一歩間違うと首が飛びますよ」

「俺の首？」

八郎はぽんぽんと手のひらで己《おの》が首を叩いた。

「俺の首は天下のためにあるんだ」

「天下とはご公儀のはず」

「そうだよ。俺はご公儀のために命を賭《か》けるし、そのために乱を起こす。黒刀組も元々そういう場所になるはずだった」

横では麟太郎が唖然とした表情を浮かべていたが、鉄太郎には理解できる気がした。だから、ここに立ちふさがっている理由も、漠然と見えていた。

「惚れた女を守るためですか。黒刀の器を悪の色を変えるような女に」

八郎は初めて、驚きを表した。

「お前はいい親に育てられ、いい師に教えられた。確たる光が道を照らしておらずとも、己が放つ光で進むことができる。だがな、多くの者がそうではない。誰かが照らし、導いてやらねばならぬ」

「その光がご自身だと思っているのなら、道を空けるのです」

八郎は答えず、刀を抜いた。

「そう。俺こそが光だ。その光で照らしてやるために、お前をこの先へ進ませるわけにはいかん。葛城の色も黒刀組の色も、俺が塗り直してやる」

八郎の周囲の男たちも一斉に刀を抜いた。

「こやつら、黒刀組か」

麟太郎も柄に手をかける。

「いえ。鞘を見て下さい。彼らは黒刀組として動く際には、必ず黒鞘《くろざや》の太刀を佩《は》きます。ですが彼らのはそうではない」

「だが白刃を向けられて、黙っていられるほど俺の剣は大人しくないぞ」

「斬りかかられても殺す相手ではないとご承知下さい」

「正気かよ」

麟太郎は呆れるが、八郎は感心したように頷いた。数人が麟太郎に斬りかかり、慌てて身をかわして抜き合わせる。

「さすがは俺が配下になってくれと頼んだだけの男ではある。何と戦うべきかそうでないか、戦の場で判断できるのだな。だったら後は任せろ。ここは俺が引き受ける」

だが、鉄太郎はそれには頷かなかった。

「あなたが道を空けなければ、倒すべき敵となります」

ははは、と八郎は愉快そうに笑った。

「良かろう。俺は鉄太郎に道を譲る気はないぞ。喧嘩をしてでも通ろうというのなら、相手になってやろう」

すらりと太刀を抜き、半身になって構えた。

「来い」

楽しげな笑みを浮かべ、指でさし招く。

「気を付けろ。幻惑の剣だぞ！」

浪人たちをあしらいつつ、麟太郎が叫ぶ。

「勝麟太郎も小者だな。大きな賢さというものがない。幻惑の剣と言われれば、どれが幻惑の剣かさらに惑うことになろうに」

「あなたは勝さんのことをわかっていない」

鉄太郎は剣を抜き、正眼に構えた。

「あの人は智の光を放てる人だ。俺を導く光だ」

「その役割はこれから、俺が引き継いでやるよ」

半身のまま、するすると近づいてくる。鉄太郎も正眼のまま間合いを詰める。瞬く間に一足一刀の距離に入ると、鉄太郎は手首を返し、横に刀を薙ぐ。八郎は跳躍してその刃を避け、頭上から一撃を放ってきた。

鉄太郎の薙ぎは誘いであった。真剣の重さをものともせずすぐさま刀を手元に引き戻すと、跳躍した八郎の足もとへと斬り上げる。だが、空中で身を捻った八郎が脇差を抜いて、鉄太郎の上を飛び越えざまに首筋の急所を刎《は》ね切ろうとした。

すんでのところで避けた鉄太郎は、後ろへ大きく下がって息をつく。野放図に見える八郎の剣だが、一撃に必殺の鋭さがある。鋭さは相手を疲れさせる。鉄太郎は一瞬の遣り取りで、気力と体力を大きく削られていた。

「どうした。そんなことでは井上清虎が泣くぞ」

八郎はまだ笑みを浮かべている。

「なあ鉄太郎」

ふと八郎は気配を緩めた。

「お前は足に傷を負っている。何とか動いているが、これ以上はこれからの修行にも障りが出る。降参しろ」

「負けそうだから、先に参ったと言わせるのですか」

「違うな。無用な殺生はしたくないだけだ」

次の一合が勝負になる。

鉄太郎は紀一郎の姿と言葉を思い浮かべた。天下無双の槍の達人でありながら、不器用に生きているその姿に、鉄太郎は惹かれていた。

己が動じなければ、崩されることはない。

そうだ。不意に鉄太郎は悟った。

紀一郎の槍のあの闊達さ、自由さはどこから来るのか、わからなかった。何故あれほどの柔らかさとしなやかさを感じるのか。

不動、の二文字が鉄太郎の心を占める。

礎が揺るがないでいて、初めて全てが自由になる。八郎は鉄太郎に降《くだ》るよう勧めていながら、柄を握り直していた。こちらに知られぬよう、ゆっくりとした動きである。

それですら、よく見えた。

紀一郎のもとへ向かおう。こんな夕闇の中でなく、未来と名誉のかかった試合の舞台で、その槍を見たかった。鉄太郎は静かに前に出る。下段後ろに構えた刀が光を曳《ひ》いて八郎へと迫る。

「死ぬぞ！」

大喝は鉄太郎の心にさざ波すら立てなかった。

「鋭《えい》！」

「応《おう》！」

二つの気合がぶつかり合う。一度、激しい音を立てた二本の剣のうち、八郎のそれが折れていた。しばらく折れた剣を見つめていた八郎が脇差を構えた時、

「その喧嘩、預かった」

と威厳ある声が響いた。声の主を見て、八郎は苦々しげに舌打ちする。井上清虎を含む数人の門弟と共に現れた千葉周作は、

「行け」

と鉄太郎を促すのであった。

第七章　三舟、出帆《しゅっぱん》

一

玄武館の精鋭たちと八郎の率いる浪士たちは、五分のぶつかり合いを見せていた。

個々の剣士の力には差があり、玄武館勢が優勢となり始めた。しかし八郎は巧みに指示を出し、また自らも押されている者の加勢に入っては立て直している。

「おい、千葉先生の心を無駄にするな！」

麟太郎が鉄太郎の肩を殴るように叩く。

「行くぞ」

十数人の剣士の気合が交錯する中を抜けて、鉄太郎は一度足を止める。

「八郎さんの戦い方……」

鉄太郎の見たことのないものだった。

「あれが将才というやつだ。一人の剣ではなく、多数の剣だ」

将才……己の剣をひたすら磨いている鉄太郎の耳には、新鮮な響きを持つ言葉であった。

「将といっても色々だ。五人十人を率いるのも将なら、千人、万人を率いるのもまた将だ」

「大藩にいる人たちには将才があるのでしょうか」

麟太郎は鼻で一つ笑ったきりであった。

「では、勝さんは」

「どうかね。その立場になってみなきゃわからんが、幕閣に人多しといえども、真に人を率いることができるのは……」

そこで一度言葉を切る。

「そんな話をしてる場合じゃねえ」

藩邸の前の門前町には煌々《こうこう》と明かりが灯っているのに、人の姿がない。

「おかしいとは思わないか」

「この先に何かあるんでしょうね」

「そうだとも。相手は存外と馬鹿なのかもしれねえ。物を隠すなら常と何も変えちゃならない。なのに、こうして妙な光景を見せやがる」

清河八郎なら、と鉄太郎は考えた。こういうけれん味のある仕掛けをするかもしれない。だが、八郎は既に姿を現し、自分たちの前に立ちはだかった。

「清河さんは、この先にあるものを見せたくない、と言っていました」

鉄太郎は門前町の真ん中に立って、ゆっくりと歩き始めた。

「おい、危ないぞ」

袖を摑まれても、鉄太郎は歩みを止めなかった。

「清河さんが見せたくないものは、俺の見たいものかもしれません」

弦音が響き、鱗太郎は大きく跳んで建物の陰に隠れ、鉄太郎は脇差を抜きはなった。短い刃が鋭い角度を描き、切り飛ばされた矢が二つとなって地に落ちる。

藩邸の前に、一人の男が立っている。

「おい、あれ……」

鱗太郎の声がわずかに震えていた。山岡紀一郎が、一間の素槍を手挟んでこちらを向いている。すらりとした痩身《そうしん》からは闘気が噴き出ていた。

「一人で何もかも片を付ける気だな。そうはさせねえ」

麟太郎は太刀を抜いた。

「槍の達人に刀では勝てません」

「鉄さん、戦う前から勝敗を決めるのはよくねえぜ。戦になったら生きるか死ぬか。その天秤《てんびん》はどちらにも傾くんだ」

喧嘩慣れした麟太郎らしい言葉だったが、鉄太郎は同意できなかった。

「先生の槍に、俺たちの武で勝つことはできないのです」

「だが諦めるわけにはいかねえ。絶対の槍、どう捌《さば》く？」

「わかりません」

「また始まったよ」

麟太郎が呆れて肩を竦めた。

「ですが、あそこに先生が立っているということは、その先に見なければならないものがある」

「それは間違いないな。ただ、絶対勝てないとは思わないぜ。何せこちらには将才がある」

鉄太郎は驚いて麟太郎を見た。

「勝さんが俺を率いるのですか……」

「鉄さん、あんたは俺より紀一郎さんの槍を知ってる。だが、俺はあんたより喧嘩を知ってる。堂々の立ち合いじゃないぜ。喧嘩を知ってるってことだ」

にやりと笑った麟太郎は、

「先に行ってくれ」

と促した。

「策は教えてくれないのですか」

「信じてくれるかね」

鉄太郎は少し考え、ゆっくりと頷いた。

「鉄さんは人を信じすぎるな」

「信じたい人を信じるだけです」

「赤心を相手の肝に置く、か。大事を成すには大切な心がけだが、命を縮めるぞ」

「命とは縮むものでしょうか」

麟太郎の言葉に、ふとそんな疑問を抱いた。

「天から授かった命が尽きる時。己の信に命を置いて、その指し示すところに進めばいい」

「その境地、どこから？」

「先生の槍から、感じ取ったことです」

「それほどあの人の槍は恐ろしいのか」

鉄太郎はこくりと頷いた。

「なるほどな」

何か納得したように頷いた麟太郎は、鉄太郎に何事か囁いた。

「そんな手を？」

「鉄さん、ここは俺を将と信じて任せてくれ」

わかりました、と頷いた鉄太郎は、門前町に並ぶ扉を一つ蹴り破った。やはり中には人の気配はない。扉を留める心張棒《しんばりぼう》を持った鉄太郎はゆっくりと紀一郎へ向かっていく。

「止まりなさい」

数間の距離まで近づいた時、紀一郎は口を開いた。

「先生、帰りましょう」

足を止めた鉄太郎はそう促した。

「帰る？」

紀一郎は首を傾げた。

「私はこの先に用があって来たのだ。帰るのであれば、一人で帰るのだ」

「弟の身を思ってのことですか」

「鉄太郎を思ってのことだよ」

　優しい声であった。

「この先に進んでも、お前には何一つ良いことはない。柳川藩は九州の雄、日暮れに乱入してはただではすまない」

「それは先生も同じでしょう。先生は大一番を控えておられます。戻りましょう。謙三郎さんは我らが必ず連れて帰ります」

「謙三郎のことは我が家の問題だ。余人が口を出す必要はない」

　鉄太郎はそれでも、ゆっくりと距離を詰め始めた。

「私の間合いに入ってはならぬ。ここで鉄太郎と槍を交えるのは本意ではないし、お前は私に勝つことはできない。心張棒で私の槍に勝てるとでも思っているのかい?」

「もちろん、思いません」

　鉄太郎はゆっくりと心張棒を構える。

「面白い」

紀一郎も槍を構えた。じりじりと距離を詰める鉄太郎に対し、紀一郎は動かない。

微動だにしなかった槍先がふいに揺れた。誘いをかけられたことをわかっていながら、鉄太郎は敢えてそれに乗る。

当然、心張棒では槍にかなわない。たちまちへし折られて槍の穂先が喉元に迫った。だが鉄太郎は慌てず身を沈めると、紀一郎の足もとへと長い腕を伸ばし、足首をがっちりと摑んだ。

紀一郎は摑まれた足首を引こうとしたが、剛力で外れない。もがく紀一郎に向かい、

「葛城！」

と一喝した。紀一郎は瞠目し、爽快に笑った。

「私を遊女の名で呼ぶとはね」

「どうして忍心流の深いところまで、身につけているのだ」

紀一郎が持たれていない方の足で地を蹴ると、つま先が鉄太郎の顎先《あごさき》をかすめていく。

「私は山岡家の当主だ。槍を究めて何の不思議がある」

鉄太郎の心張棒は既に三度折られ、もはや脇差ほどの長さしかない。それでも、鉄太郎は槍の構えをとった。

「忍びの術を、俺は知らない」

鉄太郎が押すと、紀一郎は退いた。

「だが、先生の槍はよく知っている。骨身に刻む思いで日々接している。どれほど外見を取り繕おうと、形を真似ようと、その心までは盗めない」

「盗んでいるわけではない。忍びが武を学ぶのは当然のこと」

紀一郎の声が、不意に若い娘のものへと変わった。

「見破るとは、驚きましたね」

紀一郎がひと撫《な》でると、その顔は葛城のものへと変わっていた。

「小野さま、もう一度お願いいたします。これより引き返し、華やかさも豊かさもない暮らしかもしれませんが、平穏な日々をお送り下さいまし」

目を伏せると、長い睫毛《まつげ》が鉄太郎の心を揺さぶった。

「それは、できない」

心が揺れたのは、一瞬だった。

「小野さまは、私に心中立てをしてくれないのですね。清河さまは私の心を酌んで、あなたの前に立ちふさがってくれました」

「清河さんの心を弄《もてあそ》び、操ったのか」

「心を弄ぶのではありません。我ら遊女の腕は男の望む道を読み取り、その通りに歩ませて差し上げること。あの方は私に強い想いを抱き、私のために働きたいと願っておられました。ですから、そのように導いただけ」

「……この先に何がある」

その問いに、葛城は微かに笑った。

「それをお教えするくらいなら、こうして道を妨げたりはいたしません」

「では己が目で見る」

「小野さまは、山岡先生に心中立てされているのですね」

ふと、寂しげな表情になった。

「どういうことだ」

「槍とは、武とは、それほど素晴らしいものなのですか。強くなること、誰かに勝つことが、それほど値打ちのあることなのでしょうか」

葛城は槍を地面に突き立て、悲しげに天を仰いだ。

「武は己を鍛え、人を鍛える。よりよき武人が増えれば、天下も良くなる」

「天下を？　本気でそんなことを？」

「そう信じている。いや、そう信じるようになった」

「おめでたいのは謙三郎さんと同じですね。武が全てをよくする。心を清めていく。

はっ……馬鹿馬鹿しい。小野さまも一度、苦界に身を沈められたらいいのです」

葛城の美しい顔が、憎悪に染められ始めていた。

「武に詳しい方はよく仰います。無となることこそが、至高の境地であると。では、全てが無くなればいい」

憎悪の向こう側にある暗い影を見て、鉄太郎は慄然《りつぜん》とした。かつて惹かれた美しい妓女の姿はそこにはない。

「働き場を失って久しい忍びの家に生まれた娘でも、諦めるということを知っていればよかった」

槍の穂先が鉄太郎に向いた。

「高橋謙三郎は、私に籠絡《ろうらく》もされない代わりに槍を教えてくれました。私は心の中で笑っていたのですよ。忍心流を学んだのは、無双の槍と謙三郎の心を手に入れるため」

「それに成功した、というわけか」

「いいえ。あの人は私の魂胆に気付いてしまった」

おや、と鉄太郎は思った。

「黒刀組に望んで入ったわけではない、と……」

「最初は私と、私の意のままに動く者たちに従うふりをしていました。ですが、それは私を山岡家から引き離すため。謙三郎は我らを裏切った。その報いは受けてもらいます」

葛城がさっと手を上げると、二十人ほどの人影が立ち上がる。全員が黒い鞘の太刀を腰に差していた。

「忍びが己の正体を口にしたのです。聞いたあなたも、死ななければなりません」

「死ななければならないかどうかは、剣に訊け」

鉄太郎は心張棒を捨てて太刀を抜いた。葛城の姿はめまぐるしく変わった。武人らしい小袖と袴の後は絢爛《けんらん》たる花魁《おいらん》衣装、そして、渋茶色の忍び装束となっている。

その間にも、浪人たちが抜刀して鉄太郎に迫る。

「止めてくれ。ここで戦っても何にもならない。あなたたちの志は滅びにしか向かわないんだ」

だが、十数本の白刃は止まらない。男たちの足取りは剣のたしなみを示す着実なものであったが、その目は例外なく虚《うつ》ろであった。

「葛城、この人たちに何をした」

「無欠の戦士になるにはいくつか方法があります」

腕を組み、美しくも冷たい表情を浮かべた葛城は言った。

「山岡先生や清河さま、そしてあなたのように、研鑽を積んで強さを手に入れていくことがもっとも確かな道です。ですが、確かである分険しい。多くの妨げや誘い、惑いの中で人は歩みを止めていきます」

葛城は懐から小さな薬籠《やくろう》を取り出した。

「今はもう滅んでしまった、いえ、公儀に滅ぼされた忍びの奥義書を、私は見つけました。その中には体術や変わり身だけでなく、薬の処方もあったのです」

ちろりと赤い舌を出して葛城は薄い笑みを浮かべた。

「薬の働きを高めるのは、女の肌。溺れさせて禁じ、そしてまた溺れさせる。男たちはそれなしでは生きていけなくなる」

鉄太郎は肌が粟立《あわだ》つのを感じた。想いを寄せていた女性が、初めて妖《あや》しき化生《けしょう》に見えた。

「何故そこまでする」

「それ以上の苦痛を、私と私の大切な者たちも味わってきたからです。そして天下を治める力は、国のためと言って戦士を求めようとする。ですから、我が秘術を少々お分けした次第。心も何もなく、人を斬るような者を、お求めなのでしょう？」

「違う！　正しき武で国は守れる。戦う者たちを日陰者にはせぬ」

「嘘もお上手でいらっしゃること。いっち好きと私が言えば、お力を貸して下さると思いましたのに」

よよ、としなを作って泣く真似をする。鉄太郎に先頭の男が斬りかかる。

こんなやつらに殺されるものか。体中に怒りが満ちていく。戦いの場において怒りに身を任せることは良い結果をもたらさない。だが、鉄太郎は敢えてそのままにしていた。怒りだけではない、別の感情が一方でその怒りに混じり合っていた。

彼らを不幸なまま死なせない。貧しいこと、顧みられないことが人を絶望に追い込む。もし人の命をいたずらに縮めるものがあるとすれば、絶望こそがそれだ。

「お前たちの魂、俺が預かる！」

鉄太郎の大喝に、男たちの動きが一瞬止まった。

「戦う気概が残っているなら、俺と共に来い！」

その時、甲高い音が響いた。葛城が小さく細い笛を吹き鳴らす。その音が心を縛る合図になっているのか、正気に戻りかけた男たちが唸り声を上げて襲いかかる。

太刀を鞘に収めた鉄太郎は咆哮《ほうこう》を上げてその中に飛び込むと、風車のように長い手足を振り回した。

ごつ、がつ、と剣を持つ腕、駆けようとする足、喚《わめ》こうとする口元を砕いていく。巨大な風車の後に道ができ、その先に驚きの表情を浮かべたくの一が立っている。

「そこまでだ」

葛城の背後から麟太郎の声がした。

「勝さま、中々の忍びの腕をお持ちで」

「武芸十八般で満足できる性分ではなくてな」

ふっと体の力を抜いた葛城は、姿を消していた。煌々と明るかった門前町がいきなり闇の中に沈み、倒れて呻いている黒刀組の男たちは、互いに肩を貸し合って去っていく。

「皆さん、この一件が落ち着いたら玄武館か忍心流の山岡家に来て下さい。その力を役立てる場を、俺たちが必ず作ってみせます！」

鉄太郎はそう呼び掛けた。

「また勝手に」

麟太郎は顔を覆っているが、打ち消すことはしなかった。

「何人かは頷いたみたいですよ」

「転がり込んでくるやつらをどう面倒見る気だ」

「清河さんに相談してみましょうか」

「そいつ、一番相談してはならない男だと思うがね。さて、本丸に乗り込むか」

二

柳川藩邸の門は、夜にもかかわらず開いていた。門の奥からは、神楽《かぐら》らしい音曲が聞こえてくる。

「こんな夜にですか」

「月例の祭りか……」

二人は慎重に門をくぐる。罠《わな》の気配はないが、人の気配もない。ただ、祭囃子《まつりばやし》を奏でる笛と鈴、太鼓の音が邸内の木立を伝ってくる。

「門前町に人がいないのは、祭りのせいかもしれん。それを知っていた葛城が空の町を使って眩惑《げんわく》の術をかけた」

「目くらまし、でしたか」

「そりゃそうだろう。あの早変わりにしても、俺の前から忽然《こつぜん》と姿を消したことにしても、妖しの術に俺たちをはめていたとしか思えない」

「あれは確かに術でした」

「だろう？」

「ですが、幻は一つとしてなかった」

「忍びの術はまやかしと幻だぞ」

「俺は葛城と交わり、先ほど槍を合わせて思ったのですが、忍びの術は不思議でも何でもなく、武で言う虚を重ねているだけのように見受けられました」

ふうむ、と麟太郎は頰を掻く。

「俺が見えていなかっただけ、ということか」

まだまだ修行が足りんな、と一度伸びをした。狷介《けんかい》な割に、己の足りぬところはあっさりと認める麟太郎に、鉄太郎は信をおいていた。

「それにしても、見事な将ぶりでした」

「あんたが兵として存分にやってくれたからだ。兵の無い戦は端《はな》から負けだ。将は兵の働きを見て次の一手を決めるって寸法よ」

偉そうに麟太郎が話しているうちに、社が近づいてきた。太郎稲荷の社と、江戸家老がいるであろう母屋とは距離がある。間には深い木立があって、祭囃子も届かないのか、人が出張ってくる気配もない。

拝殿の前は、玉砂利を敷き詰めた広場となっている。賑やかな囃子を奏でているのは、黒子の衣装をまとった者たちであった。

「趣味の悪い芝居を見せられるわけか」

麟太郎が舌打ちを一つした。

灯籠《とうろう》には火が入れられ、仄かな光に照らされた拝殿がやけに大きく見える。神楽の囃子に聞こえていたが、そこで踊っているのは巫女《みこ》ではなかった。

「あまり見たくない芝居、ですね」

槍を構えて対峙《たいじ》する兄弟のうち、一人は殺気に満ちていた。もう一人は、常のように静かに立っている。

「麟太郎さん」

「わかっているとも。この芝居の胴元を探せってんだろ？　俺の方が小間使いみたいに働いて、どっちが将だかわかりゃしねえ」

「頼りにしています」

「わかったわかった」

面倒くさそうに、だが少し嬉しそうに麟太郎は頷いた。

「では将として御下知《げち》を」

「鉄さん、自分に考えが無い時は俺に話を振ってるんだろ」

「よくおわかりで」

「そうして俺がこまごまと考えている間に、ぼんやり行く道を決めるんだろ。そっちの方がよっぽど大将っぽいぜ」

二人は、槍試合の場からやや離れたところで足を止めていた。拝殿前の広場の周囲は、顔を覆った男たちが取り囲んでいる。

「弟を救いに行って、弟に槍を向けられるとはな。向けられているのか、それとも望んで向けているのか」

麟太郎の言葉に、鉄太郎ははっと目を見開いた。

「望んで？」

そんな馬鹿な、とも思った。しかし、紀一郎の表情に暗さはない。弟に槍を向けていることにも、向けられていることにも、悪い思いは抱いていないようにも見えた。

「対する謙三郎の方は……」

広場を照らす灯籠の光が届くのは、わずかな距離である。光の谷間の闇に全身を沈ませた謙三郎は姿勢こそわかるものの表情までは読みとれない。

「やけに暗い……」

鱗太郎が呟き、鉄太郎も頷いた。

「雰囲気が変わりましたね」

「こんな短い時間でか?」

鱗太郎は何とか中の様子を探ろうとするが、ちょうど謙三郎の前に数人の男が立つ形になっていた。

「あり得ないことではないが……」

十年、進歩のなかった者が、小さなきっかけで剣を大きく変えることが稀《まれ》にあった。道場で長年鍛えていれば、時に目にする光景である。だが大抵は、長年の修練の中で少しずつ変わっていく。

それまで微動だにしなかった二本の槍が、不意に間合いを詰めた。

「速い……!」

走っているとも見えないのに、二人は神速の踏み込みで互いの間合いを破った。どん、と何かが壁にぶつかる音が木立の中を波のように伝わっていった。

「何だ今のは……」

体術でやり合っているわけではない。当たっているのは槍と槍のはずなのに、まるで壁と壁が激突しているようだった。

鉄太郎は我慢できず、前に進み出ていた。

「おい、鉄さん」

この戦いを見ずして、何を見るのだ。そんな気分だった。謙三郎の槍から、これまであった生真面目さと、それに伴う弱々しさが消えていた。弱々しさが強さへと変わり、狂気を感じさせるほどの暗さをまとっている。

「こんな強さがあるのか……」

槍先がぶつかり合うだけで風を感じさせる。微かに大地を揺らしているのは、二人の踏み込みであった。紀一郎の槍も、いつもと違う。

「謙三郎さんに合わせているみたいです」

「みたいじゃなくて、そうだろうな」

麟太郎も一歩後ろをついてきていた。

「俺は忍心流の槍を詳しくは知らないんだが、紀一郎さんの槍は普段、どんな感じなのだ。いや、言葉で表せる類のものではないのはよくわかってる」

鉄太郎は少し考え、静かです、とだけ答えた。

「そうか。そのあたりは剣と同じだな」

武は最後、静けさへと至る。だがそこへ至ることのできる者は少ない。麟太郎も鉄太郎も免許皆伝の腕前であるから、その真理は理解できる。だが、無念無想の絶対の静けさに己の剣があるとは、思っていない。

その時、紀一郎たちを取り囲んでいた男たちが振り返った。

「ほら、見つかった」

麟太郎は呆れて言う。

「見つかっていいんです」

「と言うと？」

「これ以上、見せてやる必要はない」

言うなり、鉄太郎は走り出した。茶番の舞台だが、そこに上げられた二人は命を賭けている。ここでどちらかの命が終わるなど、耐えられないことだ。

「男の戦いを穢《けが》すやつは許さん」

鉄太郎は太刀を抜いた。

「邪魔をすれば斬る！」

大喝と同時に飛びかかってきた男たちを、一刀のもとに斬り捨てる。その気魄に、覆面の男たちがたじろいだように退いた。紀一郎が鉄太郎の方を見てにこりと笑う。

「来てくれたか」

「先生の相手は、謙三郎さんではない」

「鉄太郎よ」

弟子の言葉に、師は首を振った。

「私の相手は彼だよ」

「それは先生が望んだことですか」

「望まぬ戦いも世にはあるだろうが、望む戦いだけができるのは幸せなことだ」

「相手が弟でもですか」

「弟だろうと何だろうと、槍を持って向き合えば男と男。雌雄《しゆう》を決するのみだ」

その時、紀一郎が奇妙な目配せを一度こちらに送ってきた。

三

鉄太郎はその目配せが謙三郎を示していることに気付いた。

麟太郎も覆面の男たちと剣を交えるうちに、謙三郎の前に押し出されるような形となった。そこに襲いかかる槍先を必死に捌き、

「謙三郎、しっかりせんか！」

と怒鳴る。だが、その声に反応はない。麟太郎は槍の間合いから必死で逃げ、鉄太郎の横に立って大きく息をついた。

「葛城が浪人どもにかけていた操心の術が謙三郎にかかってやがる」

闇の中から、その姿がはっきりと浮かび上がり、ようやく表情を確かめることができた。青ざめた顔は静かなものではなかったが、目の色が尋常ではなかった。白目が真っ赤に充血し、瞳孔《どうこう》も開いてしまっている。

狂気の中に沈んだ謙三郎の槍先が二人に迫る。その速さと殺気に下がるしかできない。

「相手を間違うなよ、謙三郎」

紀一郎が進み出て弟の相手を引き受ける。下がった鉄太郎たちを覆面の男たちが取り囲んだ。

「この場を見たからには、生かして帰すわけにはいかぬ」

男たちの言葉を麟太郎はせせら笑った。

「生かして帰さない、だと？」

麟太郎は太刀を抜いた。

「では訊くが、御前試合を控えた武人を引き入れ、その技を盗もうとはどういうことだ」

「……どういう意味だ」

鱗太郎は拝殿を見た。

「どうやら、見て学ぶのがやり方のようだな」

鉄太郎は答えを求めるように、鱗太郎を見た。

「これから槍の兄弟が見せてくれるよ。その前に、こいつらをやっつけておこうか。せっかくの御前試合なんだ。天下無双を誇る二人には堂々と戦って欲しいじゃないか」

太刀の黒鞘を払った男たちの白刃が閃く。

「俺たちの役回りは、シテ方の二人に花道を開いてやることだ」

「承知」

鉄太郎も太刀を抜いて目釘《めくぎ》を湿らせる。

「てめえら、命を張る値打ちがあるのか、よく考えろ。卑怯《ひきょう》な振る舞いに手を貸して命を落とすのが、己の望んだ士道か！」

数人が怯み、数人が喚きかかってきた。鉄太郎は躊躇《ためら》いを捨て、剣を振るう。相手の剣が皮一枚の上を滑っていく。

それでも、恐れはなかった。紀一郎の槍の前に立って修練している方がよほど恐ろしい。だが、一人の男の前に立った時その感覚が変わった。

「何者だ……」

麟太郎も警戒の色を強める。男は答えない。手に持っていた杖《つえ》を一振りすると、一間ほどの手槍に変わった。

「まずい。相手の親玉はこっちにいたのかよ」

麟太郎が大きく間合いを取るが、鉄太郎は下段に構えて体を開くと、そのまま突進した。相手の機先を制しようとしたが、足が止まってしまう。

「これは……」

鉄太郎の巨軀を、男は槍先から出る闘気だけで止めている。圧倒的な力の差がある時だけに感じる、本能による制止だ。種類は違うが、これほどの槍の遣い手は天下にそうはいない。顔は見えないが、その獰猛《どうもう》な野性の闘気に、覚えがあった。

「南里、紀介……」

その時、対峙していた山岡兄弟が、槍を合わせたまま、ただだっ、と拝殿の方に駆け寄った。そして同時に扉を蹴り破る。そこには誰もいない。

「先生、こちらです！」

鉄太郎が叫んだ時には、槍先が喉元に迫っていた。とっさに避けようとしたが、その時、腿に激しい痛みを感じて動きが止まる。謙三郎に突かれた傷が開いた音がした。白く光る穂先が目の前に迫り、鉄太郎は死が間近に迫っていることを覚悟した。死ぬのは仕方がないが、無念さが胸に満ちる。その瞬間、馬が壁にぶつかるかのような音がして鉄太郎は飛ばされた。

音を発したのは己の肉体である。飛ばしたのは、紀一郎であった。鉄太郎がいたはずの場所に、紀一郎はいる。そこには槍の穂先が迫っていたはずだ。

「先生！」

「鉄太郎、お前はまだここで死ぬべき人間ではない」

槍が紀一郎の体を貫く。鉄太郎は怒りの咆哮を上げたが、傷のせいで体が動かない。だが、槍に貫かれたはずの紀一郎は彼を見てにこりと笑った。血しぶきが立たず、倒れもしない。よく見ると、槍先をすんでのところでかわし、かえってがっちりと抱え込んでいた。

「ねえ、南里どの」

紀一郎が槍を向けている男に言った。

「貴殿も、ここで勝負を決めたいわけではないでしょう？」

男は槍を引こうとしたが、紀一郎は離さない。麟太郎が一気に距離を詰め、紀一郎の横を走り抜けて斬ろうとしたが、それを紀一郎が静かに制止した。

「何故止める!」

「私は、この人と試合がしたい。華やかな場で、天下に名を上げる機会が欲しい。これからの槍の遣い手たちに日の光が当たるような、そんな試合がしたいのです。名を上げるなら、堂々とやりましょうよ」

紀一郎は穏やかに、しかし切実な口調で言った。男は槍から手を離し、闇の中へと消えていく。覆面の男たちも姿を消していた。

麟太郎は険しい表情だったが、紀一郎は、

「あとは勝さんや玄武館の皆さんで試合の場を守って下さい」

そう平然と返した。

「わかったわかった。そんな目で見るな。だが、御前試合を予定通りに行うには、謙三郎の力添えが必要だぜ」

視線を謙三郎に向ける。操心の術にかかっていたように見えた狂気の表情は既になく、紀一郎に似ていながら、どこかより朴訥《ぼくとつ》とした表情の青年に戻っていた。

「謙三郎、あんたが黒刀組に潜んで探っていたとはな。世の中に不満のある連中を集めてご老中の眼に届いたまでは良かったが、ご公儀への恨みを抱き続けてきた忍びに乗っ取られるところだったって寸法か」

謙三郎はわずかに頷くこともせず、代わりに、

「御前試合の場、俺が命に代えても守ります」

そうきっぱりと言った。

「命に代えて守ってもらうためには、俺と一緒に何カ所か挨拶回りに付き合ってもらわなきゃならねえ。いいかい？」

「何でもします」

紀一郎は鉄太郎を見て、また微笑んだ。初めて見るような、すっきりした笑顔であった。

四

嘉永五年の六月も末となった。

小野鉄太郎はいつものつぎはぎだらけの小袖ではなく、裃を身に着けている。夜明け前の山岡家の庭では、二人の男が槍を持って対峙していた。だがそれは、数日前の

対峙とは趣が異なっていた。

二人の槍はぴたりと静まっている。目の前の光景が少し滲《にじ》むのを、鉄太郎はぐっとくちびるを嚙みしめて堪えた。払暁の風の揺らぎの中で、ゆったりとした舞いのように槍を収めた兄と弟は、互いに頭を下げた。

「今日はここまでにしよう」

紀一郎が言うと、謙三郎は頷いた。そして鉄太郎に目礼して、隣家へと戻っていくが、足取りはわずかによろめいている。紀一郎との稽古は、心身の力を全て出さなければ太刀打ちできない。

「明日も晴れるといいな」

昨日と変わらぬ日常が今日にあって、また続いていく明日があるような口ぶりだった。

「謙三郎のやつ、腕を上げた」

山岡家と庭で繋がっている高橋家を見ながら、紀一郎は呟いた。

「会う度に、謙三郎の槍が変わっていく。そうは思わないかい？」

振り向いた紀一郎の額には汗が浮かんでいた。珍しいことである。御前試合の日だというのにそこまで真剣に稽古して大丈夫なのか、と余計な心配をしてしまった。

「沐浴《もくよく》をしてくるよ」

鉄太郎は頷いて母屋へと戻る。台所の方から朝餉《あさげ》の香りが漂ってきていた。

「小野さまもご一緒に」

配膳を終えたお英が神妙な顔で一礼し、奥へと下がっていった。

「正義の味方ごっこはもう止めるのだそうだ」

沐浴を終え、稽古着を着替えた紀一郎がさっぱりした顔で戻ってきた。

「危うさに気付かれたのですか」

「違うよ」

笑いながら自らおひつから飯をよそう。

「気になる謎を探るなら、謙三郎のように徹底してやらなければだめだ、と反省したらしい」

「そういうことですか……」

紀一郎は頷いた。

「お英さんが探りたい謎というのは、やはり謙三郎さんのことだったのですね」

黒刀組から謙三郎に誘いがあったのは事実であった。彼が継いだ高橋家には、先代が遺した多額の借金があり、俸禄で返せる額では到底なかった。その中には遊郭のものも含まれており、その談判に行った際に巴屋の信吉に持ちかけられたのだという。

「石高や官位ではなく、強さで評される武士の集まりをご公儀が秘かに作っている。そういう触れ込みでした」

「なるほど……行き場のない力は放っておけばご公儀自身に向けられる。考えとしては面白いが……」

謙三郎は断ろうとしたが、西国の槍無双の男が力を貸していると聞いて、考えを改めた。槍をもっぱらに学ぶ者にとって、東の山岡紀一郎と西の南里紀介は当代の雄として外せない存在である。

「どうやら紀介も、国元では恵まれぬ境遇であったらしい」

もと肥前《ひぜん》の水軍として知られた松浦党《まつらとう》の流れをくむ南里氏は、鎌倉時代から肥前佐《さ》賀《が》郡あたりに勢を張った国衆《くにしゅう》であった。柳川藩を治めた立花家に代々仕えたが、家は貧しく、槍一筋の彼も取り立てられることはなかったという。

「名を上げるには、思い切った手を使えと唆す者がいた。それが伊勢屋清兵衛であったらしい。やつの素性はどうやらお庭番衆で、ご老中の意を受けて準備を始めたのだ。その軍資金が……」

「父が貸したもの、というわけですか」

「何せこれまでにない試みだ。ご老中が金を直接出したと明らかになるのはまずい。そこで浅草御蔵奉行で金の扱いにも間違いのない朝右衛門さんがその間に立ったのだ」

　だが、その金を嗅ぎつけた者がいた。

「それが葛城と信吉というわけだ。信吉は葛城を使って清兵衛を殺し、男たちを腑抜けにさせた。色が効かなければ、せしめた一万両とご公儀の意をちらつかせ、食うに困った連中をたらし込んだというわけさ」

「では、南里紀介も騙されていた、と……」

「私も、ね」

　紀一郎は鼻を鳴らした。

「ただの槍の試合だと、信じたかったものだよ。全てを理解して動いていたのは、我らの仲間うちでは謙三郎ただ一人だ。謙三郎は葛城の誘惑にも、女性は抱けぬと拒み続け、仲間内の宴で出される薬仕込みの酒は半ば飲んで半ば捨てていた」

「狂いきらずに済んだ、というわけですね」

「だが、謙三郎は狂いたくなかったわけではない」

　ふと、紀一郎の手のひらが見えた。槍を握る者特有の大きなたこが、親指の付け根あたりにある。その周囲に血の跡があった。

「先ほどの稽古で、ですか」

「そうだよ。狂わなくても、これくらいの力は十分にある。謙三郎は兄の私を超えようとして、自ら修羅の道へ踏み込もうとしたのだ。本当はそんなこと、しなくてもよい。まっすぐ修行していれば、私など超えていけるのに」

お英が味噌汁《みそしる》を盆に載せて持ってきた。実は油揚げと大根の葉であった。

「私はこの組み合わせが大好きでね」

子どものように顔をほころばせて、汁椀《しるわん》に口をつけた。

「自ら飯炊きをせずともよい家に嫁げればいいと思っていた時期もあったが、腕があるのに振るえないのは不幸かもしれない、とも考えるようになってね」

楽しげに話しながらも、美しい箸使いで飯を平らげていく。だが、鉄太郎は気が気ではなかった。着物を替える手伝いをしてもらったお英を奪ったことを、もはや隠してはおけない。そう思って口を開きかけた時、

「後で聞こう」

やんわりと止められた。

「迎えの前に、一人来たようだ」

いつもの着流し姿ではなく、鉄太郎と同じく裃の正装の麟太郎である。

「試合場の周囲には玄武館の精鋭が備えについています」

紀一郎は軽く頭を下げて謝意を示した。

「町方もようやく本気になってくれたよ。黒刀組の内情をよく知る謙三郎の話は、遊び人の俺の言葉よりよほど心に響いたらしい」

何カ所かの浪人の溜まり場に同心たちが踏み込んだ、と苦笑まじりに言う。

「闇夜の蝿叩《はえたた》きくらいには効き目がある。これで黒刀組の連中も、調子に乗りすぎたと反省するだろうよ」

「冗談を言ってる場合じゃありませんよ」

鉄太郎は思わずたしなめた。

「冗談ではないよ」

麟太郎が表情をあらためた。

「これまで無視され、それこそ闇夜の蠅くらいにしか思われなかったのが、力ある者だと認められたのだ。これほど嬉しいことはなかろう。もっとも、柳川藩の方では、黒刀組というのはなかったことになっているがね」

「あれほどの騒ぎを起こしても、ですか」

鉄太郎は呆れたように言った。

「何かご下問があれば、大過ないよう言上するのが習いになっているのさ。もし藩の存続に関わるようなことがあれば、秘かに手を回す。江戸家老あたりが何かを掴んでそれがまずいということになれば、今日の試合には出てこないだろう」

麟太郎の言葉に、紀一郎は悲しげな表情を浮かべた。

「それは困る」

「ま、御前試合がなくなるとなれば藩の面目も潰れるから、腹でも切っていない限り出てくるだろうよ」

それに、と麟太郎は続ける。

「別に目明かしの類があの光景を見たわけでもないし、門前町の連中は太郎稲荷への参拝客で生計を立てているのだから、何が起きても口を割らないというわけだ。つまり、南里紀介は涼しい顔で御前試合の場に現れる公算が高い、と俺は見ているね」

「あの人は来ますよ」

紀一郎は確信を籠めて言った。

「私の槍を見るために、謙三郎を使ってまで誘い込んだのだ」

鉄太郎が怒りの表情を浮かべるのを見てとった紀一郎は、首を振った。

「卑怯ではない。決戦の時が決まっていて、その前に相手の槍筋を知る機会を得るのは間違ってはいない。敵を知るという戦いの基礎を行っただけだよ」

それほど怒りを露《あら》わにしていたか、と鉄太郎は恥ずかしくなって己の頬をこすった。

「紀一郎さんは、どうしてそうしなかったのです？」

麟太郎はちょっと探るような口調で訊ねた。

「相手の槍筋を見るための策を練ることもできたはずだ。実際、南里紀介らしき男に槍を向けられたでしょう」

「知ろうと思わないんだ」

あっけらかんと紀一郎は言った。

「ただ目の前に現れた相手と、心を無にして立ち合う。相手がこちらを知っていようが、関係ないんだよ」

「美しいが、それでは戦に勝てない」

「戦でなく立ち合える。幸せな時代に生かしてもらっている。戦こそ、誰だかわからぬ相手とやり合うんだよ」

そう言うと、紀一郎は立ち上がった。

「こういう世がいつまでも続いてくれたらいい」

衣を替える、と紀一郎は一度奥へと下がった。いよいよ試合の行われる上野の寛永寺へと向かう。鉄太郎と麟太郎は門外で待った。試合の場への迎えがあるわけでもない。

「お城はだめだったのですね」

「五月に西の丸で火が出てから、上様以外はぴりぴりしている。他にもぴりぴりすることがいくつかあってな」

「何ですか」

「太平に眠る我が国を叩き起こしたい連中がいるんだよ。そもそもこの黒刀組の一件も、そこに端を発している。これまでの旗本衆だけで、ああいった夷狄《いてき》には勝てぬ」

鉄太郎は、日本の近海に諸国の船が出没している事実を、麟太郎から聞いて知ってはいる。当時の日本人の多くと同じく、四海の存在は知っていても、その向こうまでは知らないままであった。

「御前試合のような、のどかな催しができるのは、確かに紀一郎さんの言う通り幸せな時代なのかもしれないな」

そのうちに、紀一郎が正装して出てきた。槍を鉄太郎が持とうとすると、頷いて預けてくれた。それだけのことが、随分と嬉しかった。

五

鉄太郎は試合を見ることができなかった。

御前試合なのであるから、将軍をはじめとする幕閣の許された者、そして立ち会いを務める千葉周作とその付き添い数名だけが、寺に入ることを許される。

「まあそう落ち込むな」

麟太郎が鉄太郎を慰めた。

寺の周囲は旗本衆が固めていたが、麟太郎が選んだ玄武館門下の者たちが中心だった。

試合は巳《み》の刻（午前十時）に始まった。開始を告げる太鼓の音は、微かに外にまで聞こえてくる。だがそろそろ二刻（四時間）経つが、寺の門内からは何の音も聞こえない。

鉄太郎たちもじっと押し黙っている。

「勝負の気配を感じるか」

そう訊かれたが、さすがに鉄太郎もわからない。将軍家菩提寺《ぼだいじ》の名刹《めいさつ》となれば、広大な敷地を誇る。試合場は庫裡《くり》の庭園を使っているとのことだが、詳細を知っているのは一部の者だけで、麟太郎にも知らされていない。

「未《ひつじ》の刻（午後二時）か」

しんと静まり返った寺の境内から、鳥の声が時折聞こえてくる。湿ったぬるい風が南から吹いては木立を揺らしていた。

麟太郎は空を見上げた。日は南の高みを過ぎつつある。槍の気配はわからないが、勝敗が決すれば、空気は必ず動く。

寺の周囲を固める剣士たちを束ねているのは井上清虎で、さすがに緩んだところは見せていない。試合場には紀一郎の介添えということで謙三郎がついている。

「町のやくざ衆にも頼んで怪しげな人の動きを見張らせているが、今のところ目立ったものはないようだ」

紀介の介添え役は柳川藩江戸屋敷の祐筆《ゆうひつ》の男が務めているが、その男の身元は徹底的に洗って黒刀組とは関わりがないとわかっていた。

「ともあれ、勝負を待とう」

麟太郎が口元を引き締めた時、庫裡の方からわっと大きな歓声が聞こえた。

「さて、どちらが勝ったかな」

と庫裡の方を見やった。

将軍家の駕籠《かご》を「乗物」と言う。駕籠の本体は溜塗惣網代張《ためぬりそうあじろ》りで仕上げられ、長柄の担ぎ棒は黒で塗られている。黒羽織に脇差姿の担ぎ手、陸尺《ろくしゃく》だけで二十人という大掛かりな行列が、ゆっくりと門から出ていくのが見えた。

もちろん、鉄太郎たちはその行列を遠くから眺めているだけである。ともかく、御前試合が無事に終わったことにほっとしていた。

将軍に引き続き、この試合を取り仕切った老中阿部正弘《あべまさひろ》の駕籠を中心とする一行が門を出て、寺が元の静寂を取り戻した。寺の前の茶店は閉まったままであったが、井戸の水ですら甘く感じるほどに、気疲れしていた。

だが、そんなことはおくびにも出さない。試合を行った二人が、朝とは別人のように憔悴《しょうすい》しきった顔で帰路につくのを見れば、疲れたなどと言えるわけがなかった。

「試合は引き分けでした」

紀一郎の介添えだった謙三郎が鉄太郎のもとにやってきて、無念そうに言った。

「二刻戦って引き分けか……」

槍の試合で二刻の間戦い続けるのは、尋常ならざる技量と、そして心身の力が要る。

「これを」

謙三郎が懐から出したのは、一尺ほどの短い棒であった。先がささくれ立っている。鉄太郎はそれを手にとって驚愕した。

「先生の槍……」

「ええ。南里紀介と兄は共に一間の素槍でもって立ち合いました。槍先がぶつかること数百合、一刻を過ぎたあたりで共に槍先は消し飛び、それでも戦いは続きました」

観衆も二刻の間、よそ見をする者すらいなかったという。

「上さまも熱心にご覧になっていたのですが、手元の槍を見て優劣なしとのお裁きを下され、試合は引き分けとなったのです」

将軍直々《じきじき》の裁可となれば、是非もない。

「兄は疲れ切っていますが、力を尽くせたと満足していました」

「南里紀介が上さまに槍を向けるようなことは？」

「一瞬でもそんな邪念を抱けば、兄の勝ちとなっていたでしょう」

麟太郎はその言葉に深く頷いた。

「確かにな。謙三郎も今日はご苦労だった。紀一郎さんも誘って一杯やろうじゃないか。今日くらいはいいだろう？」

「勝さん、先生もお疲れだと思いますよ」

「それは本人に訊いてみないとわかるまい」

三人は連れだって、小石川の鷹匠町まで歩いた。謙三郎は肩の荷が下りたのか、珍しく饒舌《じょうぜつ》に試合の模様を語っている。

「攻めの山岡、守りの南里、といった趣でした。もちろん、その攻防は目まぐるしく変わり、どちらが優勢かすら、軽々に口に出せないほどです」

「試合場の空気が全く動かないように感じたが」

鱗太郎が言うと、

「そのことです」

少年のように目を輝かせる。

「二人の槍は激しくぶつかり合い、先ほどお見せしたような有様であったのに、兄も南里どのも、全くその心が動じていなかった。己の技と手練に、絶対の自信がなければああはならない。私は己の未熟をまざまざと見せつけられました」

「そんなに強いのなら、最初から謙三郎さんを使うようなことをせずに堂々と戦えばよかったのに」

鉄太郎はしみじみそう思う。

「勝つために堂々とやったことだよ。戦に卑怯も正しいもない。勝つための万全の備えをして、勝った者が偉いんだ。傍目《はため》から見て卑怯なことをしていようが、こちらはそれを上回る力を見せればいい」

鱗太郎は南里紀介のやり方にあくまで非を唱えなかった。

「もし、紀一郎さんが柳川藩邸で手の内を全て見せていたら相手の勝ちだったろうが、そこは謙三郎の策が上回ったということだ」

山岡家の屋敷が見えるあたりで、三人は足を止めた。二十人ほどの若い男たちがたむろしている。

「あれは……」

謙三郎の表情が険しくなる。

「何人かは黒刀組の集まりで見たことがあります」

「お礼まいりか」

鱗太郎も舌打ちする。鉄太郎はわずかに腕の力を抜き、腰帯のあたりに手を置いた。いつでも抜刀できる構えである。

だが、男たちは謙三郎の顔を見るなり一斉に頭を下げた。

「山岡紀一郎先生に弟子入りを願い出たく、まかり越しました」

「先だっていただいた小野どののお言葉、心に沁み入り申した。もう一度武を磨き、己を鍛え、生きる道を探してみとうございます」

口々にそう言う。

「おう、見上げた心掛けだ」

麟太郎はまるで自分に弟子入りを願われたように、喜んだ。

「磨け磨け。若い力が必要とされる時が、もう来ているのだ」

若者たちが門内から顔を出した紀一郎に気付くと、口々に弟子入りを願い出た。顔をほころばせた紀一郎に、

「ちゃんと月謝は取りなさいよ」

そう麟太郎が声を飛ばす。すると、若者たちは懐から米や味噌などを包んだものを差し出した。どれもごくわずかで、貧乏くさいともいえる手土産だ。だが、紀一郎は何も言わず受け取り、明日から共に稽古をしよう、と明るく語りかける。

「苦しい時、人は志を忘れる。何かに挑もうという気概も失う。でも君たちはそうではない。我らの力を天下が必要としてくれる時まで、共に励もうな」

その後ろからお英が顔を出す。そして、鉄太郎を見てはにかんだような表情を浮かべた。

「お英、弟子が増えるから、また面倒かけることになるな」

ふう、とお英はため息をつく。

「そんな楽しそうにされていると、何も申せません。槍一筋もいいですが、お弟子の皆さまは決して師の真似をなさいませんように。苦労しますよ」

若者たちがわっと笑う。その時、笑顔を顔に貼《は》りつけたまま、一人の若者がお英に近づいていくのが見えた。

六

いち早く異状に気付いた紀一郎が腕を伸ばそうとする。だが、彼はするりとかわしてお英の背後に立ち、首に刃を突きつけた。

「葛城の呪縛《じゅばく》が解けていないのがまだいたのか」

麟太郎は刀を抜いて駆け寄ろうとするが、謙三郎に制止される。若者の顔が歪み、鉄太郎の見知った顔へと変わった。

「信吉か……」

吉原の遊女屋の若主人は、くちびるの端を上げて憎々しい笑みを浮かべた。

「江戸黒刀組はしばらくお休みだ。将たる者が江戸から退いたからな」

「将？　葛城のことか」

鉄太郎の問いに、信吉は頷く。

「お前が苦界に沈めたんじゃないのか」

「あいつは天下の全てを沈める気でいるんだよ。公儀の力を使ってその公儀そのものを沈める。その志の大きさに惚れたんだ。江戸の黒刀組の要となった俺は、葛城の命を受けながらこのぼんくらどもを集めたんだ。葛城の性技と薬で骨抜きにしちまえば、後は言うがままだった」

それを、と忌々しげに唾《つば》を吐く。

「お前たちがちょろちょろしてくれたおかげでご破算だ」

「ご公儀の力を借りてちょろちょろ世を騒がせていたのは貴様の方だろう」

そう叱りつける麟太郎を睨みつけた信吉は、お英の首筋を扼《やく》してじりじりと壁際に動いていく。

「騒がせるんじゃない。沈めるんだ。いや、俺たちが沈めなくても、勝手に沈んでいくのかもしれんな。将軍家の覚えもめでたい貴様なら知ってるんだろう？　こんなのんびりした日々も、あとわずかで終わるってことをな」

鉄太郎は、麟太郎の横顔がわずかに強張るのを見た。

「勝手に沈めるのはもったいない。世に倦《う》んで、絶望してるやつらで派手に沈める方がいいじゃねえか。祭りみたいでよお」

おや、と鉄太郎は奇妙な感覚を覚えた。

門の向こうに、凄《すさ》まじい剣気が渦巻いている。紀一郎の稽古を門の外で聞いていた時に、似たような感じを覚えたことがあるが、紀一郎は目の前にいる。

「痴《し》れ者が！」

頭上から大喝が轟き渡る。信吉がお英の首筋に当てた刃を一瞬離した隙に、彼女の肘《ひじ》が信吉の鳩尾《みぞおち》にめり込んだ。その場で体を翻したお英の深緑の袖がひらりと舞った。

「お兄さま、小野さま！」

お英の声に鉄太郎は弾けるような踏み込みを見せる。だがさらにその前に出て、信吉に肉薄したのは謙三郎であった。双方刀を抜いて斬り結び、その横から麟太郎が小《こ》柄《づか》を投げる。

怯んだ信吉は逆に苦無《くない》を取り出した。その先端が黒く塗られているのを見てとった鉄太郎は、さらに踏み込んで手首を斬り飛ばす。彼がとどめをさす前に、信吉は膝をつき、仰向けに倒れていた。

「おお、見事」

大喝が聞こえた方を見上げると、清河八郎が困ったような顔で顎の先を掻いていた。

「さすがは山岡家の娘。体術も中々のものだ。そこな三人も、見事に息を合わせていたな。それほどの芸当があるなら、天下のために使いでもあろう」

「偉そうに何を言っている。下りてこい」

麟太郎の言葉に、八郎は笑いながら塀から飛び降りた。

「自ら命を絶ったか」

麟太郎と鉄太郎が仰向けに倒れている信吉を検分すると、白目を剝き、鼻と口から血を流している。

「舌の下に毒でも仕込んでいたのだろう」

その後ろから八郎が言った。

「いや、それにしても」

晴れ晴れとした表情で八郎は一同を見回す。

「乱とは面白いものだな」

「何が面白いものか」

麟太郎がぴしりとたしなめる。

「乱を起こそうとする者、今を守ろうとする者。そういった連中のせめぎ合いで、世は良くなっていくんだ」

八郎は聞いているのかいないのか、朗らかに言い放った。

「戯言《ざれごと》もほどほどにしておかないと、今度こそあんたの手が後ろに回るぞ」

「なあ、勝、鉄太郎、山岡の弟の方」

八郎は麟太郎の言葉を無視して三人を見た。

「俺と組まないか。俺は世直しのための乱を起こしたいんだ。そんな顔をするな。何も黒刀組の連中みたいに、天下をひっくり返してまでとは思わない。俺が思わなくても、これからいくらでもそんな連中は出てくる」

「お断りだ」

麟太郎は即座に拒み、謙三郎も静かに首を振った。

「つまらんやつらだ。鉄太郎、お前はどうする?」

「止めておきます。俺はまだ山岡先生について学びたいことがあるので」

八郎はあからさまに落胆し、つまらんやつらだ、と去って行った。麟太郎は紀一郎と新しい門人たちに、後始末は任せるようにと言って屋敷の中へ入らせる。

「面倒ごとばかり起きやがる。鉄さんが帰ってきてからこんなのばっかりだ。だが」

そう言って鉄太郎と謙三郎の肩に手を置く。

「八郎抜きなら考えてもいいな。謙三郎の豪胆、鉄さんの重厚、そして俺のすばしっこさが加われば、敵は無い」

「新たな黒刀組でも作るつもりですか」

鉄太郎は呆れて言った。

「衆生《しゅじょう》を救う千手観音《せんじゅかんのん》にあやかって、千臂組《せんぴぐみ》ってのはどうかな。まあ考えといてくれ。俺はこの黒刀組の男をどうするか、目付どもと相談してこなきゃならねえ」

肩から手を離し、早足で去っていく。謙三郎はしばらくその背中を見送っていたが、鉄太郎を見て、深々と頭を下げた。

「兄の弟子となって下さって、かたじけない。これで心おきなく、兄を超えるための修行ができます。此度のこと、小野どのがいなければ成らなかった」

「全ては先生と槍を合わせるための企みだった、と言うのか」

謙三郎は曖昧な笑みを浮かべただけだ。鉄太郎は次第に愉快な気持ちになり、

「謙三郎さん、あんたは恐ろしい人だ」

そう言うと、謙三郎の肩を馬鹿力でどやしつけるのであった。

話している間は気にならなかったが、激しい疲れを覚えていた。道場で目いっぱい稽古をした時のような、爽快な疲れである。

「勝さん、俺はどれだけ話していました？」

「ほんの短い間だよ」

海舟は穏やかな笑みを浮かべて答えた。

「随分話した気がしますよ」

「そうかもしれん。だが、俺はまだまだ聞きたいね。嘉永五年は、いや、あの年から今に至るまで、語っても語り尽くせぬほどのことがあった」

※

その翌年に黒船が来航し、時代は大きく変わり始めた。人々が大樹と頼っていた幕府の揺らぎは明らかなものとなり、絶対の忠誠を誓っていたはずの諸藩が騒がしくなった。位の上下ではなく、力と才のあるなしが人生を決める動乱の始まりである。

一剣、一槍、そして一芸をもって天下に名を上げることができる最後の時代がやってきた、と腕に覚えのある若者たちは本能で悟っていたのだろう。自分もそうだった、と鉄太郎は瞑目した。

もはや己の命の灯は消えようとしている。

恐ろしくもないし、惜しいとも思わない。剣も禅も書も、人に師と敬される程にはなったが、己の満足する境地にまで至らなかったのは残念だ。だが、それもまた受け入れるべき理であることもわかっていた。

ただここにきて、奇妙な執着が心中に育ち始めていることに、鉄太郎は戸惑いと、あわい喜びを感じていた。激動の中を共に駆け抜けた三人が、史書には決して残らないであろう活躍を繰り広げたあの時のことを、もう少し海舟、いや麟太郎と語り合っていたい、という執着である。

「奇遇だな。俺もだよ」

海舟はまるで青年のような若々しいしぐさで鼻をこすった。

「じゃあ次は俺が話そうか」

と海舟は楽しげに膝を崩すのであった。

了

解説

末國善己
（文芸評論家）

山脇之人が一八八四年に刊行した『維新元勲十傑論』が、西郷隆盛、木戸孝允、大久保利通、江藤新平、横井平四郎（小楠）、大村益次郎、小松帯刀、前原一誠、広沢兵助（真臣）、岩倉具視の偉業を描いたことから、江戸幕府を倒して明治維新を成し遂げ、新政府発足時の中枢メンバーだった十人は〝維新の十傑〟と呼ばれるようになり、特に重要な西郷、大久保、木戸は〝維新の三傑〟と称されている。また伊藤痴遊は一九三四年から刊行を始めた『実録維新十傑』で、西郷南洲（隆盛）、木戸孝允、大久保利通、勝海舟、岩倉具視、三條実美、坂本龍馬、中岡慎太郎、吉田松陰、高杉晋作を取り上げ、金澤正造が一九四二年に発表した『維新十傑伝』は、尊王攘夷の理論的な指導者や活動家として吉田松陰、頼三樹三郎（山陽）、有村次左衛門、高橋多一郎、清河八郎、伴林光平、平野国臣、佐久間象山、高杉晋作、坂本龍馬を挙げている。

重複はあるものの、現代人がイメージする幕末維新の英雄は、この延べ三十人に含まれているように思える。明治維新が、倒幕と新政権樹立の政治運動だったので仕方のない面もあるが、幕末維新の英雄に幕臣が入るケースは少ない。そのことは、先の三十人の中に、幕臣が勝海舟ただ一人しかいないことからも見て取れる。

だが激動の幕末に、幕臣は本当に活躍していなかったのだろうか。アジア主義者の頭山満は、一九三〇年に刊行した『幕末三舟伝』で「幕軍の防御も、官軍の攻撃も、火を放って、江戸を焼きはらう戦略」であったが、江戸が焼け野原にならなかったのは、「号に『舟』の一字を用い」た幕臣の勝海舟、山岡鉄舟、高橋泥舟の活躍があったとして、三人の功績を詳しく紹介している。〝幕末の三舟〟なる呼称がいつ頃から使われていたかは判然としないが、少なくとも昭和初期には、江戸を無血開城した幕臣の英雄として広く知られていたのは間違いあるまい。

〝幕末の三舟〟で最も有名な海舟は、一八二三年、旗本小普請組の勝小吉の長男として生まれた。小吉は学問嫌い、喧嘩好きの不良旗本で、何度も問題を起こしており、座敷牢に入れられていた時に海舟が誕生している。十代の頃から兵学、蘭学に秀でていた海舟は、二十代で私塾・氷解塾を開き、幕府にも才能を見いだされ長崎海軍伝習所に入所、一八六〇年には咸臨丸に乗って渡米。帰国後は、神戸海軍操練所を設立し、坂本龍馬ら脱藩浪士の教育にあたった。一八六四年には軍艦奉行となるもすぐに免職となるが、鳥羽伏見の戦いが起こると徳川方軍事取扱となり、西郷隆盛と会談して江戸を無血開城した。維新後は、海軍大輔就任，参議兼海軍卿，元老院議官などを歴任、その後は旧幕臣の支援にあたる一方、自身の体験を多くの講演で語っている。

山岡鉄舟は、一八三六年、旗本・小野朝右衛門の子として江戸で生まれたので、海舟のほぼ一回り下となる。父が飛騨郡代となったため幼少期は飛騨高山で過ごし、岩佐一亭に書を、父が招いた井上清虎に北辰一刀流剣術を学んだ。父の死後、江戸に戻った鉄舟は、千葉周作に剣を、忍心流槍術を山岡静山に学ぶ。静山の弟・泥舟が高橋家に養子に入り、静山の没後、鉄舟は静山の妹の英子と結婚し山岡家の婿養子になっている。剣の腕が認められ一八五六年に講武所剣術世話心得、一八六三年には浪士組の取締役となり、徳川十四代将軍家茂の先供として上洛するが、尊王攘夷を唱える清河八郎に危機感を募らせた幕府に帰郷を命じられた。一八六八年、精鋭隊の歩兵頭格となり、江戸城開城を決意した海舟の命で西郷隆盛に会い、事前交渉を行った。維新後は、静岡藩権大参事、伊万里県知事などを歴任。一八七二年には侍従となり、酔って相撲を取ろうとしてきた明治天皇を投げ飛ばしたエピソードを残している。

〝幕末の三舟〟で最もマイナーな高橋泥舟は、一九三五年に旗本の山岡正業の次男として生まれたので、鉄舟と同世代となる。母方の高橋家の養子となるが、槍の名手だった兄の静山に学び、自身も達人になっている。一八五六年に講武所槍術教授方出役となり、一八六三年には浪士組の取締役として上洛。一八六八年には遊撃隊頭取として徳川最後の将軍・慶喜の護衛を務め、新政府への恭順を説き、上野寛永寺、さらに水戸へ下る時も従った。江戸城開城をめぐる新政府軍との交渉役に鉄舟を推薦したのが、泥舟である。維新後は新政府に仕官せず隠棲、武士らしい晩年の評価も高い。

タイトルからも分かるように、本書『鉄舟の剣　幕末三舟青雲録』（『三舟、奔る！』改題）は、海舟、鉄舟、泥舟の〝幕末の三舟〟を主人公にしているが、三人がまだ何の業績もあげていなかった無名時代を描いている。仁木英之は、〈僕僕先生〉シリーズなどの中華ファンタジーのイメージが強いかもしれないが、佐久間象山を描いた『我ニ救国ノ策アリ』も発表しており、本書はそれに続く幕末ものである。

本書は小野鉄太郎（後の山岡鉄舟）を軸に進み、飛驒で鉄太郎の父・朝右衛門が亡くなる場面から大きく動き出す。小野家は兄の鶴次郎が継いでおり、鉄太郎と弟たちは他家に養子に行く必要があったが、父は兄弟全員の養子先を決め、持参金一人あたり五百両、計三千両を蓄えていたのだ。江戸へ帰る途中、鉄太郎たちは、小野家が大金を持っていると知る賊の襲撃を受ける。幼い頃から剣を学んでいた鉄太郎は、謎の敵と斬り結ぶが次第に押されていく。そこに槍を持って助けに入ったのが、旧知の山岡紀一郎（後の静山）だった。鉄太郎は、尾張藩に槍術指南に呼ばれたという紀一郎と同道し、旅先でやはり旧知の勝麟太郎（後の海舟）とも出会う。

江戸に戻った鉄太郎は、かつて一緒に剣の修行をしたことがある山岡謙三郎（後の泥舟）とも再会する。父が三千両とは別に、品川で岡場所の顔役をしている伊勢屋清兵衛に一万両を預けていることを知った鉄太郎は、遊び慣れた麟太郎と品川に向かうが、肝腎の伊勢屋清兵衛は殺され、現場で謎の美女を目にする。襲撃犯は「コクトウグミ」を名乗っており、鉄太郎はメンバーの一人で槍を遣う男と剣を交えた。

「コクトウグミ」の構成員は誰で、何人いるのか？　陰謀をめぐらす黒幕の正体は？　なぜ大金の存在を知っていたのか？　そして目的は何か？　鉄太郎は、岡場所にいた謎の美女と吉原で再会、吉原で葛城を名乗った女は、鉄太郎の初体験の相手となる。鉄太郎は葛城に魅かれるが、なぜ非合法の私娼窟である岡場所にいた葛城が、幕府公認の遊廓・吉原にいたのか？　「コクトウグミ」とはどのような関係があるのか？

こうした謎が物語を牽引する本書は、実在の人物や実際に起きた事件の隙間に大胆なフィクションを織り込んでおり、歴史小説が好きでも、伝奇小説が好きでも楽しめるようになっている。「コクトウグミ」には槍の遣い手がいるだけに、剣と剣はもちろん、剣と槍、槍と槍など多彩で迫力あるアクションが連続する。さらに鉄太郎と葛城、鉄太郎を憎からず想っている紀一郎の妹お英との恋の行方もからむので、謎あり、活劇あり、恋愛ありの波乱万丈の展開には思わず引き込まれてしまうはずだ。

鉄太郎たちは、一見すると平穏な社会に密かに不平不満が貯まり、それを幕府が解消できなくなりつつあった幕末に青春時代を送っている。特に豪商から借金をして苦しい生活を維持している若い下級武士は、将来への希望が持てない鬱屈もあり徒党を組んで乱暴狼藉を働く者が現れるほど追いつめられていた。

こうした状況は、長い不況から脱し好景気が続いているとの政府見解とは裏腹に、持つ者と持たざる者、地方と中央の格差は広がり、少子高齢化による人手不足が深刻になり、斬新なアイディアでベンチャーから世界的な大企業になったGoogleやAmazon.comのような革新的な産業が生まれず、高度経済成長期から続く老舗の業績で何とか成長を維持している古い体質などが、強い閉塞感を生んでいる現代日本に近い。

だが混迷の時代にあっても、鉄太郎たちは懸命に進むべき道を模索しようとする。

鉄太郎、謙三郎より年長の麟太郎は、太平の裏で既に「乱」の兆しが芽吹いていることを察知している。西洋の最新事情に通じ、一流の剣士でもある麟太郎は、これから渡り合う西洋とは、精神論や刀槍では勝負にならず、学問こそが必要と考え、自身も学び、後身の指導もすることで、新しい世に出ようと考えていた。

これに対し鉄太郎は、父が今際の際に残した「天下の剣、救世の剣」を振るえ、との言葉を胸に、剣、槍、禅、書などの厳しい修行を通して精神を鍛え、いつの時代も変わらない価値観を構築することで、新しい波が押し寄せる時代に対峙しようとする。

戦国乱世では戦場の華だったが、長い平和が武士に剣の修練を求めたことで時代遅れになった槍を学んだがゆえに、仕官先が見つからず食うに困るところまでになった兄の紀一郎を見ていた謙三郎は、退廃に陥るも、そこから逃れようとあがいていた。

若き日の鉄太郎たちが生きた時代が現代と似ているだけに、読者は、それぞれの方法で新しい時代に漕ぎ出そうとする麟太郎、鉄太郎、謙三郎の中に、必ず共感できる人物、目標にすべき人物が見つかるのではないだろうか。故郷に居場所をなくし、諸国を放浪しながら剣の高みを目指す宮本武蔵を描いた吉川英治『宮本武蔵』は、出郷して都市部で働く戦前の若者に支持され、青春時代小説の定番となった。これに倣うなら、現代の若者の悩みと苦しみをすくい取った本書は、新たな青春時代小説の傑作といえるのである。

暗さを増す時代は、ドラスティックに社会を変革して欲しいとの願望が強くなる。社会の混乱は、それを平定し新しい時代を開く英雄の誕生をうながすので、無名の人物も歴史に名を残す可能性が高まる。下級武士からの成り上がりが多い〝維新の十傑〟は、その典型といえる。本書では、この仕組みを熟知しているのが清河八郎とされている。八郎は「乱」を利用しての出世を目論み、「乱」の気配がないなら自ら扇動することも厭わない野心家とされている。鉄太郎たちは、「乱」が身を立てる切っ掛けになると理解してはいるが、世の平穏を乱したり、不幸になる人が出たりする「乱」を率先して起こすことには否定的である。八郎のカリスマ性に呑まれそうになりながら、「乱」による立身には与しない鉄太郎たちは、目的のためなら手段を選ばない八郎の思想は果たして正しいのかの問い掛けにもなっており、考えさせられる。

本書は、「コクトウグミ」の事件に挑んだ鉄太郎たちが少しだけ成長したところで幕を降ろしているが、有名な〝幕末の三舟〟の活躍はまだ描かれていない。著者には、同じ歴史観による続編の刊行を期待したい。

二〇一六年七月　小社刊
（『三舟、奔る！』を改題）

実業之日本社文庫 に61

鉄舟《てっしゅう》の剣《けん》　幕末《ばくまつ》三舟《さんしゅう》青雲録《せいうんろく》

2019年12月15日　初版第1刷発行

著　者　仁木英之《にきひでゆき》

発行者　岩野裕一
発行所　株式会社実業之日本社
〒107-0062　東京都港区南青山5-4-30
CoSTUME NATIONAL Aoyama Complex 2F
電話［編集］03(6809)0473［販売］03(6809)0495
ホームページ　https://www.j-n.co.jp/
DTP　ラッシュ
印刷所　大日本印刷株式会社
製本所　大日本印刷株式会社

フォーマットデザイン　鈴木正道（Suzuki Design）

ISBN978-4-408-55554-6（第二文芸）